(C.)

TABLEAU

DE LA

LITTÉRATURE DRAMATIQUE

EN EUROPE,

Depuis l'origine jusqu'à nos jours ;

PAR

A. PHILIBERT-SOUPÉ,

DOCTEUR ÈS LETTRES,
MEMBRE DE LA SOCIÉTÉ ORIENTALE DE PARIS ET DE L'ACADÉMIE
DELPHINALE DE GRENOBLE.

———

Extrait de *la Revue des Alpes, Bulletin officiel des chemins de fer du Dauphiné.*

———

GRENOBLE,
IMP. MAISONVILLE, RUE DU PALAIS.
—
1858.

Bibliothèque des Chemins de fer du Dauphiné,
ÉDITÉE PAR NAPOLÉON MAISONVILLE.

TABLEAU

DE LA

LITTÉRATURE DRAMATIQUE

EN EUROPE,

Depuis l'origine jusqu'à nos jours,

PAR

A. PHILIBERT-SOUPÉ,

DOCTEUR ÈS-LETTRES,

CHARGÉ DU COURS DE LITTÉRATURE FRANÇAISE A LA FACULTÉ DES
LETTRES DE LYON

Extrait de la *Revue des Alpes*, publiée à Grenoble.

GRENOBLE,
IMP. MAISONVILLE, RUE DU QUAI, 8, VIS-A-VIS LE JARDIN DE VILLE.

—

1858.

Prix : 2 francs.

TABLEAU

DE LA

LITTÉRATURE DRAMATIQUE

EN EUROPE.

I.

INTRODUCTION.

—

Un vieil usage, que les universités du moyen-âge avaient emprunté à la méthode démonstrative d'Aristote, c'était de définir, dès l'abord, le sujet qu'on allait traiter. De cette façon, tous savaient à quoi s'en tenir et on ne s'engageait dans une discussion qu'autant qu'on y désirait entrer. Pour être renouvelé des Grecs, le procédé n'en est pas plus mauvais, et nous en userons : au moment donc de commencer, à travers les théâtres anciens et modernes de l'Europe, une sorte de voyage à vol d'oiseau, il convient que nous indiquions à ceux qui voudraient bien nous suivre toute la route qu'il nous faudra parcourir.

De littérature dramatique (à parler historique-
ment, sinon didactiquement), il y en a, il y en a
toujours eu deux, de degré fort inégal, mais
d'existence à peu près parallèle, faites, la première pour l'esprit et le cœur, la seconde pour
les sens : l'une qui émeut et instruit, l'autre qui
seulement amuse. Ainsi Athènes avait des farces
mêlées de chœurs, des *silles* satiriques et des
parodies; Rome avait des *mimes* et des *atellanes*,
espèce d'intermèdes grotesques, où des paysans
osques et samnites égayaient les fils de Romulus par leur patois grossier, leurs chansons licencieuses et leurs danses bouffonnes, à la manière de nos *clowns* de carrefour. Ainsi les
modernes ont, à côté du drame, le vaudeville,
l'opéra-comique, le ballet, l'opéra, la féerie, le
mélodrame, etc. Sans affecter une pruderie littéraire, sous laquelle se déguisent fréquemment
l'intolérance et la paresse d'esprit, soyons sensi-
bles, dans une certaine mesure, aux effets ex-
pressifs de la mimique et de la chorégraphie;
examinons avec plaisir la disposition plus ou
moins ingénieuse d'un *libretto*, frêle canevas,
tissu pour recevoir les brillantes broderies de la
musique; acceptons, comme un fait accompli et

durable pour longtemps, du moins en France,
l'existence du vaudeville, cette miniature, quelquefois cette caricature de la vraie comédie ;
aimons à le voir percer, fût-ce à coups d'épin-
gles, ces outres gonflées de vent qu'on nomme
les ridicules, et tenons-lui compte des efforts
qu'il fait pour nous distraire : mais, quelles que
puissent être les sympathies ou les répugnances
de chacun à l'endroit de ces genres inférieurs de
représentations scéniques, est-il besoin de déclarer que ce n'est point là cette littérature dramatique, dont nous voulons esquisser ici l'histoire
rapide et abrégée? Celle qui nous occupera
s'adresse non-seulement aux yeux et aux oreilles,
mais encore à l'intelligence et à l'âme; elle nous
offre des leçons utiles, en même temps que
d'imposants tableaux. Elle reproduit dans le ma-
gique miroir de l'imagination les reflets éclatants, mais mobiles, de l'histoire individuelle et
sociale ; tantôt nous arrachant des larmes de
pitié ou des cris de terreur pour des crimes
ou des malheurs chimériques, tantôt flagellant
avec le fouet léger de l'ironie nos sottises ou nos
scandales, parlant du haut de la plus vaste des
tribunes le plus sonore des langages, admirée

dans le cabinet après avoir été applaudie au théâtre, populaire comme les faits qu'elle retrace,
éternelle comme les idées qu'elle réveille, éplorée ou souriante, mais toujours prenant sa source
ou trouvant son écho dans le cœur humain et y
retournant comme elle en vient!

A prendre les mots dans leur acception litté-
rale, qu'est ce que le *drame?* Une *action*, de
même que la *poésie* est une *invention* : curieuse
épigramme de l'étymologie à l'adresse des drames qui n'agissent guère et des poètes qui n'in-
ventent pas! Le drame est donc une action, déjà
passée dans la vie réelle ou souvent créée par la
fantaisie de l'auteur, et qu'on reproduit sous
une forme à la fois limitée et variée pour l'instruction ou le plaisir d'autrui, et mieux encore
dans ce double but; car l'un n'exclut pas l'autre,
et le judicieux Horace l'a dit lui-même :

Le grand art, c'est d'unir l'utile et l'agréable.

Le drame, cette brillante expression de la
pensée humaine, remonte à une si haute antiquité et s'est répandu sur tant de points du globe
terrestre, qu'il semblerait nécessairement avoir
dû se modifier à chaque pas et de siècle en siècle.

Mais, d'un autre côté, l'esprit humain est, de sa
nature, si routinier, les princes de l'art dramatique sont si peu nombreux et, en même temps, leurs
œuvres sont si magnifiques, qu'on a craint presque toujours de s'écarter d'une voie si bien tracée
et si heureusement suivie. Les novateurs ont
été rares; il est vrai qu'ils ont égalé quelquefois ou surpassé les maîtres; mais pour la foule,
troupeau d'esclaves, elle s'est traînée à la remorque, tantôt de l'un, tantôt de l'autre : ici sur la
grande route, droite, large et régulière, de l'art
classique, là par le sentier détourné et sauvage,
mais fleuri et pittoresque, du génie moderne; hier
avec Sophocle, aujourd'hui avec Shakspeare.
D'où il suit que l'histoire universelle du drame,
histoire dont le titre seul effraie et qui, en effet,
dans ses mille détails, embrasserait une bibliothèque entière, peut se résumer clairement en
quelques pages. D'ailleurs, en pareille matière, il
suffit de se montrer exact, et on est fort excusa-
ble de ne pas être complet. Malgré les progrès
des lumières, l'Afrique et l'Australie cachent
encore dans l'ombre, si elles en possèdent, leurs
richesses dramatiques; et, en fait de théâtre,
l'Amérique se contente d'accabler nos virtuoses

de bravos et nos *ballerines* de dollars. Il est vrai que l'Asie est à cet égard beaucoup moins stérile. Le *Pi-Pa-Ki* (ou histoire du luth), par Kao-Tong-Kia, et beaucoup de pièces composées sous les empereurs mongols nous prouvent que la Chine, sous ce rapport comme sous bien d'autres, a connu les finesses et les jouissances de la civilisation la plus avancée. Quant à l'Inde, les noms de Soudrâka, de Kàlidâsa, de Bhava-bhoûti, de Radja-Sékhara ne sont pas tellement inconnus, au moins du public lettré, qu'il ne fût possible et même assez facile d'exhumer de ses ruines le théâtre de la société brahmanique. Mais, pour plus de clarté, nous resterons sur le terrain commun ; l'Europe, ce centre privilégié de l'intelligence, de la poésie et des arts, suffira amplement à nos modestes recherches. Nous commencerons tout simplement à la Grèce pour ne nous arrêter qu'à notre pays et à notre époque, laissant de côté en route, comme secondaires, les théâtres portugais, hollandais, flamand, suédois, danois et russe, évitant l'érudition, sacrifiant la biographie et désirant seulement donner à tous une idée nette de ce qui n'est bien su que par quelques-uns.

II.

THÉATRE GREC.

—

Répétons sommairement ici ce que chacun a pu lire partout. Le grand siècle lyrique de la Grèce, celui de Corinne, de Pindare et de Simonide, fut aussi son grand siècle dramatique; l'origine du drame grec fut purement lyrique et conserva toujours un élément lyrique, le chœur. Les fêtes de Bacchus avaient lieu dans les villes et surtout dans les campagnes

avec une liberté toute primitive et une joie quelque peu bruyante. On dressait des autels à ce
dieu; on tournait deux fois autour de ces autels
en sens contraire et en répétant des hymnes de
circonstance. On chantait en faisant le premier
tour, on chantait en retournant à sa place, on
chantait encore en s'arrêtant; de là les diverses
parties de l'ode grecque, la *strophe*, l'*antistrophe*
et l'*épode*. A ces rites religieux les accidents de
la vendange vinrent ajouter de l'imprévu et de
la variété. Les vendangeurs, encore barbouillés
de lie, célébraient Bacchus du haut de leurs
charrettes ou en descendaient pour l'honorer
par de pieuses danses, qui dégénéraient sans
peine en folies. Dans les intervalles, quelque
paysan moins ignorant ou plus caustique se mettait à raconter quelque épisode intéressant de la
mythologie ou à fronder les ridicules d'un voisin
gourmand, paresseux et avare; puis, applaudissements de la foule d'éclater et danses de
recommencer de plus belle. Bientôt deux ou
trois poètes traversèrent cette cohue, s'amusè-
rent de ce spectacle et travaillèrent à se l'appro-
prier sans trop d'améliorations; ce fut ainsi que,
cinq à six cents ans avant l'ère chrétienne,

Susarion créait la comédie et Thespis la tragédie ;
double invention qui garda longtemps plus d'une
trace de son origine et dont nous avons, en
somme, conservé le cadre, régularisé et perfec-
tionné par les maîtres.

Susarion et Thespis étaient contemporains et
compatriotes, nés tous deux, à cinquante ans de
distance, dans les bourgades de l'Attique ; ils se
mirent à la tête d'une troupe d'acteurs et jouèrent
sur des tréteaux. Susarion attaqua les vices et les
ridicules dans de petites farces, satiriques au
fond et obscènes par la forme. Thespis aborda
des sujets nobles et historiques, tels qu'*Alceste;*
mais ces essais de drames n'étaient encore que
des récits, un seul acteur en était chargé et le
chœur les coupait à intervalles : Solon pourtant
blâmait déjà cette littérature naissante comme
une fiction corruptrice. Phrynichus, disciple de
Thespis et un peu moins inconnu que Théomis,
Minos, Auléas, Epigène de Sicyone, Pratinas,
Chérile et d'autres tragiques de la même époque,
Phrynichus introduisit des rôles de femmes,
joués, bien entendu, par des hommes, et fut
couronné ; sa tragédie de la *Prise de Milet* eut
un tel succès de larmes que l'auteur fut puni

d'une amende de mille drachmes, comme ayant peint de couleurs trop vives cet événement malheureux pour Athénes.

Ces noms sont oubliés ; et qui se rappelle un drame français avant le *Cid*, un drame anglais avant *Othello*? Voyez venir les trois rois de la tragédie grecque, les trois grands-prêtres de l'art vraiment classique, Eschyle, Sophocle et Euripide : Eschyle, ce Shakespeare antique avec sa mise en scène merveilleuse, son obscurité dithyrambique et sa fougue sublime; Sophocle, ce Corneille athénien, avec son héroïsme de pensées et de sentiments; Euripide, ce Racine païen mélangé de Voltaire, avec ses passions touchantes et ses sentences déclamatoires; laissez-les parler, et le tréteau de Thespis va devenir en un instant la tribune et le trône de l'intelligence humaine !

Doué d'une âme ardente et forte, silencieux et grave, soldat de Marathon, de Salamine et de Platée, Eschyle entretint dans l'exercice héroïque des armes les nobles pensées qu'avait éveillées en lui l'étude de l'histoire primitive et de la poésie homérique. Frappé des grands enseignements du passé, il voulut les reproduire

aux yeux de la multitude d'une manière plus
frappante et plus directe. On lui attribua jusqu'à
cent tragédies ; il n'en reste que sept : qui ne se
souvient de *Prométhée*, des *Perses* et de l'*Ores-
tide ?* A l'unique personnage de Thespis, Eschyle
en ajouta un second, puis un troisième, enfin un
quatrième: le récit fit place à l'action ; l'illusion
approcha de la réalité. Il admit des personnages
muets ; ses expositions sont quelquefois trop longues ou trop obscures ; des deux grands ressorts
de la tragédie, la terreur et la pitié, il n'en fit
jouer qu'un seul, le premier ; c'est à peine s'il
peignit l'amour : mais ce poète qui affectionnait
les sujets horribles n'ensanglanta jamais la scène.
C'est par la force des caractères et du style plutôt
que par la conduite de l'intrigue, qu'il étonne et
qu'il brille. Il abrégea la durée des chants et des
danses mêlés au drame et intéressa le chœur à
l'action. Ce qu'il se plaît surtout à étudier et à
donner en spectacle, ce sont des âmes vigoureuses, avides de gloire et de lutte, supérieures à la
crainte, au-dessus de l'humanité, au niveau
presque de la Divinité. A côté de tant de rares
qualités disparaissent à nos yeux un peu d'obscurité, des figures trop hardies, des termes nou-

veaux, quelques vices d'harmonie, des comparaisons basses, des jeux de mots même, et tous
ces défauts que, deux mille ans après, reprodui-
sait à la cour d'Élisabeth son rival en imagination et en énergie. Eschyle ne crée pas seulement la partie poétique et dramatique de la tragédie : il en invente la partie mécanique. Pour
représenter ses héros il lui répugne de se servir
d'acteurs souvent laids, petits et mal faits ; il ca-
che leur figure sous un masque qu'on change
peut-être à chaque scène et qui est peint diver-
sement selon les situations indiquées dans cette
scène : il rehausse leur stature par des chaussu-
res élevées ; il dissimule leur taille sous des robes
traînantes et magnifiques, que les prêtres de
Cérès s'empresseront bientôt d'adopter. Les tréteaux de Thespis ne suffisent plus à sa tragédie
plus sublime ; il obtient de la république un
théâtre, des machines, des décorations. Sur
ce théâtre, il fait entendre le son de la trom-
pette, il montre des autels, des flottes, des
armées, des incendies, une cinquantaine de
choristes, les furies couronnées de serpents,
Prométhée cloué sur le Caucase, l'Océan monté
à cheval sur un hippogriffe, des chœurs de vau-

tours, des dieux descendant au milieu de leurs nuages : tout ce que la fantaisie peut rêver de plus hardi, tout ce que la mise en scène peut offrir de plus brillant. Aussi, dans ces temps encore enthousiastes et crédules, l'illusion qu'il produisait fut-elle merveilleuse; des femmes, dit-on, avortaient, des enfants mouraient de peur à ces terribles jeux du poète. Il y a loin de là, comme cause et comme effet, à certaines tragédies pseudo-classiques, avec leur orgueilleux dédain du prestige scénique, leurs décorations mesquines, leurs rares personnages et leur intempérance de paroles. Eschyle, le premier par l'âge dans l'immortelle famille des génies dramatiques, en est encore un des premiers par la gloire et par le talent; il venait onze ans après Thespis!

Eschyle alla mourir en Sicile, désespéré, à ce que l'on prétend, d'avoir été vaincu, dans le concours dramatique des fêtes Dionysiaques, par Sophocle, plus jeune que lui de vingt-sept ans. Sophocle, noble d'origine, beau de figure, doux de caractère, abandonna la carrière lyrique pour celle du drame; le temps n'a épargné que sept de ses pièces : les deux *OEdipes*, *Ajax*, *Philoc-*

tète, *Électre*, *Antigone*, les *Trachiniennes*; il
en fit pourtant, dit-on, plus d'une centaine jusqu'à sa quatre-vingt-onzième année. Malgré de
nombreuses injustices, surtout à propos de
l'*OEdipe roi*, son chef-d'œuvre et peut-être
celui de la scène grecque, il fut couronné vingt
fois et ne descendit jamais plus bas qu'à la seconde place. Il raccourcit l'exposition et modela
son action sur la nature ou la vraisemblance; il
visa à la simplicité du sujet et ne s'ingénia point
à renfermer péniblement dans le cercle étroit de
vingt-quatre heures un siècle de passions et
d'événements. Aussi prenait-il ses fables dans
les poètes cycliques, comme Shakespeare et
Molière les leurs dans les nouvelles d'Espagne ou
d'Italie; à lui, comme à eux, restait à y imprimer
l'inaltérable sceau du génie. Chez Sophocle, peu
d'amour encore; cette passion, lieu-commun,
parfois éloquent et sublime, souvent fade et monotone, n'occupait guère de place sur le théâtre
grec. On ne tendait pas là, ainsi que chez nous,
à attiser un feu que la nature a suffisamment
allumé dans le foyer de notre cœur; au lieu
d'amollir les âmes, on cherchait à les fortifier:
car, avec le système de fatalité qui dominait le

drame antique, comme toutes les autres institutions de ce monde à demi oriental, ce qu'il fallait
avant tout, c'était prêcher la résignation, chanter l'obéissance, endurcir contre l'adversité. Sophocle comprit ce rôle et l'a merveilleusement
rempli. Sans décrire les faiblesses du cœur humain, mais sans en exagérer la nature, également
ment éloigné d'Eschyle et d'Euripide, il ne visa
qu'à un héroïsme vraisemblable ; il donna à ses
personnages et à son style une noblesse sans enflure et une douceur sans afféterie ; c'est le plus
parfait des trois sublimes représentants de la
Melpomène attique. Selon la vieille distinction
d'Aristote, Eschyle peignit les hommes plus
grands qu'ils ne peuvent être, Sophocle, comme
ils devaient être, Euripide, comme ils sont souvent.

Né d'un cabaretier et d'une marchande d'herbes, Euripide quitta la gymnastique pour la
peinture et la philosophie ; il apprit la rhétorique de Prodicus et la morale d'Anaxagore :
plus tard il se souvint trop de cette éducation
première. Il embrassa la carrière dramatique
à dix-huit ans, ne fut couronné qu'à quarante-
trois, remporta quinze fois le prix et composa

une foule d'ouvrages, dont dix-neuf nous sont parvenus, entre autres les deux *Iphigénies*, les *Troyennes*, *Hécube*, *Médée*, *Alceste*, *Hippolyte*, le *Cyclope*. Austère de mœurs, ami de la retraite, il passa de longues années dans des déserts, travaillant au fond d'une caverne, nourrissant dans la solitude sa mélancolie naturelle et défiant, à force de modestie et de gloire, les sarcasmes exagérés et les attaques violentes d'Aristophane. Avant notre Racine, il faisait difficilement des vers faciles; avant lui, il s'adressa au cœur et aux passions: il tirait ses effets de la pitié, ainsi qu'Eschyle de la terreur, ainsi que Sophocle de l'admiration. Son style ingénieux et travaillé avait autant de grâce que de dignité et, par son harmonie, comme par sa distinction, rappelle encore celui de son tendre et fameux disciple. Il montra le premier sur la scène des rois en haillons et tendant la main à l'aumône, des princesses adultères et incestueuses, toutes les nuances de l'amour, tous les degrés de l'infortune. On l'accusa de détester les femmes, parce qu'il étalait leurs passions funestes aux yeux de tous. Il eut des défauts moins contestés : il amène souvent par force ses incidents ; il détache quelquefois l'exposition pour en faire un prologue. Chez lui, les dieux ou les hommes, descendant du ciel ou sortant de la tombe, viennent dire aux spectateurs : « Je suis Vénus, ou Mercure, fils de Maïa, ou Polydore, fils d'Hécube. » Son *Iphigénie en Tauride* commence ainsi la pièce par un monologue qui ressemble à une généalogie biblique et qu'Aristophane a plaisamment parodié : « Pélops, dit-elle au public, étant venu à Pise, épousa la fille d'OEnomaüs, mère d'Atrée; Atrée enfanta Ménélas et Agamemnon; celui-ci épousa la fille de Tyndare, et je suis le fruit de cet hymen. » Elle continue ce bizarre contre-sens en détaillant son histoire et en faisant pressentir l'action du drame. Un autre vice de la nature dramatique d'Euripide, c'est l'influence qu'exerça sur lui sa nature philosophique. Il ne résistait jamais au plaisir de débiter une maxime ou de traiter une question morale, ne choisissant, à cet effet, ni le moment, ni le lieu, ni le personnage; mettant des théories abstraites dans la bouche des esclaves et des réflexions vulgaires dans celle des princes, faisant de la politique ou de l'éloquence hors de propos. Dans les *Suppliantes*,

par exemple, Thésée, roi d'Athènes, est en guerre
avec Créon, roi de Thèbes ; un héraut de Créon
vient parlementer avec Thésée ; il demande où
est le roi d'Athènes : « De roi d'Athènes, il n'y
« en a pas, » répond Thésée ; « cette ville est
« libre, et tous y sont souverains. » Le héraut,
piqué, déclame dix-sept vers contre la démo-
cratie, que Thésée réfute par trente-sept vers
contre la royauté, et les deux armées restent, la
bouche béante et la pique baissée, pendant ce
colloque intempestif du roi populaire et du mes-
sager aristocrate. Les philosophes et les orateurs
proclamaient Euripide le roi de la scène, et c'é-
tait justice à eux ; mais sa gloire eût été plus
grande, s'il eût moins mérité leur enthousiasme ;
et il est encore étrange que le plus rhéteur des
tragiques grecs en soit aussi le plus touchant.

Après Euripide la tragédie grecque déchoit,
mais ne disparaît pas. On cite alors Ion, dont
les ouvrages, soignés à l'excès, étaient, selon
Longin, la perfection de la médiocrité ; Agathon,
ami de Socrate et d'Euripide, qui écrivait avec une
élégance souvent trop recherchée et qui le premier hasarda des sujets d'imagination ; Philoclès
(surnommé *la Bile*, à cause de son style amer),

dont on ne craignit pas de couronner une œuvre
au détriment de l'*OEdipe-roi;* les fils d'Eschyle,
de Sophocle et d'Euripide eux-mêmes; Astydamas, quinze fois couronné, le fils d'Astydamas,
un Asclépiade, un Apharée, un Théodecte et
quelques autres successeurs estimables des
maîtres dont l'héritage était si lourd à porter.

Nous avons vu l'informe essai de comédie
tenté par Susarion : ce ne fut que cent ans après
lui que le philosophe sicilien Epicharme, dont
le nom signifie *Allégresse*, le régularisa et le
rendit digne de fleurir à Athènes; on pense qu'il
a fait cinquante ouvrages, dont on a des fragments. La comédie, ramenée à son berceau
natal, après un exil qui lui avait si bien profité,
trouva de nombreux sectateurs; et dans le siècle
de Périclès seulement on compta Magnès aux
facéties piquantes; Cratinus, auteur de trente
pièces et couronné neuf fois, énergique peintre
des vices humains, plein de style et d'imagination; Cratès, célèbre par la gaieté de ses saillies, Phérécrate, remarquable par la finesse des
siennes, tous deux excellant dans l'invention et
s'abstenant de personnalités; Eupolis, dont nous
connaissons, de nom, trente comédies et qui

avait de l'élévation et du naturel ; Amipsias et, par-dessus tous, Aristophane. Tels sont les principaux interprètes de *l'ancienne comédie* grecque.

Cette ancienne comédie était un cadre fort large, où entraient une foule de genres, la satire, l'allégorie, les chants et les danses, en sorte qu'il tenait lieu de ce que nous appelons la farce, la féerie, l'opéra-comique, le ballet, le pamphlet, la chanson et la caricature. Le simple énoncé des œuvres de plusieurs des auteursque nous venons de mentionner prouvera que les sujets en étaient des plus variés. Ainsi l'on cite : *Prométhée*, les *Bacchantes*, les *Noces d'Hébé*, le *Naufrage d'Ulysse*, la *Terre et la mer*, par Epicharme ; *Triptolème*, le *Faux Hercule*, les *Hommes sauvages*, les *Peintres*, les *Déserteurs*, par Phérécrate ; l'*Age d'or*, les *Chèvres*, les *Amis*, les *Flatteurs*, par Eupolis ; les *Saisons*, les *Lois*, les *Efféminés*, par Cratinus ; les *Danaïdes*, *Niobé*, *Amphiaraüs*, les *Cigognes*, les *Oiseaux*, les *Abeilles*, les *Grenouilles*, les *Nuées*, par Aristophane ; autant de comédies. Conservant la trace de son origine, l'ancienne comédie était amère, mor-

dante et insolemment caustique ; elle ne res-
pectait rien dans ses personnalités, ni mortels,
ni dieux : des hommes d'état comme Périclès, des favoris du peuple comme Cléon,
des philosophes illustres comme Socrate, des
poètes applaudis comme Euripide, tous se
courbaient sous le joug du ridicule. L'Olympe
même y passait : Jupiter paraissait là en tyran
usurpateur, Hercule en glouton, qui dévorait,
selon Epicharme, une collection effrayante de
tous les poissons et coquillages alors connus,
Bacchus en poltron, qu'Aristophane fait bâton-
ner sur le théâtre. Ce dernier, surtout, poussa
cette liberté jusqu'à l'extrême licence ; dans ses
allégories, il ne manquait jamais de traiter, à
son point de vue, toutes les affaires de la république. Aidé de Callistrate et de Philonide, deux
acteurs fort habiles, l'un à représenter les vices
des particuliers, l'autre à fronder les scandales
de l'administration, il alla, dit-on, jusqu'à se
barbouiller la figure de lie, parce que nul ouvrier n'osait lui peindre un masque pour jouer
le général Cléon, et jusqu'à se charger lui-même
du rôle, au refus de toute la troupe. Aristophane
avait fait cinquante comédies, dont onze subsis-

tent ; pour nous, qui n'avons que de courts fragments de Ménandre, il est encore le prince de la
comédie grecque. Aristophane doit être jugé avec
les idées de son temps et sur les mœurs de son
pays. Oublions que Voltaire a écrit de lui : « Ce
poète comique, qui n'est ni comique ni poète,
n'aurait pas été admis parmi nous à donner ses
pièces à la foire Saint-Laurent. » On sait que le
dictateur de Ferney malmenait souvent Corneille,
qu'il appelait Lope de Vega un histrion et
Shakespeare un paillasse; c'étaient là de ses
tours. Ce jugement, ou plutôt cette boutade d'un
immense esprit, trop enivré de ses idées propres,
n'empêche pas Aristophane d'être comique jusqu'à la bouffonnerie et poète jusqu'au dithyrambe; double talent assez rarement réuni chez
le même homme : le lire traduit, c'est le perdre
presque entier. Plutarque, il est vrai, fut aussi
dur envers lui que Voltaire; mais tous deux
avaient leur raison. Si le grand-prêtre de la
philosophie française au dix-huitième siècle se
vengeait, par une épigramme rétrospective, du
plus rude frondeur des sophistes grecs, Plutarque, de son côté, condamnait dans le satirique
athénien le meurtrier de Socrate. Or, plus d'une

grave autorité nie formellement que les attaques
d'Aristophane aient contribué à la mort du grand
moraliste. D'abord, c'était l'usage des poètes
comiques de jouer les philosophes. Cratès et
Diphile en persifflèrent plusieurs ; Socrate précisément avait paru dans une pièce d'Eupolis
dérobant une aiguière et dans une autre d'A-
mipsias volant un manteau : accusations bien
autrement graves que les railleries lancées par
Aristophane contre quelques exagérations de la
discipline socratique. D'ailleurs, la pièce des
Nuées eut peu de succès, fut retirée et retouchée,
reparut, un an après, pour tomber encore davantage, et ne fut plus rejouée ; c'est vingt-quatre
ans après que Socrate fut jugé : voilà une influence bien étrange, après un tel laps de temps
et une chute si complète ! Si Aristophane eût été
à ce point l'ennemi de Socrate, est-il vraisemblable que Socrate lui-même eût consenti à
voir fréquemment Aristophane ? Agathon, leur
ami commun, les aurait-il fait trouver ensemble
chez lui ; rencontre immortalisée par Platon
dans son dialogue du *Banquet*. Platon, ce disciple fervent et sublime de Socrate, qui prête
aux idées de son maître un si magnifique lan-

gage, aurait-il envoyé à Denys de Syracuse, qui voulait connaître le gouvernement d'Ahtènes, toutes les comédies d'Aristophane, y compris les *Nuées*, comme le meilleur moyen d'acquérir cette connaissance, et aurait-il composé ce distique si flatteur? « Les Grâces cherchaient un temple qui ne pût jamais s'écrouler ; elles trouvèrent l'âme d'Aristophane. » Pourquoi Platon, enfin, lisait-il si assiduement les comédies de ce poète, où il puisait l'art du dialogue, qu'on les vit encore sur son lit de mort? Aristophane est grossier et obscène, à la façon de Rabelais, et les citoyens d'Athènes n'étaient pas plus réservés que les seigneurs de la cour de François Ier. La comédie, dans ses mains, fut licencieuse ; comme elle le fut dans la Rome moderne, où elle se jouait devant les papes et les cardinaux ; comme elle le fut en Espagne, malgré les rigueurs de l'inquisition ; comme elle le fut sous le règne entier de Louis XIII et même sous Louis XIV, depuis le *Don Japhet* de Scarron jusqu'au *Sganarelle* de Molière. Au reste, la gaieté et la liberté des fêtes de Bacchus, seule ou principale époque des représentations dramatiques, en expliquaient la fougue par trop relâchée. En outre,

ce droit de tout dire avait bien ses avantages
dans une république, où l'audace et la corrup-
tion pouvaient envahir l'autorité ; et, contre les
usurpations du despotisme, il restait toujours,
du moins, l'arme du ridicule.

Mais cette arme était parfois empoisonnée
et devint bientôt impuissante ; on s'effraya
peu à peu de tant de hardiesse. Par des lois
successives, on défendit aux poètes de jouer les
archontes , puis de mettre en scène et enfin de
nommer même aucun citoyen. Les masques
devinrent grotesques pour éloigner toute idée
de ressemblance ; le chœur disparut, parce qu'à
la fin de la guerre du Péloponnèse l'état fut trop
appauvri pour subvenir à son entretien. La comédie, ainsi mutilée et entravée, fut ce qu'on
appela la *comédie moyenne*. Elle traita alors,
en général, des sujets puisés dans les poèmes
épiques, dans les traditions, dans la mythologie,
en les prenant du côté ridicule. Aristophane,
se pliant aux nouvelles règles, donna, dans ce
genre, son *Plutus* et son *Amphytrion*. Eubulus,
Antiphane et un certain Platon furent les principaux champions de la comédie moyenne.

Quant à la *comédie nouvelle*, elle ne fut plus

une parodie ni une satire, mais un tableau fin ou animé de la vie commune. Les amours d'un jeune homme contrariées par quelques incidents et couronnées enfin par un mariage, un fils prodigue, un père morose, une courtisane avide et un esclave fripon : tels en furent constamment le sujet et les personnages; notre comédie n'est guère autre chose. Ménandre fut le premier poète de cette école comique : à en juger par le peu de fragments qui nous restent de ses nombreuses pièces, il était plein de grâce, d'esprit et d'élégance, d'un style flexible et voisin de la nature, riche de sentences souvent sérieuses et parfois pathétiques. Quant à ses plans, ils étaient si simplement intrigués que depuis, Térence, un de ses imitateurs, prenait deux de ses pièces pour en faire une; et Térence, pourtant, ne passait pas pour compliquer son action. Philémon, contemporain et rival de Ménandre, écrivit dans le genre plaintif et larmoyant; ressource ordinaire de la comédie à son déclin : et, en effet, la comédie, si vigoureuse et si violente chez Aristophane, devait, après s'être adoucie et épurée sous le stylet de Ménandre, dégénérer en drame et en roman, c'est-à-dire, expirer.   ·· · ··

Maintenant que nous nous sommes rappelé
les noms de tous ces poètes dont s'honorait
la Grèce antique, par une illusion de notre
mémoire figurons-nous , pour un instant ,
que nous entrons dans le vaste amphithéâtre
d'Athènes, au moment où va se célébrer le grand
concours dramatique. Dès le matin, trente mille
spectateurs remplissent l'enceinte ; à l'entrée,
ils n'ont payé que deux oboles, dont on fait grâce
encore aux pauvres. Les voilà tous placés, chacun dans son ordre : sur les degrés inférieurs,
les neuf archontes, les cours de justice, les cinq
cents sénateurs, les stratéges et les pontifes;
au-dessus d'eux, les jeunes gens de plus de dix-
huit ans; loin d'eux, les femmes , et, plus loin
encore, les courtisanes. L'orchestre reste vide
pour les combats de poésie , de musique et de
danse. On joue dans la journée trois ou quatre
pièces toutes nouvelles; les archontes donneront
le prix, et ce sont eux qui censurent les pièces
et les reçoivent. C'est qu'en effet le spectacle est
ici vraiment public et populaire. Les chefs du
gouvernement et de la religion le sanctionnent
de leur présence; une multitude immense s'y
vient émouvoir de joie, d'admiration, de terreur

ou de pitié. Il existe une loi qui punit de mort quiconque proposerait d'appliquer à la paie des soldats les sommes destinées aux représentations théâtrales ; les frais de la scène passent avant la défense de l'état. Les poètes paraissent sur la scène et se font leurs propres interprètes : l'art du comédien est si peu méprisé que, non-seulement Thespis et Aristophane, mais Eschyle, soldat couronné de Marathon, mais Sophocle, noble et général, montent sur le théâtre, et que les acteurs Aristodème, Eschine, Archias obtiennent des ambassades et remplissent des fonctions politiques. Réunissons ensemble les prestiges d'une mise en scène plus ample et presque aussi habile que la nôtre, le prestige de la musique et de la danse; dans la comédie, la critique énergique et passionnée des ridicules ou des scandales contemporains; dans la tragédie, les souvenirs d'une mythologie toute nationale : et convenons qu'il n'y a pas là seulement une réunion plus ou moins nombreuse de génies plus ou moins brillants, mais bien un théâtre tout entier, le plus élevé, le plus magnifique et, en même temps, le plus original peut-être que l'histoire nous puisse révéler.

III.

THÉATRE LATIN.

—

Sans transition, tournons nos yeux plus loin et transportons-nous par l'imagination dans l'ancienne Rome, en plein théàtre; nous n'avons que le choix. D'un côté, ce sont des édifices mobiles, qu'on ne construit que pour quelques jours de fêtes et où, pourtant, les Scaurus, les Curion, les Muréna, les Antonius, les Pétréius, les Catulus trouvent moyen de dépenser chacun

jusqu'à vingt millions, où l'on voit trois cent
soixante colonnes de trente-huit pieds de haut,
trois mille statues, trois étages de gradins, revê-
tus, le premier de marbre, le second de verre, le
dernier de bois doré ; où la scène est tout entière
argentée, dorée ou même couverte en ivoire ; où,
enfin, quatre-vingt mille personnes sont assises
à l'aise : et le tout doit durer un mois au plus.
De l'autre côté, ce sont les théâtres permanents
de Pompée, de Balbus ou de Marcellus, conte-
nant, en outre de l'enceinte dramatique, un vaste
péristyle contre la pluie, une galerie de peinture
et de sculpture, une curie pour le sénat, une
salle d'audience pour les juges, voire même un
petit temple à Vénus. Voilà par quelles somp-
tueuses folies les grands achetaient la popularité ! Voilà comment les Romains entendaient
l'architecture scénique ! Entrons par un des vingt
vomitoires ; munissons-nous de nos ombrelles
pour amortir les feux du soleil, qu'arrêtent à
peine les voiles de batiste de la voûte. Ici,
de même qu'en Grèce, nous n'avons à payer
qu'une chétive rétribution, dont les indigents
sont exemptés ; car il faut que tout le monde
s'amuse, comme il faut que tout le monde vive ;

plus tard ne criera-t-on pas? *Panem et circenses*.
Les plébéiens font queue, dès le matin, pour se
placer : chacun a son rang; dans le premier
orchestre, les musiciens et les mimes; dans le
second orchestre, les ambassadeurs étrangers;
aux premières loges, les vestales et les sénateurs;
sur les quatorze gradins supérieurs, les chevaliers; çà et là, la plébe et, tout en haut, les femmes, que, par une galanterie digne de remarque,
on met à couvert de la chaleur ou de la pluie
par un petit portique qui termine le bâtiment.
A peine serons-nous entrés dans la salle que le
désignateur, sa baguette en main, nous fera
placer et, s'il est trop tard, nous louera des
siéges réservés; c'est aussi le désignateur qui
veille à l'ordre de la cérémonie, prenant en gage
la toge du prolétaire turbulent et chassant les
claqueurs, s'ils sont les organes trop bruyants
de quelque cabale. Ces claqueurs primitifs sont
bien autrement ingénieux et pittoresques que
les nôtres : ils manifestent leur joie en battant
des mains à la façon vulgaire ou en agitant un
pan de leur robe et leur mouchoir, ou même en
imitant, par la régularité de leurs bravos, le
bourdonnement de l'abeille, le son d'un vase

d'argile frappé à coups de bâton et le bruit de la
grêle tombant sur un toit; au contraire, ils ex-
priment leur mécontentement en faisant la
moue, en tirant la langue, en formant avec leurs
doigts réunis un bec de cigogne ou des oreilles
d'âne et en jetant aux acteurs des pommes et
jusqu'à des pierres.

Rien n'est oublié pour l'illusion dramatique :
on dispose sur la scène des parterres de fleurs, des
bouquets d'arbres et des jets d'eau. Là le héros qui
meurt semble noyé dans les flots de son sang; là
on confie des rôles à des condamnés à mort pour
jouer, au naturel, Scévola qui se brûle la main,
un valet qu'on crucifie, Hercule brûlé vif et même,
chef-d'œuvre de réalité, la mutilation d'Atys.
Chez ce peuple, si avide de spectacles, les acteurs sont, comme chez nous, saturés d'or et de
mépris. Roscius, l'ami et le professeur de Cicéron, qui semblait si beau, tout louche qu'il était,
et qui, pour cacher son infirmité, introduisit le
premier, à Rome, l'usage des masques, Roscius
gagnait par an, outre ses leçons en ville, cent
douze mille cinq cents francs de notre monnaie,
que lui payait la République. Æsopus, après
mille profusions, laissa cinq millions à son fils ;

la danseuse Dionysia recevait annuellement
quarante-cinq mille livres; ses rivales, Origo,
Lycoris et Arbuscula plus encore. Il est vrai que
les acteurs de troisième ordre ne gagnaient que
cent trente francs par an et cinq boisseaux de
blé par mois, sans compter le fouet en cas de
négligence; car on les prenait parmi les esclaves. Il est vrai que les auteurs n'étaient guère
mieux traités, et que Térence, pour sa meilleure
pièce, recevait dix-huit cents francs, comme au
beau temps de notre ancien théâtre, où Lekain
et Molé gagnaient soixante mille francs pour
jouer les œuvres de Crébillon, de Regnard et de
Marivaux, payées à deux cents francs l'une. A
Rome, les femmes ne paraissaient que dans les
pièces mimées; Luccéia y figura jusqu'à cent
ans et Galéria Cupiola fit sa rentrée à cent quatre ans: miracles plus étranges que la vieillesse
si verte de Mlle de Brie, la grande coquette de
quatre-vingt-dix ans, de Baron, le fat de quatre-
vingts, et de Mlle Mars, que nous avons vue, à
soixante-cinq ans, représenter encore les ingénues! Mais ces comédiennes romaines étaient si
peu estimées que les jeunes gens les réclamaient
comme par droit, au profit de leurs plaisirs,

qu'on ne payait qu'une amende de cinq livres
d'or pour l'enlèvement d'une danseuse, encore,
s'il faisait manquer le spectacle, et que les enfants d'acteurs, comme jadis chez nous ceux de
bourreaux, étaient forcés d'embrasser la profession paternelle. Les pièces, d'abord, furent lues
et reçues par les édiles, qui les essayaient dans
leurs maisons devant un public d'élite; plus
tard, on nomma cinq censeurs à cet effet. Ces
pièces se divisaient en deux grandes classes :
celles dont le sujet était étranger, *palliatæ* (à
cause du pallium grec), et celles dont le sujet
était national, *togatæ* (à cause de la toge romaine). Ces dernières se subdivisaient en tragédies, *trabeatæ* (à cause de la trabée, ancien
vêtement des rois); en hautes comédies, *pretex-
tatæ* (à cause de la prétexte, vêtement des magistrats); et en basses comédies, *tabernariæ*, où
l'on peignait les mœurs des boutiques ou des
tavernes. Terminons ce court aperçu de la partie
mécanique du théâtre latin par un extrait curieux du vocabulaire de Pollux, sur les rôles et
les costumes anciens : « Les rôles de femmes
tragiques sont ceux de vieille, de moyenne et de
jeune esclave, de grande princesse, de vierge,

de femme affligée (ce qui s'annonce par la pâleur
de son teint), et de femme qui vient d'être sé-
duite (dont la figure doit être rouge de honte).
Les rôles de femmes comiques sont ceux de
vieille maigre, de vieille replette; de jeune ba-
billarde, de coquette, de vierge, de fausse vierge,
de deuxième fausse vierge, de favorite, de courtisane émérite, de courtisane de bon ton, de
trois autres sortes de courtisanes et, enfin, de
servantes. L'acteur qui joue les vierges a des
cheveux noirs, attachés au-dessus des sourcils
par un ruban, et le teint pâle; la fausse vierge a
le teint plus blanc; la deuxième fausse vierge a
les cheveux en désordre; la courtisane de bon
ton a le visage coloré et les cheveux bouclés; la
vieille libre a des cheveux longs et gris; la vieille
esclave a sur le front une bandelette de peau
d'agneau; la jeune esclave n'a pas du tout de
sourcils; la grande princesse a les cheveux noirs
et le visage triste; la première jeune princesse
porte des robes courtes, etc. »

Le théâtre romain, s'il devint grec dans la
suite, fut tout latin à son origine. Tarquin
l'ancien bâtit le grand cirque et y donna des
jeux scéniques avec des acteurs appelés d'Étru-

rie; le mot *histrion* vint de l'étrusque *hister*
(baladin). C'est l'an 393 de Rome que la première troupe s'y fixa : elles se bornait à des
danses solennelles au son de la flûte; la jeune
noblesse de Rome y prit part, en y ajoutant des
vers gais, mais sans art, qui formèrent bientôt
une satire cadencée avec gestes et musique. En
514, l'affranchi Livius Andronicus fonda le théâtre latin, en donnant sa première tragédie, où il
joua un rôle : ses pièces étaient assez régulières
et sans trop de licence, mais pleines d'hellénis-
mes. Cinq ans après, Nævius fit faire quelques
progrès à cette littérature naissante dans ses
comédies, libres comme celles des Grecs, mais
moins bien reçues; car elles lui valurent la haine
des patriciens et l'exil. Ennius, ce génie vigoureux, mais informe, dans le fumier duquel Virgile avouait avoir ramassé tant de perles et qui,
par un naïf orgueil, prétendait que l'âme d'Homère avait passé en lui, grâce à la métempsycose ; Ennius, comme ses devanciers, mais avec
plus de succès encore, naturalisa sur le théâtre
de son pays beaucoup de sujets empruntés à la
mythologie hellénique. Son neveu Pacuvius et
Attius le suivirent; l'*Oreste* du premier produisit

un effet prodigieux ; le *Brutus* du second était
un essai de tragédie nationale. Pacuvius avait
plus d'art ; Attius l'emportait par l'énergie des
situations et la variété des caractères : tous deux
restaient à la remorque des Grecs. La plupart
de ces écrivains, avec de la force et de la dignité,
avaient de l'incorrection et de la rudesse ; la plupart cultivaient aussi le genre comique. Plaute,
leur successeur et leur maître, poète dès l'enfance
et réduit, quelque temps, après avoir perdu en
spéculations commerciales une grande fortune,
à servir chez un boulanger, Plaute, comme ses
devanciers, eut le tort de s'attacher trop exclusivement aux vestiges de la comédie grecque et
d'abdiquer ainsi tout empire sur les vices et les
ridicules de son pays et de son époque ; il a pris
plusieurs sujets à Ménandre et à Philémon. Il
commence ses pièces par un prologue, où l'intrigue se développe d'avance, à la façon d'Euripide ; chez lui, l'acteur rompt souvent le fil de
l'action pour causer avec le public ; on y trouve
aussi trop de trivialité dans les plaisanteries
et force jeux de mots ; mais ces imperfections
s'effacent auprès du dessin vigoureux de ses caractères, de la précision de son style et de sa

force comique. Son *Amphitryon* et son *Aulularia*
ont fourni deux chefs-d'œuvre à Molière, ses
Ménechmes et sa *Mostellaria*, deux agréables
pièces à Regnard. Térence, son rival et presque
son contemporain, brille par des mérites tout'
opposés. Carthaginois et esclave , il démentit
glorieusement son origine étrangère et infime ;
une éducation soignée et l'illustre amitié des
Scipions le tirèrent de l'obscurité. Mort à trente-
cinq ans, en Grèce, il a laissé six comédies ,
toutes imitées du grec : l'*Eunuque, * le *Phor-
mion*, l'*Hécyre*, l'*Heautontimoroumenos*, les
Adelphes, l'*Andrienne* sont dans toutes les mains.
Térence est plein d'élégance, de goût et de délicatesse; son style est un modèle de grâce et de
pureté: son dialogue plait, s'il n'amuse pas toujours, et souvent il intéresse : il est à Rome le
fondateur de la haute comédie. Il a plus de dé-
cence que Plaute, mais moins de variété et moins
de feu ; ses caractères et ses sujets se ressemblent : aussi, malgré son génie, Jules-César ne
l'appelait-il qu'un *demi-Ménandre*. Le milanais Cécilius Statius donna plusieurs ouvrages
estimables dans le genre comique ; Mélissus,
affranchi de Mécène, Afranius, auteur vif, mais

fort licencieux, Fundanius, Dorsennus, Turpilius, Publius Syrus, Labérius, plusieurs autres, conduisirent le deuil de la vraie comédie, ensevelie avec la liberté romaine, et laissèrent le champ libre aux *atellanes*, aux farces et aux pantomimes, qui, depuis longtemps, balançaient auprès de la foule le succès des Plaute et des Térence. Quant à la tragédie, elle n'avait pas mieux prospéré. Le frère de Cicéron composait, en seize jours, quatre tragédies, qui ne duraient guère plus. Pollion cueillit quelques palmes tragiques, comme on disait alors, ainsi que Quintilius Varus, qu'on accusait cependant d'avoir dérobé son chef-d'œuvre, le *Thyeste*, au fécond Cassius de Parme, après l'avoir fait tuer. Jules-César avait composé un *OEdipe :* en ce siècle-là, il ne suffisait pas à un homme de génie de faire dix campagnes en Gaule, la conquête de l'Asie, de l'Égypte et de l'Espagne, de pénétrer jusqu'en Angleterre et de gouverner l'Italie : il trouvait encore le temps d'être le premier orateur de l'époque après Cicéron, un historien éloquent dans ses *Commentaires*, un pamphlétaire plein de verve dans son *Anti-Caton*, et de pratiquer la poésie et le théâtre, dans les intervalles de la

politique, de la guerre et des plaisirs. Son petit-
neveu Auguste écrivit un *Ajax ;* Mécène, en se
jouant, ébaucha une tragédie; Ovide donna une
Médée, où se retrouvait sa facilité ordinaire. Sénèque ferme bientôt la liste ; que ce soit ou non le
philosophe, les tragédies qui portent son nom et
dont les meilleures sont *Médée, OEdipe,* la *Troade,*
Hippolyte et *Thyeste,* ces éternels sujets de drames, ne sont autre chose, malgré de brillants
passages, qu'un recueil de déclamations ampoulées et de sentences pompeuses, dignes du bel
esprit et du mauvais goût qui commençaient à
marquer la décadence de la littérature romaine.

Voilà tout le théâtre latin. Au premier coup
d'œil, vous vous croyez encore en Grèce et l'i-
mitation servile des auteurs semble vous encourager dans cette illusion. Ne retrouvez-vous pas,
à Rome, comme à Athènes, ces théâtres gran-
dioses, ce luxe de décoration et de mise en scène,
ces chants et ces danses, ce public innombrable,
ces flamines, ces sénateurs et ces vestales, venant,
aussi bien que les archontes et les pontifes, con-
sacrer de leur présence les jeux dramatiques?
Pourtant la différence est déjà sensible ; l'art

s'abaisse; le prestige s'efface; l'esprit populaire
et religieux du théâtre diminue jusqu'à ce qu'il
disparaisse entièrement. En Grèce, Eschyle, Sophocle, Euripide, Aristophane, Ménandre, reçoivent la couronne, signe de royauté : là, en
effet, on les proclame les rois de l'intelligence ;
on chante leur nom ; on honore leur tombe par
des jeux. A Rome, on mesure toute action à son
but et à ses résultats politiques; on ne se passionne que pour ce qui contribue à l'agrandis-
sement matériel et à la gloire militaire de la
patrie. Le peuple applaudit les poètes presque
autant que les gladiateurs et les funambules;
tant bien que mal les édiles les paient; mais la
république ne s'enorgueillit pas de leurs triomphes. Même déchéance pour les comédiens : à
Rome, on les traite de bouffons ; on n'ose ni les
admettre chez soi ni les aborder en public : en
les isolant, on les corrompt; à force de les mé-
priser, on les rend méprisables. Dans la Grèce,
où la tragédie était héroïque, religieuse et nationale, la grandeur des sujets représentés en-
noblissait tous les détails de la représentation :
aussi l'acteur ne craignait-il pas et rougissait-il
encore moins d'y coopérer. Les Romains gardent

pour le forum leurs tragédies réelles et san-
glantes : au théâtre, ils vont chercher plutôt
la comédie; mais, comme leur inflexible orgueil
ne leur permet pas de rire d'eux-mêmes, ils
empruntent à leurs voisins d'outre-mer leur
forme mitigée de comédie nouvelle, et c'est seulement sous le voile du costume athénien que
Plaute et Térence peuvent attaquer la fierté des
patriciens, la cupidité des publicains, la souplesse des candidats intrigants, tous les vices de
la société latine. Le théâtre romain est bien celui
d'une race de soldats, sinon de brigands, race
altière, dure et belliqueuse, qui ne se rapproche
de la scène, ni pour être émue ni pour être corrigée, mais pour s'amuser uniquement, et qui, en
conséquence, estime peu et récompense à peine
le poète, accable le comédien d'argent et d'infa-
mie, et laisse en suspens les chefs-d'œuvre les
plus sublimes pour courir au devant des jongleurs, des danseuses de corde, et surtout des
gladiateurs!

IV.

THÉATRE ITALIEN.

—

Sans quitter cette terre féconde d'Italie, que le flot débordé des conquêtes barbares frappa si longtemps de stérilité, redescendons le fleuve des âges et cherchons à recueillir sur ces bords déshérités quelques traces de ce génie dramatique, une des gloires les plus brillantes de l'esprit humain. Là, comme chez nous, la dévotion du moyen-âge produisit en foule des mystères; Lo-

renzo de Médicis, ce noble marchand et cet artiste couronné, en augmenta la pompe et en
diminua la bizarrerie. Dès le XIVᵉ siècle, l'historien Mussato mit à la scène le sujet du tyran
Ezzelino, coupé à la manière des anciens, essai
informe, où, pourtant, éclatait déjà le langage des
passions. En 1472, le futur précepteur de Léon X,
Ange Politien, âgé de dix-huit ans, composa, en
deux jours, à Bologne (à l'occasion d'une fête
donnée en l'honneur du cardinal François de
Gonzague), son *Orphée*, imité du quatrième livre
des *Géorgiques* de Virgile. C'est un poème plutôt pastoral encore que dramatique, où l'intrigue
est nulle, l'intérêt médiocre, mais la poésie facile et harmonieuse. Les personnages de cette
bucolique théâtrale sont Orphée, Eurydice, les
bergers Aristée, Mopsus, Thyrsis, le satyre Mné-
sile, Pluton, Proserpine, Tisiphone, des chœurs
de Dryades et de Ménades. Les cinq actes, d'une
brièveté excessive, ont des titres séparés : *les
Bergers, les Nymphes, les Héros, les Morts, les
Bacchantes*, et le meurtre du poète thrace forme
le dénouement. Trissino, archevêque de Béné-
vent, donna sa *Sophonisbe* et, le premier, introduisit dans le drame italien l'usage du vers blanc,

plus favorable au dialogue que l'alexandrin
rimé. Un certain nombre d'auteurs, peu connus
maintenant, suivirent ses traces : ce furent Gi-
raldi Cinthio, Louis Dolce, Alamanni, Sperone
Speroni ; le Tasse créa le drame pastoral dans sa
ravissante *Aminta*, et l'Arétin, ce cynique chro-
niqueur, dans une pièce en vers libres, qu'il
appelait son chef-d'œuvre et qu'il dédia au pape
Paul III, traita le sujet austère des *Horaces*.
Mais toutes ces ébauches copiaient l'antiquité
sans la rappeler.

La comédie fut plus heureuse ; elle naquit,
étincelante d'esprit et de verve, mais audacieuse
et déréglée, à l'ombre de la chaire pontificale. On
ne saurait se faire une idée des sujets, des personnages et des détails qui figurent dans la
plupart des œuvres comiques du XVIe siècle et du
commencement du XVIIe. Citons, par exemple,
la *Pergia* de Posta, l'*Esclave fidèle* de Lunardi,
il Ratto de Marotta, le *Combat des amants* par
Sforza d'Oddi, l'*Étranger* et la *Nuit* par Para-
bosco, *la Ruffiana* d'Hippolyte Salviano, *il
Ruffiano* de Louis Dolce, deux pièces du même
titre, par Lorenzo Stellando et Angela d'Orso, le
Duel de l'Amour et de la Fortune, la *Concorde*

des amours d'Angelita Scaramuccia, la *Trahison amoureuse* de Maggi. Des hommes d'une intelligence très-fine ou très-élevée, tels que l'Arétin, l'Arioste, Bibbiéna, Machiavel, produisirent, en ce genre, des ouvrages d'autant plus libres et d'autant plus hardis que leur rang dans la société leur permettait d'oser davantage. Léon X, poète, musicien, grand chasseur, avant tout homme d'esprit, faisait jouer avec pompe, en sa présence, ces pièces passablement dépaysées au Vatican. L'Arétin, auquel ses *Dialogues* ont valu une réputation si triste et si méritée, publia cinq comédies : le *Maréchal*, qui contient une vingtaine de rôles, la *Courtisane*, dédiée au cardinal de Trente, Bernard de Glofs, et représentée à Bologne pendant le carême, l'*Hypocrite*, où l'on chercherait en vain des caractères comme dans notre *Tartufe*, le *Philosophe*, mis sous le patronage du duc d'Urbin, Guido Ubaldo de la Rovere, et la *Talanta*, adressée au duc de Florence. Ces compositions diffuses et licencieuses avaient un grand succès auprès des prêtres des princes et des femmes, et l'on ne parlait dans les cours que du divin Arétin. L'immortel auteur du *Roland furieux* traduisit en prose l'*An-*

drienne et l'*Eunuque* de Térence et écrivit cinq
comédies en vers, l'*Un pour l'autre*, la *Casaria*,
le *Nécromant*, l'*Entremetteuse* et l'*Étudiante*.
On trouve dans ces comédies de l'Arioste un
grand nombre d'acteurs, des amourettes conduites par des valets rusés, des vieillards crédules et dupés, des reconnaissances romanesques,
mais du naturel dans le style et de la gaîté dans
les détails. Bibbiéna était au service des Médicis, qui le nommèrent ambassadeur, général et
même cardinal, cinq ans après qu'il eût donné
sa comédie de la *Calandra*, rédigée dans le système latin et consacrée à la peinture contemporaine des mœurs italiennes. Il était permis peut-
être aux honnêtes gens de ce temps-là de la voir
et de l'applaudir; il serait difficile de l'analyser
exactement. L'intrigue, imitée de celle des *Ménechmes* de Plaute, habilement conduite, mais
trop compliquée, y roule sur la ressemblance et
sur les déguisements de deux jumeaux de sexes
différents; les traits hasardés y abondent : mais
le dialogue y pétille de finesse et le style en est
aussi estimé que celui de Boccace ou de l'Arioste.
La Mandragora de Machiavel est encore supérieure. Il se trouve que ce profond penseur et ce

sombre politique, dans l'intervalle de ses *Décades historiques* et de son *Traité du Prince*, a fait la plus leste et la plus vive des comédies italiennes. La manière en est rapide, animée ; elle va au but sans scrupule ; le sujet, dont La Fontaine a fait un conte, est des plus légers et les détails n'en voilent nullement la nudité : décidément il fallait qu'à cette époque on sût tout dire, comme on pouvait tout faire. Mais *la Mandragora* offre des beautés de premier ordre : les caractères y sont tracés de main de maître. Le parasite Ligurio, Monna Lucrezia, l'épouse coupable sans le vouloir et sans le savoir, messer Nicia, ce mari dupé et content, comme Sganarelle, le frère Timothée, aïeul de Tartufe, sont autant de portraits excellents : la touche en est ferme, les nuances bien choisies et l'effet saisissant. Machiavel, dans son prologue, dit qu'il a fait cette comédie pour se distraire dans une heure d'affreuse mélancolie : en effet, le fond en est triste ; des niais et des fripons, pas un seul honnête homme, en voilà les personnages. Mais la gaîté de la forme et l'esprit du dialogue sauvent le côté sombre comme le côté licencieux du sujet, et la façon dont est crayonnée cette vigoureuse esquisse trahit

l'homme de génie habitué à de plus sévères travaux. Quant à l'audace philosophique qui y
règne, si tolérants ou si insouciants qu'on suppose les nobles cardinaux du XVIe siècle, il est
incroyable que la cour de Léon X ait pu l'encou‑
rager par ses bravos.

Cette extrême liberté, que la comédie italienne
avait prise au début, se perpétua presque jusqu'à
notre siècle, tantôt dans le théâtre régulier, tantôt
et plus souvent dans *la Comedia dell' arte*, espèce
de comédie locale, qui s'éleva dans chacune des
provinces de l'Italie, à Rome, à Naples, à Palerme, à Venise, à Milan, à Bologne, à Ferrare,
et dont les Cassandrino, les Menneghino, les
Stantarello, les Paschino, les Pulcinella et tant
d'autres types populaires ont toujours, chacun
dans son dialecte, rivalisé avec les représentants
moins piquants de la comédie dite sérieuse.
Dans le genre de Bibbiéna et de Machiavel s'es-
sayèrent le florentin J. M. Cecchi, qui fit aussi
des tragédies saintes et qui bâtissait des hôpi-
taux; Annibal Caro, le fameux traducteur de
Virgile, et Lorenzino, le meurtrier de son cousin
le duc Alexandre de Médicis. Grazzini et le Var-
chi réussirent moins bien dans la haute comédie.

On se mit alors à traduire en vers Plaute et Térence et à jouer leurs chefs-d'œuvre arrangés et
travestis dans les couvents lettrés. Le Cerchi
imita *la Cistellaria* de Plaute, en remplaçant sans
façon par deux sœurs grises les deux courtisanes qui y mènent toute l'intrigue. Toutes ces
pièces ont pour sujet les tours qu'on joue à un
avare, à un mari jaloux ou à un vieux docteur ;
l'amour en fait tous les frais : pour la morale,
elle y tient moins de place et, avant le XVII⁰ siècle, les licences de l'Arétin et de Machiavel
étaient déjà dépassées. En 1608, Guarini, l'auteur
gracieux et bucolique du *Pastor Fido*, fit une
comédie, l'*Hydropique*, dont l'héroïne est une
jeune et jolie fille, atteinte d'une maladie passa-
gère, qui la montre aux spectateurs dans l'état
le plus alarmant; toute la pièce roule sur la
cause et le traitement de la susdite maladie : ce
curieux ouvrage fut joué à la cour du duc de
Mantoue, au mariage d'un de ses fils. L'imitation du théâtre espagnol, alors en vogue dans
toute l'Europe, vint compliquer la comédie italienne : on négligea les caractères pour le romanesque ; on se jeta dans l'*imbroglio*. J. B.
Porta, Bernardo Accolti et Rafaele Borghini s'y

distinguèrent. Les *Intrigues amoureuses*, attri-
buées au Tasse, sont le chef-d'œuvre de cette
nouvelle école ; Vénus, dans le prologue, annonce que jamais son fils ne noua de trame si
embrouillée. En effet, on y voit seize personnages, tous agissant dans presque autant d'intrigues
parallèles, une foule de déguisements et de reconnaissances ; c'est un labyrinthe dramatique,
où l'on rencontre, d'ailleurs, en chemin beaucoup
de vivacité, d'énergie et de gaîté. A la fin du
XVIIᵉ siècle, le siennois Girolamo Gigli, voulant
délivrer l'Italie du joug de l'imitation espagnole,
y introduisit le genre français, en donnant, à
Rome, *Don Pirlone*, calqué sur le *Tartufe* de
Molière, et *I Litiganti*, traduction des *Plaideurs*
de Racine ; c'était remplacer un excès par un
autre.

La comédie italienne s'affaiblit par ces serviles
plagiats de notre littérature ; Métastase, dans la
tragédie, adopta aussi ce dangereux système.
L'abbé Métastase, *poète césaréen*, comme il se
nommait lui-même, c'est-à-dire poète italien
aux gages de l'empereur d'Autriche Charles VI,
a laissé un grand nombre de drames lyriques,
dont le succès fut immense et dont la valeur est

réelle : l'action y est régulière et le langage en est mélodieux ; mais ses caractères sont invraisemblables et ses sentiments efféminés. Il copie les formes, sinon les idées, de la France ; il a la grâce et l'élégance de Racine, moins sa passion vraie ; il reproduit les chœurs des Grecs, sauf leur sublime enthousiasme ; ses personnages chantent trop souvent, au lieu de parler, et chantent l'opéra plutôt que l'ode : il a de la facilité, de la pureté, parfois même une certaine émotion ; mais ce n'est pas là un tragique. Le marquis Maffei, dont la *Mérope* a inspiré celle de Voltaire, a cherché, dans ses comédies de *la Cérémonie* et du *Raguet*, à ridiculiser ces gallicismes de la littérature italienne ; mais ses pièces, ainsi que celle du *Cruscante devenu fou*, bonne satire du purisme de l'académie de la Crusca, par le même auteur, et celles des *Faux littérateurs*, des *Poètes comiques*, de l'*Ariostiste* et du *Tassiste*, par Giulio Cesare Becelli, quoique élégamment dialoguées et dans le genre des *Précieuses ridicules* de Molière, sont trop froides et trop purement littéraires pour faire rire. Au reste, si Molière trouvait en Italie force copistes et parodistes, il n'y manquait pas non

plus de détracteurs parmi les partisans de la
vieille comédie nationale. Ne pouvant lui refuser
le génie, ils se rejetaient sur son peu d'invention, l'accusant de s'être enrichi des dépouilles
de leurs écrivains dramatiques et de devoir son
Étourdi à l'*Inavertito* de Barbieri, son *Dépit
amoureux* à l'*Interessa* de Sacchi, sa scène de
la cassette dans l'*Avare* à la *Sporta* de Galli, son
École des maris et son *George Dandin* à la
Comedia dell' arte, et même son *Tartufe* à une
vieille pièce du XVe siècle, *il Dottore Bacchet-
tone*. A tous ces griefs on sait la réponse du
grand homme : « Je reprends mon bien où je le
trouve. » Goldoni, qu'on a surnommé *le Molière
de l'Italie*, n'a de commun avec ce prince des
poètes comiques que les sujets qu'il lui emprunte
à son tour. Cependant, s'il servit mal les intérêts
véritables de sa propre littérature en se traînant
sur les pas des maîtres français, il n'en dépensa
pas moins, dans la poursuite de cette erreur, beaucoup d'esprit et de talent. Il a laissé plus de cent
pièces en trois et cinq actes : il en promettait aux
directeurs et en faisait seize par saison, et sa
fécondité n'excluait ni le goût ni l'élégance; on
joue encore, à Paris, son *Bourru bienfaisant*.

Un esprit plus original et qui parut aussi à la fin du XVIIIe siècle, c'est le Piémontais Alfiéri, républicain à la cour despotique du roi de Sardaigne et tendre confident de la femme du dernier des Stuarts, cet Alfieri qui traversa, comme Byron, l'Europe au galop de ses chevaux et consacrait quatre heures par jour à l'étude de la langue italienne, si délicate et si embarrassante par la variété de ses dialectes, Alfiéri qui, outre deux traités démocratiques sur *la Tyrannie* et sur *les Princes et les lettres* et de fort curieux mémoires, laissa un riche théâtre qu'il n'avait construit qu'après de longs voyages et de rudes travaux. Ce théâtre d'Alfieri semble un temple élevé à la Vertu et à la Liberté ; on y retrouve l'austérité spartiate, l'héroïsme romain, revivant dans la langue la plus pure de Tasse et de Dante, avec permission du saint-siége et des petits princes d'Italie. C'est le poète de la méditation solitaire et de l'orgueil misanthropique : il ne se sert de la scène que comme d'une tribune pour exprimer ses pensées et ses passions personnelles ; tous ses personnages sont poètes et républicains comme lui. Son dialogue vif et coupé, sa forme brusque et rapide, ses vers sac-

cadés en répliques soudaines, il imite tout cela
de l'auteur du *Cid*. Car, loin de chercher à re-
culer le domaine de l'art et à élargir violemment
la route tracée par nos grands tragiques, il s'y
jette aveuglément, faisant des tragédies grec-
ques comme Racine, des tragédies latines
comme Corneille, des tragédies modernes comme
Voltaire, mais variant beaucoup ses sujets, s'il
garde un moule uniforme, et ayant en lui une
chose qui le distingue de la plupart de ses émules, l'enthousiasme. Ses tragédies sont donc des
tragédies à la mode de France, avec les confidents et les récits de moins et la république de
plus. Son *Agamemnon* offre un beau tableau
des luttes de la conscience avec le remords ; mais
il y prépare trop habilement un crime, que la
tradition et la fatalité antiques autorisaient sans
l'expliquer. Sa *Mérope* trahit encore son système
d'interprétation, appliqué aux sujets consacrés,
et son désir d'innover, non par création, mais
par réforme ; il n'y fait entrer en tout que quatre
personnages, qui, grâce à beaucoup d'art et
d'intrigue, suffisent à l'action. Cette simplicité
un peu raide fut spirituellement parodiée en
Toscane dans un drame intitulé : *la Mort de*

Socrate, drame de quelques pages et à trois
rôles : en voici le passage le plus pathétique, le
dénouement, dont on ne saurait, du moins, nier
la concision : *Socrate*, « Je meurs. » — *Platon*,
« O mon maître ! » — *Xanthippe*, « O mon
époux ! » Dans ses deux *Brutus* et dans *Virginie*
Alfiéri se complait à retracer l'âpreté des mœurs
et des idées romaines ; là, comme dans son *Octavie*, son style, ferme, un peu rude, presque
dantesque, semble du latin retrouvé. Pour ses
pièces modernes, mêmes préoccupations. Dans
sa *Marie Stuart*, il ne peint ni la femme légère,
ni la reine infortunée, mais celle qui laissa tuer
Darnley ; dans *les Pazzi*, il saisit avec empres-
sement cette excellente occasion d'entonner un
hymne en l'honneur de la liberté florentine ;
dans son *Philippe II*, il rencontre la vérité à
force d'inspiration. Sa haine du pouvoir lui
donne le secret de cette âme profonde et téné-
breuse d'un tyran, et il montre un talent remarquable dans ce sujet que déjà venait d'illustrer le
génie de Schiller. Il est inutile de dire que tous
ces ouvrages ne furent jamais joués sur les théâtres publics ; plusieurs grands seigneurs en
donnèrent des représentations dans leurs palais

de Rome. Plus tard le peuple s'en mêla : des artisans, dont la plupart ne savaient pas lire, formèrent une espèce de société secrète pour l'interprétation des chefs-d'œuvre d'Alfiéri, qui, en peu d'années, parvinrent à dix-huit éditions ; ces *carbonari-comédiens* déclamaient ses beaux vers dans les tavernes et sur les places, rendant ainsi un hommage tout antique à cet Eschyle italien du XIXᵉ siècle. C'est qu'après tout Alfiéri était vraiment poète, à une époque où il n'y avait plus que des lettrés, comme l'abbé Césarotti, traducteur élégant de trois tragédies de Voltaire, comme Monti et Pindemonte.

La comédie se retrempa, un instant, aux sources de la verve nationale, et le vénitien Gozzi, Giraud, Federici, Sografi ne furent que les habiles metteurs en œuvre de données populaires. Federici a fait cinquante-six pièces, parmi lesquelles on distingue *la Bugia vive poco* et les *Voyages de l'empereur Sigismond* ou le *Sculpteur et l'aveugle*. Sografi est plein de gaîté dans ses pièces où il représente le curieux intérieur et les petits travers des troupes dramatiques. Il emploie habilement les dialectes provinciaux, le génois, le bolonais ou le romain ; il a créé des

caractères aussi vrais qu'amusants et qui reste-
ront: Dazia Garbinati de Procoli, l'altière *prima
donna*, qui chantait hier dans la rue et qui se
vante aujourd'hui d'avoir rompu un riche en-
gagement pour l'Angleterre afin de faire cadeau
à sa patrie de son inimitable talent; Procolo,
son mari, si humble près d'elle, si brutal avec
les autres, moitié singe et moitié perroquet, co-
piant les gestes et les paroles de sa noble épouse ;
le maëstro, la danseuse Tata, le ténor allemand
Wilhelm Knollemanhilverdinschprafchmaëster,
et toutes ces caricatures, dont l'original se trouve
dans tous les théâtres d'Italie, et peut-être
ailleurs. On préfère, au-delà des Alpes, la manière, prétendue noble, d'Alberto Nota, qui se disait le continuateur de Goldoni : sa meilleure
pièce, les *Premiers pas vers le mal,* dont Casimir Delavigne a fait son *École des vieillards,* est
loin de racheter la banalité du sujet par l'exécution spirituelle et élégante de l'auteur français.
Nota imite, non-seulement Goldoni, mais Molière et jusqu'à Collin d'Harleville; mais il
n'approche, ni du feu du premier, ni de la verve
sublime du second, ni même de la bonhomie
gracieuse du troisième. Il a refait *le Malade*

imaginaire, en rajeunissant le personnage. Toutes ses comédies : le *Philosophe célibataire*, la *Dame ambitieuse*, l'*Homme à projets*, le *Nouveau riche*, la *Foire*, la *Fidélité merveilleuse*, l'*Atrabilaire*, et ses drames : l'*Aîné et le cadet*, la *Marquise de Gange*, *Laure et Pétrarque* ont également le même style froid, les mêmes mœurs communes, les mêmes situations effacées et l'alliance singulière d'une grande prétention au but moral avec une certaine vulgarité dans les détails.

Nota a fait quelque temps école; mais les esprits les plus vigoureux de la jeune Italie ont fui ce système de comédie factice et gourmée pour ressusciter la tragédie et créer le drame. Manzoni, Silvio Pellico et Niccolini furent les trois athlètes principaux de la secte nouvelle : ces trois poètes éminents avaient chacun leur mérite spécial. Pellico, dans son *Esther*, sa *Gismonda*, son *Euphémie de Messine* et surtout sa *Françoise de Rimini*, a laissé percer souvent cette douceur et cette résignation mystiques, qui éclatent à chaque page de ses fameux livres des *Prisons* et des *Devoirs*. Niccolini, auteur de *Jean de Procida*, de *Louis le Maure* et d'un

singulier drame allégorique, où il met en scène
Napoléon Ier sous le nom de *Nabucco*, a plus
d'ampleur et fait la part plus large aux détails, aux
caractères et aux costumes. Manzoni, si lyrique
dans ses poésies chrétiennes, heureux imitateur
de Walter Scott dans son roman des *Fiancés*, se
mit, dans ses drames d'*Adelghise* et du *Comte
de Carmagnola*, à la suite de Shakespeare et de
Schiller et à la tête d'une école lombarde de ré-
novation dramatique. Alfiéri a conservé, à son
tour, des imitateurs : ce furent Marenco, l'auteur
de *Bérenger*, Brofferio, l'auteur de *Vitigès roi
des Goths*, et Giacometto, l'auteur de *la Famille
Lercari*, tous trois classiques assez médiocres.
Manzoni a eu pour disciples Battaglia, le C. Delavigne de l'Italie, qui a de l'habileté et de l'art
et qui cherche à concilier les formes anciennes,
en les élargissant, avec les réformes modernes,
en les réglant; Giuseppe Revere, qui ressemble
plus à V. Hugo et qui cherche la vérité historique, mais dont le *Lorenzino de Medicis* est
presque injouable, vu la longueur des scènes et
la multitude des personnages; enfin Turotti,
dont le *Comte d'Anguissola* a remporté un éclatant triomphe, et le Napolitain de Virgiliis, esprit

original, mais confus, qui, dans sa *Comédie du XIXe siècle* (œuvre de proportions colossales, où la terre et le ciel, la philosophie et la poésie, les passions humaines, surnaturelles et extra-naturelles se heurtent et se pressent), a fait une parodie du *Faust* de Goëthe et un pendant au *Don Juan de Marana* d'Alexandre Dumas. Après et au-dessous, il n'y a plus qu'une myriade de traducteurs et de copistes de nos mélodrames et de nos vaudevilles français. Telle est et telle fut dans ses développements successifs cette littérature, toujours féconde et parfois brillante, de l'Italie dramatique. Les opéras de Métastase, les tragédies d'Alfiéri, les drames de Manzoni en représentent noblement le côté sérieux ; le côté comique se reflète plus ou moins ingénieusement chez Goldoni, chez Giraud et chez Nota ; mais, pour trouver là une véritable comédie, à la façon d'Aristophane, de Plaute ou de Molière, il faut encore, je le crains, remonter à notre point de départ, à la *Calandra* du cardinal Bibbiéna et à la *Mandragora* de l'historien Machiavel.

V.

THÉATRE ESPAGNOL.

—

La littérature espagnole est une des plus importantes et une des moins connues de l'Europe ; depuis le XIVᵉ siècle jusqu'au nôtre, elle a produit une foule de trésors, ignorés presque absolument du public ordinaire et que fort peu de lettrés connaissent à fond. Elle nous apparaît surtout sous trois formes brillantes. Ce sont d'abord les chants lyriques et presque épi-

ques des *romanceros*, sur Rodéric, Florinde, le
comte Julien, Pélage et la destruction de l'empire des Wisigoths, sur le Cid, Bernard del
Carpio et les autres chevaliers vainqueurs des
Maures, sur la révolte des *Communeros* et tant
d'autres épisodes héroïques du moyen-âge ; ce
sont les poésies de Boscan, de Montemayor, de
Juan de Mena, de Garcilaso de la Vega, de Hurtado de Mendoza. Ensuite ce sont les romans,
nouvelles et satires des Cervantes, des Avella-
neda, des Guevara, des Quevedo. Ce sont, enfin,
d'innombrables ouvrages dramatiques, dont nous
essaierons de caractériser l'ensemble par quelques noms fameux et par quelques détails ex-
pressifs. Un poète du XVIIᵉ siècle, qui lui-même
a pratiqué le théâtre avec succès, Agostino de
Rojas, a dit, dans un ouvrage intitulé *Viage
entretenido* : « A l'époque heureuse où nos
rois célèbres, dignes d'une éternelle mémoire,
Ferdinand et Isabelle (qui maintenant règnent
parmi les saints), achevaient de chasser de l'Espagne tous les Maures qui occupaient le royaume
de Grenade, au moment où l'inquisition était
créée, on vit naître la comédie. » Circonstances
assez singulières, on le voit, et peu favorables

en apparence à l'expansion du génie comique !
Il est vrai que le mot de *comédie* s'appliquait à
des œuvres fort graves ; ainsi, le marquis de
Santillana, mettant en scène une bataille navale,
livrée en 1435, près de l'île de Ponza, entre les
Aragonais et les Génois, nommait sa pièce
Comedicta de Ponza (petite comédie de Ponza).
Les comédies espagnoles sont, en effet, tantôt
gaies, tantôt sérieuses, parfois empruntées à
l'histoire, plus souvent puisées dans la vie réelle,
de temps à autre empreintes de fantaisie ou de
mysticisme. Partagées en quatre actes à leur origine, elles furent bientôt bornées à trois ; coupe
que nous croyons fort naturelle, puisqu'elle
comporte une exposition, un nœud et un dénouement, et que nous préférons de beaucoup à notre
division en cinq actes, qui, chez les écrivains
médiocres et même quelquefois chez les plus
grands maîtres, amène force longueurs et remplissages. De plus, elles sont écrites presque
toujours en vers, et spécialement en vers de huit
syllabes ; rhythme rapide, coulant, harmonieux,
facile, fait pour le dialogue et pour l'action, qui
rappelle assez exactement une des formes les
plus usitées de la poésie sanscrite et certains

iambiques grecs ou latins, tandis que l'alexandrin pompeux et solennel règne sans partage
sur notre scène, quelque soit le genre ou le ton
du sujet. Lope de Rueda, Virues, Miguel San-
chez furent les fondateurs obscurs du théâtre
espagnol ; Cervantes, l'admirable narrateur des
aventures burlesques de l'illustre don Quichotte
de la Manche, en augmenta l'éclat par des comédies et des intermèdes, qui jouirent d'une vogue
méritée; mais sa véritable illustration date de
Lope de Vega.

Au reste, depuis deux cents ans, l'opinion de
la critique européenne sur ce théâtre a changé
plusieurs fois, et il a subi successivement le
flux et le reflux des révolutions littéraires. Au
commencement du XVIIe siècle, l'Espagne,
quoique penchant déjà vers son déclin, dominait
encore sur l'Europe, comme la France l'a fait depuis lors, par ses usages, par ses modes, jusque
par ses caprices ; en ce temps-là sa littérature était
universellement admirée. A peine les chefs-d'œuvre de Lope, de Calderon et de leurs émules
avaient-ils paru qu'ils franchissaient les monts
pour être imités ou traduits; c'est ainsi que
Pierre et Thomas Corneille, Molière, Scarron,

bien d'autres allaient chercher au-delà des Pyrénées des exemples et des modèles : l'imagination castillane défraya la plupart des romans et
des poèmes dramatiques du temps de Louis XIII.
Tout changea bientôt : le génie abandonna, en
même temps que la puissance, un sol desséché
par l'ignorance et le despotisme ; à mesure que
s'abaissait l'Espagne, dépouillée de ses Flandres
et de ses Indes, la France s'élevait radieuse et
couronnée, avec Louis XIV, ce soleil symbolique, dont les rayons faisaient éclore toutes les
gloires. La littérature française succéda à la
littérature espagnole dans la direction suprême
de l'esprit humain. Racine et Molière, rattachant
la nature à l'art et l'inspiration personnelle à
la tradition antique, donnèrent aux deux formes
du drame ces limites et cette allure régulières,
que Rome et Athènes elles-mêmes n'avaient pas
atteintes. L'Europe courba la tête sous ce joug
doré ; la loi des unités, jusque-là inconnue ou
négligée, devint à l'ordre du jour ; la tragédie et
la comédie, d'abord si peu distinctes, se virent
séparer par d'infranchissables barrières. La scène
espagnole, naguère si vantée, fut frappée d'anathème par Boileau, comme tout ce qui sortait de

la règle et rompait l'ensemble ; bien plus, l'Espagne, recevant avec un monarque français plus d'une idée et d'une passion françaises, se mit à copier nos classiques et à s'insurger elle-même contre ses œuvres originales et ses poètes nationaux. On cessa de représenter leurs pièces à Madrid ; on commença à les regarder comme des esprits brillants et féconds, mais qui avaient abusé de leur facilité pour enfanter des monstres indignes des regards de la postérité. Les comédies familières et d'intrigue, nommées en Espagne *comédies de cape et d'épée*, furent, pour la plupart, conservées, parce qu'elles ne s'écartaient pas trop du moule de convention ; mais, quant à la comédie héroïque et historique, beaucoup trop libre ou trop large pour tenir dans le cadre plus étroit du système classique, on en rougit, on la repoussa et on l'oublia. Puis s'éleva une autre secte de critiques, riche de contradictions et de paradoxes, qui, tout en condamnant les prétendues extravagances de Lope et de ses rivaux, persistaient à revendiquer la suprématie dramatique pour l'Espagne, recherchant dans la poudre et élevant sur un piédestal je ne sais quels génies primitifs, dont les chefs-d'œuvre réguliers auraient de beaucoup

précédé les novateurs, et que la France aurait
imités. La pratique suivit la théorie. Force écrivains, d'esprit même et de talent, mais sans
originalité, composèrent, d'après un programme
renouvelé d'Aristote, des tragédies assez bien
écrites et sagement conduites, mais froides et
compassées, et des comédies plus médiocres encore. Cependant une autre révolution se préparait avec bruit, dans la littérature comme dans la
politique; l'esprit du XVIIIe siècle allait partout
renverser les digues que le XVIIe avait élevées
devant le débordement des idées humaines. Voltaire, qui tenta, au théâtre, de nombreuses
réformes, bien timides à nos yeux, bien hardies
pour son temps, Voltaire qui cherchait à élargir
le cercle de la tragédie française par un choix
plus varié de sujets et par une entente un peu
moins confuse de ce qu'on appelle aujourd'hui
la couleur locale, Voltaire s'arrêta sur le seuil
des littératures étrangères, et y jeta un coup d'œil
en passant; il appela Lope et Calvéron des barbares; mais il rappela leurs noms à la France.
La réaction allait éclater avec bien plus de vivacité, non encore en France, mais de l'autre côté
du Rhin, où notre révolution, nos conquêtes

européennes et le sentiment de leur nationalité,
qu'elles rendaient aux étrangers, contribuèrent
puissamment à dépopulariser l'imitation de la
littérature française. Deux écoles s'élevèrent
parallèlement, l'une de poètes, avec Goëthe et
Schiller, l'autre de critiques, avec Wilhelm de
Schlegel et Bouterweck, qui rouvrirent un pan-
théon à tous les dieux de l'intelligence et repla-
cèrent la couronne sur les fronts vénérables de
Shakespeare, de Lope et de Caldéron. Cette réha-
bilitation était bien due aux créateurs du théâtre
espagnol ; l'exemple, donné par l'Allemagne,
fut plus tard suivi en France, où les idées avaient
pris peu à peu une marche analogue, et jusqu'en
Espagne, où, après une longue lutte à peine
terminée aujourd'hui, les vieilles idoles de l'art
castillan retrouvèrent un culte et des hommages.
Ajoutons que ce retour de l'opinion, si juste qu'il
soit, n'est pas complet. En vain, lord Holland,
Sismondi, Fauriel, MM. Louis Viardot, de Viel-
Castel, Damas-Hinard, de Puibusque, ont-ils
donné sur cette matière des travaux utiles et
consciencieux ; c'est encore sur parole que nous
admirons tout au plus trois ou quatre noms du
Parnasse espagnol. Cela tient à l'isolement poli-

tique et social de l'Espagne, à l'enfance où
reste encore la critique au-delà des Pyrénées, et
surtout à la rareté des ouvrages mêmes; à Paris,
à Vienne, à Londres, il est impossible et, à Madrid, il n'est pas aisé de se faire en ce genre une
collection quelque peu complète. Puisse cette
rareté de matériaux ne pas trop nuire à la courte
esquisse que nous donnons ici du théâtre espagnol !

Le véritable père de ce théâtre, comme Corneille le fut pour le nôtre, est bien l'illustre
Lope Félix de Véga, né à Madrid, en 1562, secrétaire de l'évêque d'Avila, du comte de Lemos et du
duc d'Albe : après la mort de sa seconde femme,
il prit les ordres et se fit chevalier de Malte. Ses
œuvres en prose et en vers forment vingt-et-un
volumes in-quarto, sans compter ses pièces de
théâtre, qui remplissent vingt-cinq autres volumes in-quarto et dont on sait à peine le nombre.
Son immense fécondité s'explique par une facilité et une imagination merveilleuses, mais aussi
par l'absence commode de toute unité : telle de
ses pièces dure plusieurs années et contient même
toute la vie d'un homme; telle autre se passe, au
premier acte, en Espagne, au second, en Italie,

au troisième, en Afrique ou dans le ciel. Ce sont
des espèces de tragi-comédies, mélangées de faits
héroïques et de discours sérieux, de guerres et de
meurtres, de satire et de farce ; anges et dieux,
mythologie et christianisme, vices et vertus,'s'y
retrouvent confondus ; le roman y complique de
drame et le drame y anime le roman. N'oublions
pas que Lope de Véga, né au XVIe siècle, dix-huit
mois avant Shakespeare et cinquante ans avant
Corneille, trouva la scène espagnole encombrée
de productions souvent monstrueuses, qu'il n'eut
guère le moyen ni le temps d'y introduire beaucoup d'art, et qu'il se contenta d'y répandre à
flots un inépuisable génie. N'oublions pas qu'il
dut céder au goût, bon ou mauvais, de ses contemporains, qui préféraient à une action régulière et habile les incidents nombreux, les aventures étranges et les intrigues compliquées. Est-
il classique si endurci qui ne lui pardonne en le
voyant faire pénitence, à haute voix, de sa
verve et de sa fertilité, et en l'entendant faire
ingénuement, au commencement de son *Nouvel art pour écrire des comédies*, ces aveux, que
Voltaire a traduits en vers élégants, mais que je
préfère transcrire plus littéralement? « Vous

m'ordonnez de vous écrire un art dramatique
conforme au goût actuel du public? Cette tâche
paraît facile et elle le serait, en effet, pour celui
d'entre vous qui a le moins travaillé pour le
théâtre et qui, par cela même, n'en connaît que
mieux les règles ; mais il s'en faut bien qu'elle
le soit pour moi, qui n'ai composé que contre
les règles de l'art. Ce n'est pas, grâce à Dieu,
que je les ignore. J'étais encore écolier et le soleil n'avait pas, depuis ma naissance, passé dix
fois du Bélier aux Poissons, que toutes ces théories m'étaient familières. Mais, à l'époque où je
débutais dans la carrière, je trouvai la scène
remplie d'ouvrages, bien différents de ceux que
laissèrent pour modèles les premiers inventeurs
de cet art et tels enfin qu'avaient pu les compo-
ser des barbares, qui avaient accoutumé le vulgaire à leur grossièreté. Et ils se sont si bien
établis sous cette forme que celui qui veut maintenant écrire pour le théâtre, suivant les préceptes de l'art, meurt sans gloire et sans récompense ; car, parmi ceux qui ne sont pas éclairés
par les lumières d'une raison supérieure, la
coutume l'emporte toujours. Plusieurs fois, il est
vrai, j'ai écrit suivant ces principes que peu de

personnes connaissent ; mais, aussitôt que je vois
paraître ces compositions bizarres, vers lesquelles accourent le peuple et les femmes, toujours
amoureuses de pareilles sottises, je retourne à
mes habitudes barbares. Lorsque j'ai à écrire
une comédie, j'enferme toutes les règles sous de
triples verroux. J'éloigne de mon cabinet Plaute
et Térence, de peur d'entendre leurs cris ; car,
dans leurs muets ouvrages, la vérité semble ré-
clamer à haute voix, et j'écris alors suivant l'art
qu'ont inventé ceux qui veulent à tout prix obtenir les applaudissements de la foule. Après tout,
comme c'est le public qui paie ces fadaises, il
est juste qu'on le serve à son goût. » On le voit,
voilà une confession assez humble ; il est vrai
que plusieurs critiques ingénieux y ont plutôt
soupçonné une ironie : en tout cas, la postérité
a absous le poëte.

Ce serait une erreur profonde que de croire,
sur la foi de Voltaire, à la barbarie et à l'ignorance de Lope : son instruction était réelle et
variée ; il connaissait et il aimait l'antiquité ;
il parlait plusieurs langues. Son goût était
bien plus fin et bien plus pur que beaucoup
de gens ne le supposent ; pendant vingt ans ,

et principalement dans son *Discours sur la
poésie nouvelle*, il soutint une lutte acharnée
contre Gongora, ce chef des *cultos* ou raffinés,
qui, par ses *conceptos*, imités des *concetti* italiens, nous rappelle, en effet, l'école de Marino,
les *Euphuistes* persifflés par Shakespeare et nos
Précieuses ridicules tant bafouées par Molière
et Despréaux. L'opuscule même dont nous venons
de citer un extrait prouve l'érudition, l'esprit
et le jugement de Lope : comme Ronsard, sa
théorie a quelquefois valu bien mieux que sa
pratique. Ce *Nouvel art pour faire des comédies*, écrit en vers blancs de douze syllabes,
semble avoir été improvisé, en 1609, sur la demande d'une de ces académies qui, en Espagne
comme en France, commençaient à se répandre,
à l'imitation de celles d'Italie. Lope y fait la distinction de la tragédie et de la comédie et leur
histoire depuis l'origine ; il cite Aristote et Cicéron, Ménandre et Plaute : on croirait entendre
parler Horace ou Boileau. « On peut, dit-il, introduire des rois sur le théâtre ; cependant notre
maître et seigneur, Philippe II, *le prudent*, se
fâchait toutes les fois qu'il voyait un prince mis
en scène. En mêlant le bouffon au sérieux, Té-

rence et Sénèque, vous obtiendrez des monstres à la façon du Minotaure, mais qui plairont. Pas trop d'épisodes ; de l'unité dans l'action : quant aux unités de temps et de lieu, elles sont moins utiles. Ces libertés, je le sais, révoltent les connaisseurs ; eh bien ! que les connaisseurs n'aillent pas voir nos pièces. Partagez votre ouvrage en trois actes, faites-en le plan avec soin, écrivez-le d'abord en prose, puis vérifiez-le : beaucoup de naturel et de vérité dans le style. Observez les caractères ; menez l'intrigue avec adresse. Appropriez le rhythme au sujet et aux diverses parties du sujet ; employez les dizains pour les plaintes, les sonnets pour les monologues, les vers octosyllabiques pour les récits, les tercets pour les passages graves, et les *redondillas* pour les dialogues amoureux. Usez des figures de rhétorique : la répétition, la métaphore, la dubitation, l'exclamation, l'ironie, l'apostrophe ; usez aussi des *à parte* et des *quiproquos*. Peignez des événements où l'honneur soit intéressé et des actions vertueuses ; car on aime partout la vertu. Ne voyons-nous pas, tous les jours, que l'acteur qui joue les rôles de traîtres devient odieux à tous, qu'on évite sa rencontre et que

même les marchands refusent de lui vendre,
tandis que l'acteur qui représente les honnêtes gens est aimé, honoré, accueilli, recherché,
fêté dans les meilleures maisons? Que vos critiques ne dégénèrent pas en satires directes;
piquez, mais ne blessez pas : quiconque insulte
ne doit attendre ni faveur pour le présent ni renommée pour l'avenir. » Lope conseille d'étudier
l'architecture théâtrale dans Vitruve, l'art des
décors dans les *Épîtres* d'Horace, Valère-Maxime
et Pétrus Crinitus, la science des costumes dans
Julius Pollux; il traite de barbare l'usage qu'on
avait sur le théâtre espagnol (usage qui, on le
sait, n'a disparu du nôtre que depuis Lekain et
Voltaire), de montrer des Turcs avec des collere-t-
tes à l'européenne, et des Romains en haut de-
chausses. Il termine enfin cette piquante et ju-
dicieuse esquisse par ces mots significatifs :
« Mais de tous les barbares nul ne mérite plus
ce titre que moi, puisque j'ai l'insolence de donner des préceptes contre l'art et que je me laisse
emporter par le courant, au risque d'être traité
d'ignorant en Italie et en France. Mais que
faire? En comptant celle que j'ai terminée cette
semaine, j'ai déjà composé quatre cent quatre-

vingt-trois comédies et, à l'exception de six, toutes pèchent absolument contre les règles de l'art. Après tout, je défends ce que j'ai écrit, d'autant que je suis certain que mes pièces n'auraient pas plu au public, si elles avaient été composées autrement et mieux : car trop souvent ce qui viole la justice et la loi est ce qui charme le plus les hommes. » Voltaire s'écrie, à ce propos, qu'il est sûr qu'un homme qui a fait mille comédies n'en a pas fait une bonne; rien de moins sûr. L'homme qui a fait mille comédies, qui pendant plusieurs siècles a excité l'enthousiasme de tout un pays et qui finit, à mesure qu'il est mieux connu, par provoquer l'admiration des autres peuples, ne saurait être blâmé à ce point pour son incroyable facilité. Si la multiplicité des œuvres en prouvait certainement la faiblesse, Shakespeare, Corneille, Molière, Bossuet, Buffon, J. J. Rousseau seraient bien coupables : que dirait-on des soixante volumes de Voltaire lui-même? on serait aussi injuste envers lui qu'il l'est envers Lope. Au reste, on n'en est plus, aujourd'hui, à contester le génie puissant et la vive imagination du vieux dramaturge de l'Espagne, ses caractères bien saisis, ses situa-

tions heureuses et l'intérêt de ses intrigues romanesques. On lui a rendu un plus éclatant et
plus visible hommage en l'imitant plus d'une
fois, depuis les tragiques du XVIIe siècle jusqu'aux vaudevillistes du nôtre ; et, quelque con
fiance que nous puissions avoir dans nos metteurs
en œuvre, grands ou petits, l'habileté avec laquelle ils enchâssent dans l'or ou le cuivre
les joyaux étrangers qu'ils découvrent, ne doit
pas nous faire oublier la splendeur du diamant
même, si brut qu'il soit ou qu'on le dise.

Oui, la fécondité de Lope de Véga est merveilleuse ; celle des tragiques grecs, celle de
Hardy ou de Scudéry, celle des improvisateurs
dramatiques de notre époque n'en sauraient
approcher. A douze ans, il s'escrimait déjà dans
son art et, à soixante-dix ans, le vieil athlète n'était
pas encore épuisé ; beaucoup de ses pièces furent
faites en vingt-quatre heures. Quant à leur nombre précis, Montalvan, son disciple, le portait à
dix-huit cents ; plusieurs critiques ont voulu le
réduire à douze cents : d'après un aveu de Lope
lui-même, dans son *Églogue à Claudio Condé*,
publiée en 1630, il était vraisemblablement de
quinze cents. En outre de ses comédies, Mon-

talvan parle de trois cents intermèdes, œuvres
courtes et légères, ou d'*autos sacramentales*,
espèce de pieux mystères; il y a là une exagération probable. Comme Lope fut rarement imprimé, on ne pourrait pas maintenant recueillir
de lui plus de quatre cents comédies, de dix-neuf
autos, et de quarante intermèdes ou *loas*. C'est
encore un bagage fort raisonnable, surtout si
l'on se rappelle que ces comédies sont toutes
en trois actes ou trois journées, et qu'elles com-
portent une moyenne de trois mille vers au
moins. D'ailleurs, tant d'esprit et de travail
ne furent pas perdus, et on aurait mauvaise
grâce à inscrire Lope sur la liste des génies méconnus et persécutés. S'il éprouva plus d'une
affliction domestique, sa position fut des plus
brillantes; les rois, les ministres et les cardinaux
le protégeaient. C'est lui qu'on avait envoyé sur
l'invincible Armada, tout exprès pour chanter *de
visu* la ruine de l'Angleterre; noble soin que lui
épargnèrent tout-à-fait le talent de l'amiral
Drake et la fureur des tempêtes. S'il perdit là
un frère chéri, tué par les Hollandais, il ne
manqua pas toute occasion de poésie et conserva
assez de sang-froid pour écrire, pendant cette

longue et périlleuse navigation, un poème en
vingt chants, imité de l'Arioste, sur la *Beauté
d'Angélique*. Il voyagea en Italie et prit bien
souvent, depuis, Naples, Milan, Parme, Venise
eu Messine pour théâtre de ses intrigues comiques. Quoiqu'il ne vendît chacune de ses comédies que 130 fr. (c'était aussi le prix des chefs-
d'œuvre de Corneille, et c'est à peu près ce que
rapporte, mais par soirée, telle rhapsodie lugubre ou bouffonne à tel auteur médiocre de nos
jours), elles valurent à Lope environ deux
cent mille francs, qui, avec les pensions de ses
protecteurs et ses bénéfices ecclésiastiques, lui
composaient un revenu qu'on évaluerait maintenant à vingt-cinq mille livres de rente : ce n'était
donc pas un écrivain famélique, pas plus que
Molière, Regnard, Voltaire, Buffon ou Beaumarchais. La gloire lui souriait autant que la fortune : de son vivant, on jouait ses ouvrages, non
seulement dans toutes les grandes villes d'Espagne, mais à Naples, à Milan, à Vienne, à Bruxelles,
et, qui le croirait? à Constantinople et jusqu'en
Amérique, pendant qu'on les imitait en France.
Il était célébré, même pa ses rivaux. Montalvan,
son élève favori, en 1636, peu de mois après

sa mort, consacra à sa mémoire une biographie
fort élogieuse sous le titre de la *Renommée pos-
thume*. Le grand Cervantes, son voisin et son
ami, disait de lui, dans son *Voyage au Parnasse*,
publié en 1614 : « C'est un poète sublime, qu'en
vers ou en prose personne ne surpasse ou même
n'égale. » Dans son *Histoire du théâtre espagnol*, Cervantes écrivait encore : « Alors parut
ce prodige de la nature, l'illustre Lope de Véga,
qui s'empara du sceptre de la monarchie comique, rangea tous les acteurs sous sa domination
et remplit l'univers de ses pièces, agréables,
honnêtes, habiles. » Nous avons vu que l'hyper-
bole castillane n'était pour rien dans ces éloges.
Caldéron a loué aussi son principal émule, et
Tirso de Molina, son contemporain, son ami,
son imitateur, le surnommait : le phénix de l'Espagne, le trésor et l'honneur du Mançanarès.
Dès l'âge de quinze ans, il avait prouvé sa bravoure dans une expédition en Portugal ; Lingen-
des, qui l'avait vu de près, le citait comme
l'homme qui parlait le mieux de toute la Péninsule. Élégant, poli, galant, on prétend qu'il
ne pouvait souffrir ni ceux qui demandaient
l'âge d'une jeune fille, ni ceux qui prenaient du

tabac en présence de leurs supérieurs, ni les gens d'église qui allaient consulter les devineresses, ni les hommes qui parlaient mal des femmes. Sincère et exempt de jalousie avec ses amis, charitable jusqu'à la prodigalité, il a peint son cœur dans ce mot qu'il adressait à Montalvan : « J'aime ceux qui m'aiment et je ne hais pas ceux qui me haïssent. »

Il ne nous reste plus qu'à indiquer, dans l'œuvre immense de ce grand homme, un certain nombre d'ouvrages qu'on peut mentionner comme curieux à divers titres. Lope avait fait une soixantaine de comédies historiques : par exemple, l'*Enlèvement de Dina*, les *Travaux de Jacob*, la *Sortie d'Égypte*, l'*Histoire de Tobie*, la *Beauté de Rachel*, toutes cinq empruntées à la Bible; la *Conquête du Mexique par Fernand Cortez*, la *Découverte du Nouveau monde*, bien supérieure au *Colomb* de N. Lemercier, et où l'ambition et le zèle religieux des Espagnols sont si bien mis en contraste avec la naïve ignorance des Indiens; les *Comptes du grand capitaine* (Gonzalve), *Péribánez*, les *Commandeurs de Cordoue* et le *Tiers-Ordre de saint François*, sur les ordres religieux ou militaires ; la *Juive de Tolède*, sur

les amours d'Alphonse VIII avec la belle juive
Rachel; le *Roi Wamba*, sur les Wisigoths d'Espagne, *Fuente-Ovéjuna*, où Ferdinand et Isabelle
jouent encore leur rôle; le *Noble Bencerrage*,
sur les Maures; les *Esclaves libres*, sur les ra-
chats de captifs; le *Meilleur alcade est le roi*,
sur Alphonse VII de Castille; l'*Arauque dompté*
ou la *Découverte du Chili;* le *Bâtard Mudaira*,
sur la légende des sept infants de Lara; la
Sainte-Ligue, où nous voyons don Juan d'Autriche, André Doria, Barbarigo, Colonna, Spinola,
tenant conseil, quelques jours avant la bataille
de Lépante; les *Pasteurs de Bethléem*, pastorale
chrétienne; les *Horaces* ou le *Frère honoré,* qui
a servi à Corneille autant que le récit de Tite-Live;
la *Querelle d'Angleterre* et le *Vaillant Jacobin*,
toutes deux perdues, qui roulaient, à ce qu'on
suppose, la première, sur la lutte d'Élisabeth et
de Marie, la seconde, sur l'attentat de Jacques
Clément. Parmi les comédies *de cape et d'épée,*
c'est-à-dire, de mœurs et d'intrigue, où, d'ailleurs,
plus d'un personnage historique figure souvent,
remarquons le *Moulin*, plusieurs fois traduit et qui
offre quelque analogie avec les *Deux gentilshommes de Vérone* de Shakespeare, la pastorale de

Jacinthe, l'*Enlèvement d'Hélène*, intermède qui n'a rien de mythologique, le *Remède dans la disgrâce*, tiré de la *Diane* de Montemayor, la *Discrète vengeance*; l'*Hameçon de Phénice* et le *Chien du jardinier*, transportés récemment sur notre scène; *Aimer sans savoir qui*, qui a fourni à Corneille la *Suite du Menteur; Dorothée* ou la *Fille d'argent*, dans laquelle un des principaux personnages est ce roi don Pèdre de Castille, que nous appelons le *Cruel* et que notre Du Guesclin a combattu, mais que tous les dramaturges espagnols surnomment le *Justicier;* le *Certain pour le douteux*, le *Véritable amant*, la *Belle laide*, le *Seigneur d'Illescas*, *Nécessité déplorable*, l'*Acier de Madrid*, la *Constance dans le malheur*, les *Miracles du mépris*, *Gémir sur sa propre disgrâce*, la *Veuve de Valence*, le *Châtiment sans vengeance*, le *Désespéré*, les *Hidalgos*, les *Caprices de Bélise* *Amitié et devoir*, le *Cheval vous a tués*, l'*Enfant innocent de la Guardia*, les *Fameuses Asturiennes*, l'*Amour secret jusqu'à la jalousie*, la *Plus grande impossibilité*, la *Moza de Cantaro*, la *Dona melindroza*, etc. Devant une telle richesse d'imagination et une telle énergie de talent, ne nous étonnons plus de la popularité de ce brillant improvisateur. Partout où il paraissait, la foule se pressait sur son passage pour le regarder et l'applaudir; son portrait était dans toutes les maisons, son éloge dans toutes les bouches; et, de même que, chez nous, pour désigner un chef-d'œuvre, on disait du temps de Corneille : « *C'est beau comme le Cid,* » dans l'Espagne du XVIe siècle, on s'écriait : « *C'est du Lope !* »

On ne saurait contester que la nature, tout inépuisable qu'elle est, ne semble, à certains intervalles, se reposer pour produire ensuite avec plus d'abondance que jamais. L'histoire littéraire nous offre partout de ces siècles privilégiés, où les talents se succèdent et se pressent comme dans une florissante moisson. Qui ne se rappelle l'ère de Vicrâmaditya dans l'Inde, les époques de Solon, de Périclès et d'Alexandre pour la Grèce, celles des Scipions, de César, d'Auguste, de Trajan et de Marc-Aurèle pour Rome, celles de François Ier, d'Henri IV, de Louis XIV et de Louis XV dans notre pays; le temps des Médicis et de Léon X, en Italie; les règnes d'Elisabeth et d'Anne, en Angleterre; la

cour de Weimar pour les lettres allemandes ?
L'Espagne eut aussi son âge d'or poétique, qui
se termina sous Philippe IV. Ce jeune descendant de Charles-Quint, désireux de régénérer
l'Espagne, ne dut le surnom éphémère de *grand*
qu'à l'adresse de son ministre, le cardinal duc
d'Olivarès. Mais la guerre et la politique le
trahirent toutes deux, et l'on aurait pu dire aussi
de lui qu'*il perdait gaiment ses royaumes;*
les arts même ne suffirent pas à perpétuer la
mémoire d'un prince qui les avait protégés avec
ardeur et cultivés avec succès. Ami du faste et
des plaisirs, surtout de ceux de l'esprit, secouant
le joug de l'étiquette castillane, Philippe IV appelait en foule les hommes de talent, dans son
palais de Bueno-Retiro, comblait d'honneurs et
de récompenses les peintres illustres, Ribeira,
Murillo, Velasquez, Zurbaran, l'Espagnolet,
Alonzo Cano, et donnait des fêtes magnifiques,
dont l'art dramatique faisait souvent les frais.
Il adorait les spectacles ; il se plaisait à réunir
autour de lui des poètes comiques pour impro-
viser avec eux à la manière italienne; on lui
attribua même, non sans vraisemblance, plusieurs comédies, entre autres, une intitulée :

Donner sa vie pour sa dame, qui, d'ailleurs,
furent représentées seulement sous le nom *d'un
bel-esprit de la capitale* (por un ingenio de
esta corte). Un patronage si actif et si éclairé ne
pouvait manquer de porter d'heureux fruits.
Aussi Lope vieilli put-il voir déjà s'élever toute
une génération de jeunes rivaux, dont les sympathies du monarque avaient éveillé ou encouragé
la vocation. C'étaient Montalvan, qui a colla-
boré avec Lope, son maître et son ami; Augustin
de Rojas, écrivain estimable; Antonio de Solis,
secrétaire du comte d'Oropeza, vice-roi de Navarre, et, plus tard, de Philippe IV lui-même,
historiographe des Indes, qui, en outre de ses
poésies, de ses lettres et de ses histoires, a laissé
neuf comédies; Tirso de Molina, auteur du
Jaloux prudent, des *Vergers de Tolède* et du
fameux *Don Juan*, immortalisé, depuis, par
Molière, Mozart, Hoffmann et Byron, Tirso qui
pratiqua beaucoup le drame religieux et n'hésitait pas à exposer sur la scène, aux yeux d'un
public dévot, toutes les cérémonies du culte
catholique; don Juan d'Alarcon, dont la *Verdad
sospechosa* (la Vérité suspecte) inspira le *Menteur* de Corneille; Guilhem de Castro, qui lui

fournit le sujet héroïque du *Cid*, emprunté aux
vieilles romances, et qui était un des meilleurs
amis de Lope ; postérieurement, Diamante, qui
fit un *Cid* également; Guevara, Mira de Mescua,
Matos Fragoso, La Hoz, Belmonte, Leiva, Cubillo,
Figueroa, Zarate, Candamo, Zamora, Caniza-
res, Trigueros ; mais, par dessus tous, Calderon
et Moreto.

Don Pedro Calderon de la Barca, né, en 1600,
à Madrid, d'une famille noble, élève de l'université de Salamanque , où Hurtado de Mendoza,
Cervantes et tant d'autres hommes distingués
avaient été instruits, fit la guerre en Flandre ,
en Catalogne et dans le Milanais , étudia avec
soin les mœurs et la littérature de l'Italie , devint successivement directeur des fêtes de Philippe IV, chevalier de Saint-Jacques de Compostelle, moine, chapelain à Tolède , et mourut, en
1681 , chargé d'années et couvert de gloire. Il
balança , en effet, la renommée du grand Lope;
et Lope lui-même, qui n'avait jamais connu l'envie, disait de son jeune rival, dans le *Laurier
d'Apollon*, poème publié en 1630 : « Par son
style poétique et sa douceur, il est monté au som-
met de la double colline. » Calderon a laissé quinze

volumes in-quarto, bien que beaucoup de ses
ouvrages soient perdus. Pendant trente-sept
ans, il fut chargé de la mission, à la fois religieuse et littéraire, de fournir des *actes sacra-
mentaux* aux villes de Madrid, Tolède, Séville,
Grenade. Il avait composé cent de ces *autos*,
cent vingt comédies, deux cents prologues, cent
intermèdes, cinq autres poèmes, une multitude
de romances, chansons et sonnets : il ne reste de
tout cela que soixante-douze *autos*, précédés de
leurs *loas*, et cent huit comédies. C'en est bien
assez pour juger du mérite de cet écrivain remarquable. Sans être aussi incroyable que celle
de Lope, sa facilité d'invention était grande, puisque ses pièces, si nombreuses, sont aussi toutes
en trois actes et en vers. Il varie sa composition,
selon qu'il s'agit de drames sérieux ou de comédies d'intrigue ; dans celles-ci abondent les déguisements, les *quiproquos*, les méprises, les enlèvements, les duels, les cachettes, les mariages,
toutes les péripéties des romans, toutes les vicissitudes du hasard. Parfois il est sombre et pathé-
thique ; plus souvent il est fin, vif et enjoué : il
excelle dans les situations imprévues, au point
que les coups de théâtre s'appelaient, de son

temps, des effets à la Calderon (*lances de Calde-ron*). Les caractères qui reviennent le plus fré-quemment chez lui sont ceux : du galant, brave, étourdi, aimable et aimé; de la dame, aussi spi-rituelle que passionnée, mais quelquefois em-portée à l'excès et semblable aux *adorables fu-ries* de notre Corneille; du prince, esclave de la justice, ou du noble, fanatique de l'honneur; du vieillard, crédule, mais généreux et affable ; de la duègne complaisante et du valet, gourmand, poltron, curieux, bavard et, avant tout, bouffon. De toutes les passions, la fierté, l'amour, la ja-lousie, sont celles qu'il a réussi le mieux à ex-primer. Pour ce qui est de ses compositions his-toriques, est-il besoin de dire que la vraisem-blance y est rarement observée? Sous sa plume, Assuérus, Alexandre, Coriolan, Scipion se trans-forment en chevaliers castillans, portant la cape et l'épée, fort chatouilleux sur le point d'hon-neur et tout dévoués au beau sexe. Mais n'a-t-on pas reproché à Shakespeare d'avoir peint le fo-rum romain comme la cité de Londres, à Racine d'avoir fait soupirer Hippolyte, Achille, Néron et Bajazet à la mode de France, à Schiller d'a-voir prêté à ses héros du XVe et du XVIe siècles les

utopies métaphysiques des universités d'Iéna ou
d'Heidelberg? Rien n'est plus difficile à pratiquer pour le poète dramatique que cette sublime
impartialité, par laquelle il doit s'effacer complétement, lui, ses idées et son époque, afin de
ne laisser parler que ses personnages; et il n'y a
peut-être que les Grecs qui, venus les premiers
et à cause de cela même, aient su rester constamment et complétement vrais. A ses qualités
de style, l'élévation et la délicatesse, Caldéron
mêle les défauts correspondants, l'enflure et la
subtilité: métaphores étalées avec profusion,
comparaisons perpétuelles des yeux féminins
avec le soleil, la lune ou les étoiles, recherche
du bel-esprit, déclamations ampoulées, invoca-
tions trop fréquentes au Destin et à la Fortune,
surabondance dans la versification: telles sont
les taches qui déparent, de temps en temps, ce
talent si brillant et si pur. Ses *autos* ressemblent à nos *moralités* du moyen-âge: les personnages principaux en sont la Foi, la Grâce, la
Faute, la Nature, le Judaïsme, le Paganisme, la
Chrétienté. Ils étaient parfois singulièrement
bizarres: dans la *Dévotion de la messe*, l'action
se passait entre un roi mahométan de Cordoue,

un ange, une courtisane, deux soldats gogue-
nards et le démon; on y tirait le canon et on y
célébrait le mystère de l'Eucharistie en plein
théâtre. D'autres pièces de sa façon et du même
genre se nommaient les *Cheveux d'Absalon*, le
Soleil soumis à l'homme, *Dieu bon payeur*, le
Maître d'hôtel de Dieu, le *Culte des trépassés*;
ni l'intérêt ni le style ne manquaient à ces œuvres étranges. Caldéron étincèle de poésie et
d'éloquence; dans ses mains, le drame conserva
la forme que Lope lui avait donnée, forme diffé-
rente de celle des anciens, mais non pas inférieure en elle-même. Il eut plus de régularité
dans ses plans que son prédécesseur, plus d'élégance dans l'expression, plus de raffinement dans
ses idées; moins original peut-être, il est, en
somme, plus séduisant. Son influence sur la littérature dramatiqué de toute l'Europe est incon-
testable et fut immense; beaucoup de nos pièces
du XVII⁰ siécle, plusieurs scènes de Beaumarchais, une foule de comédies anglaises du temps
de Charles II, celles du vénitien Gozzi et d'autres
poètes italiens du XVIII⁰ siècle, quelques imitations allemandes, enfin presque tout le théâtre
français contemporain se rattachent, par leur

complication, leur vivacité et leur recherche dans le style, au système même de Caldéron.

Nous ne croyons pas inutile de citer, pour lui, comme pour Lope, celles de ses productions qui sont réputées les plus remarquables ou celles qu'il est le moins difficile de rencontrer. On lui a attribué, sans beaucoup de preuves, le *Privilége des femmes*, *Enfermer avec le remède*, la *Feinte Arcadie*, le *Fidèle berger*, *Circé et Polyphême*, la *Perle précieuse*, le *Mort est le meilleur ami*. On a perdu le *Char du Ciel*, qu'il avait écrit à moins de quatorze ans, et une comédie sur *Don Quichotte*, qui est fort regrettable. Quelques-uns de ses ouvrages sont mythologiques, par exemple : *Prométhée* et *Pandore*, que Goëthe a traduits, le *Laurier d'Apollon*, *Echo et Narcisse*. D'autres sont historiques, comme le *Siége de Bréda*, le *Tétrarque de Jérusalem*, sur Hérode et Marianne ; les *Armes de la beauté*, sur ce Coriolan que Shakespeare et d'autres ont également mis en scène; le *Schisme d'Angleterre*, sur Henri VIII, dont Shakespeare a fait aussi le héros d'une de ses tragédies; le *Second Scipion*, la *Grande Zénobie* (reine de Palmyre). Les autres, tout en prenant quelquefois à l'histoire des situations ou des personnages, sont plutôt romanesques, que la couleur en soit sombre ou riante. Ce sont six pièces, imitées par W. de Schlegel, le *Plus grand enchanteur, c'est l'Amour*, le *Pont de Mantible, l'Echarpe et la fleur;* le *Prince Constant*, sur l'infant Fernand de Portugal, espèce de Régulus chrétien, dont les malheurs et le courage font penser au *Philoctète* de Sophocle; la *Dévotion à la Croix*, dont l'action très-bizarre se passe au XIIIᵉ siècle; la *Vie est un songe*, traduite en français par Boissy et où Voltaire voulait voir l'origine de l'*Héraclius* de Corneille. Ce sont : *Ne badinez pas avec l'amour*, qui a fourni à Molière quelques détails de ses *Femmes savantes* et à Scribe plusieurs bluettes ingénieuses; les *Engagements du hasard*, imbroglio rempli d'aventures; l'*Alcade de Zalaméa*, médiocrement transporté chez nous par Linguet et par le comédien Collot d'Herbois, qui devait, bientôt après, jouer un rôle sinistre dans nos drames révolutionnaires, l'*Alcade de Zalaméa*, où la froide et sévère figure de Philippe II contraste avec celles de don Lope de Figueroa, le brave capitaine, et de Pedro Crespo, le vieux paysan espagnol, si loyal et

si énergique, où les types du soldat Rebolledo et
de la vivandière l'Etincelle pétillent de gaîté. Ce
sont encore : *Louis Perez de Galice*, qui nous
représente un chef de bandits du XVIe siècle, moitié soldat, moitié voleur, et qui n'est pas sans
ressemblance avec les *Brigands* de Schiller; le
Médecin de son honneur, le *Peintre de son
déshonneur* et *A outrage secret vengeance secrète*, trois peintures de la jalousie presque
aussi terribles que l'*Othello* anglais ; l'*Exaltation de la Croix*; le *Dernier duel en Espagne;
Aimer après la mort*, épisode très-intéressant
de la chute des Moresques d'Espagne exterminés
dans l'Alpujarra de Grenade par le célébre don
Juan d'Autriche. Ce sont, enfin, des œuvres, la
plupart plus gaies ou plus légères : *Maison à
deux portes, maison difficile à garder*, dont on
trouverait des réminiscences dans notre *Mariage
de Figaro* et dans plusieurs vaudevilles récents;
*Le bien venge le mal, Il y a du pis, Il y a du
mieux, A demain, Maudit soit l'amour, Il n'est
rien tel que de se taire;* la *Dame revenant*, qui
a inspiré l'*Esprit follet* de d'Ouville, la *Dame
invisible* de Hauteroche, le *Tambour nocturne*
de Destouches et je ne sais combien de pièces de

nos jours; le *Faux astrologue*, *Pauvreté est
mère d'industrie*, la *Merveille des jardins*; le
Pire n'est pas toujours certain, reproduit par
Scarron [dans la *Fausse apparence*; *De mal en
pis*, dont Lesage a tiré son *César des Ursins*; le
Geolier de soi-même, interprété par Thomas
Corneille; le *Secret à haute voix*, où ont puisé
Beaumarchais et Désaugiers; les *Trois châti-
ments en un seul*, drame énergique et bien
mené; *Bonheur et malheur du nom*, *Prenez
garde aux apparences*; la *Pourpre de la rose*,
à propos du mariage de Louis XIV avec Marie-
Thérèse, fille de Philippe III; *Méfiez-vous de
l'eau qui dort*, où il est question de l'entrée à
Madrid de Marie-Anne d'Autriche, seconde
femme de Philippe IV, etc.

Après un si brillant génie, une place très-im-
portante revient de droit à Moreto. Augustin
Moreto, prêtre comme Lope, Montalvan, Tirso,
Solis et Calderon, fut, comme eux, une des gloires du théâtre espagnol : il naquit vers 1600.
Thomas Corneille lui a emprunté son *Charme de
la voix*, Scarron son *Don Japhet d'Arménie* et
Molière sa *Princesse d'Elide*. Moreto rivalise
souvent de talent, comme de sujets, avec ses plus

illustres prédécesseurs. S'il n'a pas tout à fait la
fécondité du poète du *Moulin*, ni la verve de
l'auteur du *Médecin de son honneur*, s'il imite
ou copie même parfois d'après eux le fond de ses
pièces, il se relève dans l'exécution par la sagesse de ses plans, qui n'en exclut pas l'habileté,
par le naturel de ses dénouements, par la simplicité relative de son intrigue, par son style pur et
gracieux, autant que par sa gaîté délicate et
vraie. Il a plus de force comique que Lope et
Caldéron; il entend, au moins aussi bien qu'eux,
l'art des situations et des caractères; sacrifiant
l'intérêt romanesque à la peinture des ridicules,
il est plus près qu'eux aussi de l'idée que nous
nous faisons de la comédie réelle, de la comédie
de mœurs; quelques pas de plus, et il eût suivi
les traces de Molière. Dans ses drames historiques, héroïques et sacrés, Moreto déploie de
belles qualités et, en ce genre, il a laissé un chef-
d'œuvre, le *Roi vaillant et justicier* ou le *Riche-
Homme d'Alcala*, sujet renouvelé du *Seigneur
d'Illescas* de Lope, tableau énergique des mœurs
féodales sous Don Pedre et de l'état social au
moyen-âge. Mais Moreto s'élève à une hauteur
plus grande encore dans ses comédies familières.

Sa pièce célèbre de *Dédain contre dédain*, (inspirée par deux autres comédies de Lope, la *Belle laide* et les *Miracles du mépris*, et dont Molière, pressé par le temps, n'a su tirer qu'un médiocre divertissement pour la cour,) se distingue par le caractère noble des personnages et du style. Mais c'est surtout dans la *Confusion d'un jardin*, œuvre intriguée à la façon de Caldéron et où un de nos auteurs contemporains a trouvé la matière d'un charmant vaudeville; c'est dans le *Beau Don Diégo*, satire amusante de la fatuité; c'est dans le drame si vif et si animé d'*En avant la ruse;* dans la *Chose impossible*, qui rappelle la *Plus grande impossibilité* et la *Moza de Cantaro*, par Lope; dans l'*Occasion fait le larron*, dans la *Ressemblance*, dans la *Tante et la Nièce;* c'est dans tous ces imbroglios pleins de verve et d'intérêt que Moreto s'est montré digne des éclatants succès qu'il a obtenus. Car ce poète, peu connu en France, en Angleterre et même en Allemagne, a été constamment et est encore joué sur le théâtre espagnol, plus souvent même que Lope et Caldéron, dont il n'a pas la fougue, la sève et l'invention, mais sur lesquels ils l'emporte quelquefois par le goût, le naturel et le sentiment.

D'après cette loi singulière, mais incontesta-
ble, de l'histoire intellectuelle, par laquelle la
gloire la plus éclatante touche à l'extrême décadence, le théâtre espagnol, monté si haut, devait rapidement déchoir. Le style précieux, l'a-
bus des figures alambiquées, les pensées enflées
jusqu'à l'extravagance, devinrent le lot de cette
école nouvelle, qui professait le *cultisme* et qu'on
flétrit du nom de *gongoristes* en souvenir de Gongora, qui, du temps de Lope, en avait été le
premier chef. Elle rallia la tourbe des médiocrités ignorantes et envieuses, toujours en quête
de réformes stériles et d'une fausse originalité ;
elle compta même dans son sein quelques hommes distingués, dont elle gâta les meilleurs ouvrages. Le sens du beau et l'étude de la nature
s'effacèrent ; on en vint à accuser, le croirait-on ?
Lope de vulgarité et Calderón de froideur. En
vain, à la fin du XVIIIe siècle, sous Charles III,
un savant jurisconsulte de Madrid, Hernandez
Moratin, essaya-t-il une réaction par sa comédie
de la *Petimetra* et ses trois tragédies de *Lucrèce*,
d'*Hormesinda* et de *Gusman le bon*. Jovellanos,
Huerta, Ramon de la Cruz, Cienfuegos, Goros-
tiza l'imitèrent. Mais là, comme dans toute l'Eu-

rope, on singea de son mieux Molière, Racine
et Voltaire ; ce n'est que de notre temps qu'à
force d'enthousiasme rétrospectif et d'érudition
laborieuse plusieurs esprits éminents sont parvenus à jeter les semences d'un meilleur avenir
pour cette comédie espagnole, qui, jadis, avait le
privilége d'inspirer les plus grands poètes de
l'Europe. Il serait injuste de ne pas nommer
Quintana, Breton de los Herreros, Zorilla, le
duc de Rivas et, surtout, Martinez de la Rosa.
Tour à tour député, ministre et ambassadeur,
celui-ci est un dramaturge estimable, en même
temps qu'un orateur vigoureux. Il a donné cinq
tragédies : la *Veuve de Padilla*, un *OEdipe* avec
des chœurs, *Morayma* et *Aben-Humaya*, deux
sujets mauresques, la *Conjuration* deVenise ; la
Fille à la maison et la Mère au bal masqué,
agréable comédie de mœurs, en trois actes et en
vers, reproduite dans un de nos meilleurs vaudevilles, et le *Pouvoir des places,* en deux actes et
en prose, piquante satire, improvisée en huit
jours contre les intrigants politiques. Mais, il faut
l'avouer, ce qui, aujourd'hui, règne presque exclusivement à Madrid, à Barcelone et sur toutes
les scènes de la Péninsule, c'est l'imitation ser-

vile de nos ballets et de nos opérettes, de nos
farces et de nos mélodrames ; consolation bien
stérile pour l'Espagne de tant de grands écrivains qu'elle a perdus, de tant de chefs-d'œuvre
qu'elle oublie trop !

VI.

THÉATRE ANGLAIS.

—

Le drame, avons-nous dit, est une action ; il
faut donc au drame des hommes, non qui pleurent ou qui rêvent, mais qui agissent : et, en effet, quoi de plus intéressant pour l'homme que
l'action humaine reproduite poétiquement sur
le théâtre ? Tout peuple, parvenu à un certain
développement de civilisation, cherche le drame
et le crée selon son instinct : il choisit la part qui

lui convient dans l'observation de ce monde, où
la destinée semble lutter si étrangement avec la
liberté individuelle, où les événements apparaissent si divers, où les sentiments restent si
uniformes; et ce choix n'est pas fait au hasard.
La passion et la fatalité dominent le drame grec;
l'enthousiasme et le génie d'aventures animent
le drame castillan ; le drame français accepte la
forme grecque et la forme espagnole, les con-
ciliant ou les confondant avec plus de dextérité
que de hardiesse. L'Italie et l'Allemagne inven-
tent peu après de tels modèles et ne deviennent
créatrices que dans l'exécution. Une philosophie
tout expérimentale et toute positive s'exerçant
sur les mille variétés du caractère humain, voilà
le caractère propre du théâtre anglais, person-
nifié dans un seul homme qui est Shakespeare.
Là est le génie de la nation, là l'inspiration
et la gloire véritables. Mais, après ces premiers
temps de féconde illusion et d'ardeur virile , le
théâtre devient chose banale; on languit, on
imite, on se remue sans agir : on bâtit sans cesse
pour ne rien fonder : la scène subsiste; le drame
n'est plus. Le drame, en somme, est plus dans le
public que sur les planches : il s'éteint, dès que

ce public perd cette curiosité ingénue que charment la peinture des caractères et le jeu des passions. Alors le drame tourne à l'élégie et à l'emphase ou encore à un vulgaire intérêt d'intrigue pure. Cette marche, que nous avons déjà signalée rapidement dans les décadences grecque, italienne et espagnole, fut aussi celle du théâtre anglais. Ce théâtre, si évidemment national, si profondément philosophique, où le peuple anglais retrouvait ses souvenirs et où l'humanité tout entière reçoit des leçons, ce théâtre, si magnifiquement inauguré par Shakespeare, est frappé déjà de stérilité, en même temps que d'anathème, sous le règne austère de Jacques Ier, plus tolérant, toutefois, alors que les magistrats eux-mêmes. Il disparaît presque entièrement pendant les luttes civiles et religieuses qui font monter Charles Ier sur l'échafaud et Cromwell sur le trône. Il se relève à peine sous Charles II, épuisé par l'imitation du théâtre français et flétri par une grossière licence. Au milieu du XVIIIe siècle, il devient tour à tour bourgeois et burlesque, larmoyant et immoral, et tombe enfin constamment jusqu'à notre époque, où la brillante pléiade, qui s'est élevée à l'horizon de la littérature anglaise, s'est efforcée d'éclairer par quelques lueurs, plus douces que vives, les débris imposants d'un si antique édifice.

Tout fleuve a sa source, si humble qu'elle soit; le bruit avec lequel il ira se jeter, plus tard, 'dans les gouffres de l'Océan, ne doit pas nous empêcher de reconnaître sous les herbes ou les sables l'endroit obscur, où, pour la première fois, il s'est échappé du sol. Dans le monde des idées rien ne vient de rien, et les poètes les plus originaux en apparence ont quelque part, dans l'ombre, des aïeux, que parfois ils renient, que souvent ils surpassent : on a donc trop exagéré la barbarie du théâtre anglais à son origine. M. Villemain a traité ce point avec sa supériorité ordinaire : après un tel maître, on n'a plus qu'à se souvenir et répéter. Là, comme partout, on rencontre, au début, des mystères naïfs et informes, parodies involontaires des traditions les plus vénérées. Là, comme ailleurs, des corporations s'étaient constituées tout exprès pour l'exhibition de ces pieuses contrefaçons de nos livres saints. On a publié, il y a quarante ans, un *Ludus Coventriæ* ou pièce exécutée au XIV° siècle par les tailleurs de Coventry. On possède également vingt-quatre ouvrages, empruntés à l'Ancien ou au Nouveau Testament, et qui furent alors représentés, à Chester, par les différentes confréries de cette ville ; par exemple, la *Création des anges* et la *Chute des démons*, jouées par les tanneurs ; les *Rois mages*, par les merciers ; le *Massacre des Innocents*, par les orfèvres ; la *Cène*, par les boulangers ; la *Descente de J.-C. aux Enfers*, par les cuisiniers ; l'*Ascension*, par les tailleurs ; le *Déluge*, par les porteurs d'eau. Même en dehors de ce mouvement tout populaire il y eut plus d'un essai du côté de la haute société et de la cour. Sous Henri VII, Henri VIII et Marie Tudor, ce fut un usage chez beaucoup de grands seigneurs d'entretenir, en outre de leurs fous, de leurs fauconniers et de leurs pages, des troupes de comédiens, qui, en échange de la nourriture, du logement et de quelques modestes cadeaux, amusaient leurs nobles maîtres par des intermèdes grotesques ou mythologiques. Mais, à l'avénement d'Élisabeth, en 1568, il n'y avait pas encore, à Londres même, de théâtre régulier : des acteurs nomades s'installaient par hasard dans une cour d'auberge, qui, séparée en deux au moyen d'une barrière, four-

nissait à la fois la scène et le parterre ; les fenêtres,
garnies de spectateurs improvisés, tenaient lieu
de loges. Puis, avec permission de la reine, les
troupes se multiplièrent : le comte d'Essex en
avait une à son service ; les enfants de chœur
de la chapelle royale, de la cathédrale de Saint-
Paul et de l'abbaye de Westminster jouèrent
pour la cour. D'une autre part, les théâtres des
Frères-Noirs et du *Globe*, sur les bords de la
Tamise ; ceux du *Jardin de Paris*, du *Rideau*,
du *Taureau rouge* s'ouvrirent pour le peuple,
d'abord le samedi seulement, puis presque tous
les jours, de manière à provoquer l'indignation
des prédicateurs puritains et à faire une sérieuse
concurrence aux combats de coqs et de taureaux,
qui régnaient jusqu'alors à peu près sans partage.
Enfin les étudiants en droit du Temple et les
jeunes bacheliers des universités d'Oxford et de
Cambridge cultivaient aussi, à leur façon, l'art
dramatique. Les premiers théâtres ne furent pas
beaucoup plus élégants que les salles ou les
cours d'auberges qu'ils étaient destinés à remplacer : une toile grossière en occupait le fond ;
le plancher en était garni de paille ; quand on y
représentait des tragédies, par une bizarre pré-

caution, les murs en étaient tendus de noir. On ne jouait qu'en plein jour; le public n'était pas assis et les rôles de femmes étaient confiés à des hommes.

En 1562, deux ans avant la naissance de Shakespeare, on exécutait, devant Élisabeth, la tragédie de *Gorboduc*, rhapsodie plate et ennuyeuse, que Voltaire a analysée avec une ironie, juste, cette fois, et dont le principal auteur, lord Buckhurst, dirigea, comme président, un autre drame bien plus terrible, le procès de Marie Stuart. Sir Édouard Richard, le *phénix du siècle*, au dire des contemporains, donna deux pastorales, *Palémon et Arcite, Damon et Pythias;* Georges Gascoyne traduisait en vers les *Phéniciennes* d'Euripide. On citait encore un drame d'*Appius et Virginie*, où la Conscience et la Justice figuraient allégoriquement comme dans les *Moralités* du moyen-âge, un *Cambyse*, un *Vespasien*, une *Zénobie*, un *Guillaume le Conquérant*, les *Infortunes d'Arthur*, les *Fameuses victoires de Henri V :* autant de sujets importants, déparés par le mélange du bouffon ou la grossièreté du style, mais susceptibles de préparer d'utiles matériaux aux écrivains futurs. La comédie naissait, satirique ou romanesque : on traduisait l'*Un pour l'autre* de l'Arioste; en 1578, la pièce de *Promos et Cassandra* réussissait. Georges Peel composa, en 1584, le *Jugement de Pâris*, dont plusieurs scènes ont un grand mérite, et quelques drames historiques. Le chef de ces *Euphuïstes* ou beaux diseurs, qui furent en Angleterre ce que furent les *Précieuses ridicules* pour la France, les *Gongoristes* pour l'Espagne, l'école de Marino pour l'Italie, John Lilly a laissé une tragi-comédie d'*Alexandre et Campaspe* et les comédies de *Sapho et Phaon*, d'*Endymion*, de *Galatée*, de *Midas;* avec de la prétention et du faux goût il avait de la douceur et de la grâce. Robert Greene, mort dès 1582, fit diverses pièces, entre autres, un *Obéron*, sur une légende que la féerie de Shakespeare et l'opéra de Weber ont immortalisée depuis. Le premier nom remarquable qui brille dans ce chaos dramatique est celui de Christophe Marlowe, né vers 1550, génie fougueux et brutal, dont on a *Tamerlan* ou le *Berger Scythe*, pièce bizarre en deux parties, le *Juif de Malte*, une *Didon*, l'*Empire du libertinage*, collection de toutes les horreurs connues et de tous les crimes

possibles, un *Faust*, qui, avant Goëthe, éton-
nait déjà par des épisodes larges et profonds ;
enfin la *Mort d'Édouard II*, dont le dénouement est magnifique. Ce Marlowe était un
homme étrange : athée et licencieux, il se pas-
sionna pour une courtisane de bas étage, qui,
naturellement, lui préféra un laquais ; ivre de
jalousie, au milieu d'une taverne de village, il
s'élança, un poignard à la main, sur son rival,
qui le désarma et le tua lui-même : son talent,
comme son caractère, nous reporte en plein
moyen-âge. Cependant l'esprit anglais était en
travail. Les poésies de Spencer et de Chaucer
avaient ouvert la route : la Réforme souleva une
tempête d'idées ; l'imitation des littératures pro-
vençale, espagnole et italienne gagna l'Angleterre. La renaissance des lettres antiques vint s'y
joindre : North venait de traduire les biographies
de Plutarque ; Élisabeth mit en vers l'*Hercule
furieux* de Sénèque, et tous les courtisans devenaient érudits pour lui plaire, comme ils se faisaient presbytériens sous Cromwell, libertins
sous Charles II, dévôts sous Jacques II.

Relisez les chroniques d'Holinshed ou les romans de Walter-Scott, plus vrais souvent que les

chroniques : vous y verrez la reine-vestale, au
bras de ses amants Essex ou Leicester, recevoir,
selon son goût, toutes sortes d'hommages renou-
velés de la fable. Quelque pair du royaume don-
nait-il une fête en son honneur? les dieux Pénates
l'attendaient sur le seuil du château et Mercure la
conduisait, le caducée en main, jusqu'à sa chambre à coucher ; des pages, déguisés en Tritons et
en Néréides, lui faisaient traverser les étangs sur
des barques dorées. Allait-elle à la chasse ?
Diane venait y saluer sa pureté virginale. En-
trait-elle dans une ville? entre deux vieux *alder-*
men à figure grave et à longue perruque, apparaissait Cupidon, armé de son carquois et de ses
flèches, qui lui apportait les clefs et débitait des
madrigaux sur les charmes de la princesse qua-
dragénaire, fort sensible, comme on sait, à des
compliments qu'elle méritait si peu. Pendant
que les fictions de la Grèce héroïque se répan-
daient ainsi dans le public lettré, la croyance à
l'astrologie, aux sorciers, aux fées, aux génies,
n'avait pas abandonné le terrain et l'histoire des
cent dernières années, toute pleine de révoltes,
de guerres et d'échafauds, fournissait une ample
matière aux souvenirs les plus élevés. Tel était le

milieu confus, mais fécond, où s'agitait péniblement, avant d'en sortir avec gloire, la puissante imagination de celui qui, succédant à tant d'obscurs rhapsodes, devait être, au XVIe siècle, l'Homère du théâtre anglais.

Vers 1580, le fils d'un marchand de laines, peut-être d'un boucher, de Stratford sur Avon, l'aîné de dix frères ou sœurs, marié, à dix-huit ans, sans amour, à une femme plus âgée que lui de huit années, bientôt père de trois enfants, se sauva à Londres pour échapper à la vengeance du chevalier Thomas Lucy, shérif du comté de Warwick, sur les terres duquel il avait tué un daim et qu'il avait berné dans une ballade grotesque. Le braconnier, pour gagner sa vie, se mit, dit-on, à garder les chevaux à la porte d'un théâtre, vivant ainsi dans la rue, observant le beau monde au passage et la populace à son aise, parlant à tout venant, rêvant pour tuer les heures et dînant une fois sur deux. Un jour, l'ennui le prit; il sentit naître en son cœur et s'élever devant ses yeux comme une illusion féerique : il lui semblait que sa destinée n'était pas de vivre à la porte de ce théâtre, mais bien au-dedans; il franchit hardiment le seuil, son bonnet sous le

bras, ses blonds cheveux au vent, levant déjà
droit et haut son front où ses vingt ans rayon-
naient. Il demanda au directeur à jouer la comédie : on lui rit au nez, puis on céda ; il joua
et fut applaudi. Bientôt il proposa de faire des
pièces ; il obtint cette faveur, et sur un théâtre
sans costumes et sans décors, où les rôles féminins étaient remplis par de jeunes garçons, où
le public se tenait debout et parlait à travers
l'action, il trouva moyen de représenter des combats, des couronnements, des funérailles, des
révolutions, et d'intéresser le peuple, puis la
reine et sa cour, puis les gens de goût, puis le
monde entier. Le braconnier de Stratford devint,
en moins de dix ans, le grand Shakespeare.
Shakespeare, ce dieu, dont Schiller et Goëthe se
firent plus tard les grands prêtres, Shakespeare,
tour à tour imité et persifflé par Voltaire, faiblement traduit par Letourneur, timidement arrangé
par Ducis, n'est bien connu et jugé équitable-
ment, en France, que depuis une cinquantaine
d'années ; mais en Angleterre il n'a jamais cessé
d'exciter le plus vif enthousiasme, et voici trois
cents ans que sa statue reste exposée aux regards
et à l'admiration de tous, dans le foyer de Co-

vent-Garden, comme dans les caveaux de Westminster. C'est qu'en effet il représente merveilleusement sa nation ; et là l'artisan et le lord
battent également des mains devant ses chefs-
d'œuvre, où ils retrouvent leur propre image,
tandis que le poète s'enivre de ses admirables
effusions d'art et de style, tandis que le penseur étudie chez lui la plus pratique et la
plus savante des philosophies. On trouve en
Shakespeare la gravité de l'historien et la finesse
du moraliste, l'esprit le plus pétillant et la verve
la plus comique, s'unissant à une grâce exquise
et à une énergie sublime, une imagination inépuisable, une langue flexible qui parcourt tous
les tons de la gamme poétique depuis la simplicité la plus vulgaire jusqu'à l'exaltation de
l'ode ou de l'épopée ; et, par-dessus tout cela,
deux qualités dominantes, qui font de lui un génie exceptionnel dans l'histoire du théâtre : l'art
d'exprimer les passions aussi vivement que les
anciens et une science raffinée d'observation
digne des plus illustres entre les modernes. En
outre de ses poèmes sur *Vénus et Adonis*, sur le
Rapt de Lucrèce, sur le *Pélerinage de l'amour*,
en outre de ses sonnets si curieux, il a laissé

près de quarante pièces en cinq actes, dont plusieurs sont des chefs-d'œuvre, dont la plupart se jouent encore et dont aucune ne mérite un complet oubli. Il aborde tous les genres, parle tous les langages, fait vibrer toutes les cordes de l'âme ou de l'esprit. Pour ceux qui cherchent à la scène la reproduction fidèle et vivante des temps passés, il a ses drames historiques du *Roi Jean*, de *Richard II*, de *Henri IV*, de *Henri V*, de *Henri VI*, de *Richard III*, de *Henri VIII*, aussi exacts que la tradition et pourtant animés par la fantaisie. Aux amateurs de l'antiquité, il offre son *Coriolan*, son *Jules-César*, sa *Cléopâtre*, où, sans savoir ni grec ni latin, il trouva moyen de ressusciter les héros de Plutarque et de Suétone. Veut-on des comédies burlesques et folles, comme les petites pièces de Molière? Qu'on lise les *Joyeuses commères de Windsor* et plus d'un passage de ses drames. Préfère-t-on des comédies ingénieuses, romanesques, pleines d'esprit et d'intérêt, à la manière espagnole? N'a-t-on pas les *Deux gentilshommes de Vérone*, *Comme il vous plaira*, *Troilus et Cressida*, *Cymbeline*, *Mesure pour mesure*, *Beaucoup de bruit pour rien*, *Peines d'amour perdues*, la *Douzième nuit*, le *Conte d'hiver*, *Timon d'Athènes*, *Périclès de Tyr ?* Quoi de plus vif et de plus gràcieux que sa féerie de la *Tempête ?* Quoi de plus plaisant et, en même temps, de plus poétique que son *Rêve d'une nuit d'été*, où l'ironie et l'imagination sont si habilement mélangées? Quant à ses grands drames de sentiment et d'intrigue, il suffit de les nommer pour se les rappeler tout entiers, dès qu'on les a une fois connus, tant ils portent le signe de l'originalité, tant ils semblent le symbole ineffaçable de quelque passion étudiée et traduite par le poète ! Que reste-t-il à dire sur l'ambition après *Macbeth*, sur l'avarice après le *Marchand de Venise*, sur l'ingratitude après le *Roi Lear*, sur la vengeance après *Hamlet*, sur l'amour tendre et virginal après *Roméo et Juliette*, sur la jalousie après *Othello ?* Comptez les personnages créés par Shakespeare et qui vivent à jamais, comme autant de frappantes images de la réalité humaine, dans la mémoire de ceux même qui seulement les ont entrevus : Macbeth, Othello, Shylock, Iago, Roméo, Hamlet, Falstaff, Lear, tant d'autres. Laissez monter vers vous, ainsi que dans un nuage, ces poétiques fantômes, qui se nomment Olivia, Viola,

Perdita, Béatrix, Imogène, Catherine, Desdé-
mona, Porcia, Cordélia, Miranda, Juliette, Ro-
salinde, Ophélia, ces femmes, ou plutôt ces
démons et ces anges, tantôt maniant avec
tant de vivacité l'arme de la raillerie, tantôt
parlant la langue la plus touchante du cœur ou
planant dans la sphère la plus haute de la rêverie. Parcourez dans tous les sens cet immense
domaine, coupé de forêts sauvages et de torrents
impétueux, sillonné par les éclairs, battu par
les vents, tantôt rafraîchi par la rosée, tantôt
brûlé par le soleil, où l'on rencontre, ici un palais ou un temple, là une chaumière, plus loin
un bosquet de fraîches roses plein de nids mélodieux, partout des surprises, souvent des merveilles ; et dites si, après Homère et Dante, si,
avant Molière, il y eut jamais un génie puissant,
fécond et complet comme Shakespeare ! Ses sor-
cières, ses fées et ses spectres sont environnés
d'un tel prestige qu'ils abaissent à notre niveau
les hauteurs idéales du monde surnaturel ; ses
hommes, au contraire, parlent, agissent et se
meuvent dans les conditions les plus rigoureuses
d'une stricte vérité. Quant à la philosophie de
l'art, à la fois savante et inspirée, elle ne saurait

aller plus loin sur le théâtre que dans ce type
d'Iago qui résume avec une si profonde énergie
tous les calculs et tous les artifices de l'envie
humaine ou dans cette belle figure d'Hamlet,
Oreste moderne, impossible avant le christianisme, poursuivi par le doute et l'ennui, ces
deux serpents plus empoisonnés que ceux des
Furies antiques, et dont la folie simulée n'est
que la plus sanglante des ironies. On a reproché à Shakespeare de manquer de sensibilité;
on a oublié que son rôle était d'observer et de
peindre la réalité : or, ici bas, on lutte, on souf-
fre, on s'exalte, on s'irrite, et cela à chaque instant; mais on ne pleure guère. Shakespeare,
pas plus que Sophocle, Corneille ou Racine, pas
plus qu'Aristophane ou Molière, n'a ce don des
larmes, apanage vulgaire des médiocrités triom-
phantes et des littératures déchues. Otway et
Knowles, La Chaussée et Diderot, Kotzebuë,
voilà les gens qui font pleurer ! Shakespeare vise
plus haut et brille autrement : que lui importe à
lui de renvoyer ses spectateurs chez eux, le cœur
gros et l'œil humide? Les moindres industriels
en mélodrames savent le faire. Ce n'est pas un
peintre complaisant, dissimulant les taches sous

l'éclat des couleurs , mais plutôt un chirurgien, qui, étendant, pour ainsi dire, à ses pieds l'humanité comme un cadavre, lui ouvre, à coups de scalpel et d'une main intrépide, le cerveau et le cœur, analyse froidement son sujet, accomplit rudement son office, puis rentre, tout couvert de sang, dans le sanctuaire de son génie, et n'en ressort que pour montrer aux autres le remède à côté de la plaie. Car, ne nous y trompons pas, cette crudité de détails, cette vigueur de touches, cette sublime indifférence qu'on a pu blâmer chez lui, ont toujours le même point de départ , la nature, le même but, la morale; toujours, chez lui, l'intérêt est pour la vertu, le remords et le châtiment pour le crime, et le poète qui a le mieux peint les hommes serait peut-être aussi le plus capable de les corriger.

De même que la lueur des flambeaux les plus brillants est éclipsée par l'éclat d'un radieux soleil, la grande gloire de Shakespeare fait pâlir la réputation de tous ses contemporains ; et pourtant plus d'un était digne d'estime. Citons Massinger, talent ingénieux et facile, dont l'esprit vise souvent au paradoxe et qui a fait une vingtaine de pièces dans les deux genres; Ford,

plus sombre; Decker, Middleton, Webster, tous
plus ou moins tragiques; Chapman, qui traduisit
Homère et donna un drame sur le sujet si récent
des *Guises;* John Marston, dont Shakespeare
édita plusieurs ouvrages; Heywood, qui, aussi
fécond que l'espagnol Caldéron ou le français
Hardy, collabora à deux cent quarante pièces,
tandis qu'en vingt-cinq ans l'auteur d'*Othello*
n'en produisit, après tout, que trente-six. Beaumont travailla souvent avec Laurence Fletcher;
celui-ci, taxé d'ivrognerie par ses ennemis, comédien comme Shakespeare et, quelque temps,
son associé dans la direction des comédiens de
Black-Friars, se disputa plus d'une fois avec son
illustre rival, à la taverne de la *Sirène*, et même,
en 1614, il faisait jouer au théâtre du *Globe* sa
Dame dédaigneuse, où le monologue d'Hamlet
et les derniers moments d'Ophélia étaient mali-
gnement parodiés. Fletcher et Beaumont, les
premiers, introduisirent dans le drame anglais,
non le sentiment qui est naturel et impérissable,
mais la *sentimentalité* qui est factice et éphémère. Ils s'évertuent à tirer des situations, non
pas ce qu'elles ont de délicat, de fort ou de profond, mais ce qu'elles ont de dur, d'attendrissant

et de pénible : au lieu d'affermir l'âme humaine, ils l'amollissent; voluptueux et pathétiques, ils ont parfois plus de chaleur apparente et font couler plus de larmes que Shakespeare, dont ils n'ont, d'ailleurs, bien entendu, ni la variété infinie, ni la puissante vérité. Malgré beaucoup de facilité et d'invention, de grâce et de souplesse, de couleur et de style, malgré des œuvres remarquables et de nombreux succès, tous ces poètes sommeillent, ensevelis à jamais dans un oubli commun, tandis que le grand William, leur prédécesseur ou leur émule, est resté leur maître aux yeux de la postérité. Le seul d'entre eux qui ne paraisse pas trop petit à côté d'un tel géant est Ben-Johnson, un de ces génies bizarres et confus, qui ne demeurent pas populaires, mais qui, à la réflexion, semblent larges et vigoureux. La force est, en effet, le caractère saillant de cette étrange nature et sa vie explique ses œuvres. Le corps robuste, le visage épais, l'œil farouche, il avait l'air d'un athlète, Son beau-père, maître maçon, le retire de l'université de Cambridge pour le ramener à la truelle; il préfère l'épée, se sauve et court s'engager comme volontaire dans les troupes des Pays-Bas; on prétend qu'il tue un homme

en duel, à la vue des deux armées, et qu'il le
dépouille, à la manière des héros homériques. De
retour en Angleterre, à dix-neuf ans, il rema-
nie, pour vivre, des pièces de théâtre ; provoqué
par un adversaire, il est blessé par lui, mais
l'abat à ses pieds. Jeté en prison , il y est converti par un prêtre catholique; à vingt ans, il se
marie; à vingt-deux ans il donne sa première
comédie : sous prétexte de quelques allusions
compromettantes, on le menace de lui couper le
nez et les oreilles. En somme , il vieillit, pauvre
et détesté, attaquant rudement les vices publics,
« ne craignant, disait-il, ni le poison des courtisanes, ni le poignard des coupe-jarrets, » passant ses journées à lire de vieux manuscrits,
fréquentant Saint-Paul, les tavernes, les théâtres, les hôtels des grands seigneurs, revenant,
le soir, dîner largement et s'abreuver à pleins
pots de vin des Canaries, faisant partout provision
de ridicules, bravant l'opinion, cherchant la
lutte et gourmandant son siècle ainsi qu'un pé-
dagogue violent et chagrin. Comme écrivain, il
a beau connaître à fond le grec et le latin, mettre
à profit ses réminiscences d'Athénée, de Philos-
trate, d'Aulu-Gelle, de Macrobe ou de Libanius,

dépouiller mystérieusement les lexicographes et
les scholiastes, étudier l'alchimie comme Ray-
mond Lulle, Cornelius Agrippa, Jean Trithême
ou Paracelse: il n'est pas plus régulier que Shakespeare, qu'on trouve si libre, si inculte, si
ignorant. Il met également sur le théâtre les
événements de plusieurs années; il nous fait
faire de longs voyages à travers toutes sortes de
pays; chez lui, la scène reste souvent vide ou
change à chaque instant; il rapproche les vers
et la prose, le noble et le grotesque, le touchant
et le trivial: au fond, tout son système est de
n'en point avoir. Logicien serré et un peu raide,
grave penseur, poète concis jusqu'à l'obscurité
et ferme jusqu'à l'enflure, il a créé plus d'un
type curieux; mais ce sont ses propres idées, ses
souvenirs, ses lectures qu'il personnifie et qu'il
revêt d'une forme humaine. Divers rôles de ses
pièces, Critès, Asper, Sordido, Delirio, Pecunia,
Subtil, Morose, sir Epicure Mammon, sont de
véritables abstractions métaphysiques, dignes du
beau temps des *Moralités*. D'autres, il est vrai,
sont plus généraux et plus vivants, tels que Bo-
badill, l'orgueilleux fanfaron, Tucca, le capitaine
ruiné, Asotus, le sot prodigue, Amorphus, le

voyageur pédant. Il a fait un *Catilina*, avec
des chœurs imités de Sénèque, où il intercale
des harangues entières de Cicéron; un *Séjan*,
rempli de scènes remarquables, qu'il refroidit
par des dissertations prises à Tacite. Sa comédie
du *Volpone* rappelle, pour le luxe du coloris et
la licence des tableaux, le théâtre italien du
XVIe siècle, avec une énergie plus mâle et plus
sombre. Ses autres pièces, l'*Alchimiste*, la *Foire
de Saint-Barthélemy*, *Chacun dans son caractère*, *Chacun hors de son caractère*, le *Marché
aux nouvelles*, les *Réjouissances de Diane*, le
Diable est un âne, méritent pareillement d'être
étudiées, non comme des modèles de pureté et
de goût, mais comme des débris très-intéressants
du vieux théâtre anglais.

Après les luttes politiques des règnes de Jac-
ques Ier, de Charles Ier et de Cromwell, la restauration de Charles II amena pour ce théâtre
une ère de prospérité superficielle, mais de
réelle décadence. La tragédie fut défigurée par
l'emphase, la comédie souillée par l'obscénité :
des situations invraisemblables, des douleurs
exagérées ou des crimes odieux remplirent la
première; quant à la seconde, elle devint la

peinture minutieuse du libertinage et la caricature effrontée de la vertu. Davenant, le poète
lauréat et royaliste, qui s'honora en sauvant le
républicain Milton de la proscription , se distingua dans cette triste école par son lourd bagage
de drames, d'opéras et de mascarades. Filleul de
Shakespeare, qui, dans ses voyages, faisait de
fréquentes stations chez sa mère, la plus belle
hôtelière d'Oxford, Davenant se vantait beaucoup
de tenir à l'illustre dramaturge par des liens
plus étroits encore ; en tout cas, il n'hérita point
de son génie. Dryden, qui, dans plusieurs autres genres de littérature, a laissé d'honorables
souvenirs, n'a remporté au théâtre que des succès médiocres ou honteux. Ses personnages tragiques sont déclamateurs et ampoulés , comme
les héros de Scudéry et de la Calprenède, et ses
comédies sont si indécentes, que la plupart furent défendues, même du temps et à la cour si
dépravée de Charles II. On se mettait aussi à
piller les classiques français ; miss Philips, dès
1631, avait traduit la *Mort de Pompée* et les
Horaces de Corneille, et l'*Avare* de Molière fut na-
turalisé en Angleterre par Shadwell, auteur aussi
vaniteux qu'insignifiant et aussi fécond qu'ou-

blié, qui fut, après Dryden, le poète lauréat et l'historiographe de Guillaume III. Avec la dynastie de Hanovre, les vertus modestes rentrent en grâce auprès de la société anglaise ; le drame se modèle alors sur la réalité, gardant ses défauts, mais leur donnant une teinte plus douce et plus décente. Le puritanisme bourgeois du nouveau régime s'allie sur la scène au pathétique forcé et à l'inspiration larmoyante de Beaumont et de Fletcher, bien qu'au fond le sentiment moral n'y soit pas beaucoup plus sensible. Quelques noms connus marquent cette autre phase du théâtre anglais. Otway, dans son *Orphelin* et dans son chef-d'œuvre de *Venise sauvée*, arrache des larmes, mais des larmes amères qui brûlent le cœur: il sacrifie tout à l'effet et au sentiment, comme s'il n'y avait parmi les hommes ni caractères, ni passions, ni esprit, ni activité, ni enthousiasme, ni rêverie, mais seulement des pleurs. Rien de moins naturel, après tout, et rien de plus fatigant à la fin que ces héros qui, comme le Jaffier de *Venise sauvée*, prient, pleurent, se frappent la poitrine, tombent à genoux, et grimacent la douleur, pendant cinq actes. De plus, Otway manque de goût; rarement chez lui on rencon-

tre un sentiment noble, une pensée morale : un
de ses ouvrages roule sur un double inceste et se
dénoue par cinq meurtres, et la forme en est
aussi libre que le fond en est grossier : ce n'est
plus la chaste nudité de Shakespeare. Southern
a fait le *Frère généreux*, l'*Excuse des femmes*,
l'*Innocent adultère* et *Oronoko*, son meilleur
drame. Les deux Cibber, tous deux acteurs et
auteurs de comédies, ont donné plusieurs pièces,
généralement trop licencieuses et un peu invraisemblables, mais qui ne manquent pas d'esprit
et que distingue une certaine vivacité ; entre
autres, le *Dernier expédient de l'amour* et
l'*Époux converti*. Vanbrugh a les mêmes qualités, gâtées par une extrême indécence ; son
Épouse poussée à bout et sa *Rechute* sont pleines de pensées et d'allusions obscènes. Congrève
a réussi avec son *Épouse éplorée*, où l'on trouve
des situations attachantes, mais un dénouement
défectueux ; ses comédies ont du feu et du
brillant : mais il vise trop à l'esprit et le prodigue hors de propos. Au reste, ses tendances ne
sont guère plus morales que celles de Farquhar,
moins correct et moins vif que Congrève, mais
aussi spirituel et aussi gai. Toutes ces comédies

sont également déréglées et bouffonnes ; l'intrigue en est romanesque et équivoque ; le dialogue
y est trop souvent du plus mauvais ton et en
fait de femmes il n'y paraît que des courtisanes
ou des prudes ridicules. Addison, l'ingénieux
journaliste du *Spectateur*, remporta un grand
triomphe, grâce à son *Caton d'Utique*, emprunté
à Lucain et à Plutarque, pièce régulière, mais
pâle, où les Romains sont aussi philosophes que
chez Voltaire. Steele, un autre écrivain du même
journal, fit les *Amants sincères*, comédie sentimentale dans le goût de Diderot et de La Chaussée. Rowe se distingua par la noblesse de ses
pensées et l'élégance de son style : mais il est,
sauf dans *Jane Shore* et dans la *Belle pénitente*,
froid, sans intérêt et plus fleuri que tragique.
Young, le chantre mélancolique des *Nuits*, a
répandu dans sa pièce de la *Vengeance* une
partie de son ardente imagination ; mais il n'a
pas su relever par la sensibilité un sujet odieux.
Lee, auteur de *Théodoce* ou la *Force de l'amour*
et de *Brutus*, a de la chaleur, mais de l'enflure,
des scènes belles et pathétiques, mais des plans
compliqués et des idées extravagantes. Lillo,
joaillier et poète, se partageant entre son com-

merce et les lettres, chercha, dans tous ses ouvrages, *Beverlei* ou le *Joueur*, *George Barneveldt*, le *Marchand de Londres*, la *Fatale curiosité*, *Tout pour l'amour*, à démontrer que
les tragédies domestiques pouvaient intéresser
autant que les malheurs des princes et des héros :
ce dramaturge bourgeois eut plus d'un disciple
en Angleterre et en France. Thompson, l'élégant
auteur des *Saisons*, affecta, dans *Tancrède et
Sigismond*, une morale trop austère, défaut bien
rare chez ses contemporains ; tout chez lui est,
du moins, raisonnable : intrigue, caractères et
pensées.

Nous voici au milieu du XVIIIᵉ siècle et en
pleine décadence. Les faibles esquisses de Richard Cumberland et les comédies sans vigueur
d'Arthur Murphy encombrent trois théâtres, Hay-
Market, Covent-Garden et Drury-Lane ; Colman
donne sa *Femme jalouse* et son *Mariage clan-
destin*. Deux hommes supérieurs combattent, à
force de gaîté et d'observation, l'influence sen-
tentieuse et pédantesque qui vient de commencer
à s'emparer du théâtre. Ce sont Goldsmith, le
charmant auteur du *Vicaire de Wakefield*, et
Richard Shéridan, le mauvais sujet, le politique

aventureux, l'orateur brillant, dont la mère avait composé deux piquantes comédies et qui, lui-même, s'est acquis, avec son *Voyage à Scarborough*, sa *Répétition théâtrale*, sa *Duègne*, ses *Rivaux*, son *Jour de Saint-Patrick* et surtout son *École du scandale*, une réputation dramatique égale à sa renommée parlementaire, réputation bien méritée par l'éclat de sa verve et la finesse de son esprit.

Le XIXe siècle, une des époques les plus fécondes et les mieux inspirées de la littérature anglaise, a produit plus d'un essai dramatique. Rappelons Maturin, dont le *Bertram* accusait une sombre énergie, Home qui fit un *Douglas*, miss Johanna Baillie, qui chercha à substituer l'analyse des idées au mouvement des caractères, Coleridge et Walter Scott, qui tentèrent, sans grand succès, d'aborder une carrière où ils apportaient, d'ailleurs, tant de qualités charmantes et solides, enfin Byron. Ce dernier a jeté dans le moule théâtral des amplifications admirables qui ne furent jamais des drames complets; la personnalité de l'auteur y paraît à l'excès, tout éclatante qu'elle puisse être. *Sardanapale*, c'est Byron sur le trône d'Orient ; *Foscari*, c'est By-

ron exilé; *Marino Faliero*, c'est Byron qui se
venge; *Cain*, *Werner* ou *Manfred*, c'est Byron
qui doute et qui blasphème. Malgré son énergie
monotone et sa couleur par trop lyrique, Byron
n'a pas été surpassé par les représentants de trois
écoles dramatiques qui, depuis trente ans, se
disputent l'approbation du public anglais.

L'école archaïque, livrée à une imitation exa-
gérée des vieux dramaturges, Dekker, Marlowe
et Marston, n'a produit de saillant que quelques
ébauches vigoureuses de Lamb et quatre drames
de Milman, le *Festin de Balthazar*, le *Martyr
d'Antioche*, la *Prise de Jérusalem*, surtout
l'*Alchimiste;* l'avocat Talfourd a, comme Byron,
cherché la simplicité antique et y est arrivé dans
son *Ion*, imitation calme et pure d'Euripide. L'é-
cole métaphysique a donné son chef-d'œuvre dans
le *Paracelse* de Robert Browning, chef-d'œuvre
mal reçu, pourtant, aussitôt oublié que publié,
sans avenir, sinon sans puissance, nul comme
poème dramatique, mélangé de mysticisme et
d'esthétique, mais remarquable comme tentative d'analyse psychologique et morale et conçu
à la façon du *Faust* de Goëthe. Pour ce qui
est de l'école sentimentale, Shéridan Knowles

en fut le prince : talent gâté par le succès, il a
trouvé ses défauts dans l'abus de ses qualités.
Son *Virginius* et son *Appius* réalisaient une
idée heureuse, déjà entrevue par le génie de Shakespeare et bien souvent, depuis, reprise parmi
nous : c'était de peindre au point de vue intime
et domestique les Romains, si raides et si em-
pesés chez Addison. Dans ses autres pièces,
l'*Amour*, la *Fille*, l'*Épouse,* il fut pathétique et
élégiaque ; mais le sujet ne l'y soutenait plus. Le
fond en est triste et la forme fausse ; il met des
scélérats en scène, et ces scélérats parlent comme
l'*Honnête criminel* de notre Fenouillot de Falbaire. Au milieu de ce chaos dramatique, un
homme du monde et un homme d'étude, un journaliste devenu membre du parlement, un des
romanciers qui, avec Marryatt, Hope, Ainsworth,
Dickens, composent la menue monnaie de Walter
Scott, sir Edward Bulwer a tenté, de concert avec
le grand acteur Macready, de régénérer le
théâtre anglais. Il commença par épurer les coulisses de Covent-Garden, foyer de la plus hon-
teuse licence ; il plaida à la chambre des communes la cause des arts et des lettres et obtint
que l'on paierait sur les recettes théâtrales un

salaire proportionnel aux poètes qui, jusque-là, avaient vendu à vil prix leurs œuvres. Bulwer chercha ensuite à ramener le public au drame purement littéraire, exempt de sensiblerie et de métaphysique ; ses drames de *Richelieu* et de la *Dame de Lyons*, sa piquante comédie de l'*Argent* ont réussi. Leigh Hunt et Henri Horne, pleins de feu et d'imagination, mais d'un lyrisme extravagant, le secondèrent dans cette réforme, qui pouvait, sinon renouveler les beaux jours, du moins réveiller le souvenir de l'ère shakespearienne. Mais, malgré leurs efforts, là comme ailleurs, on ne joue plus guère que des opéras italiens, des vaudevilles français, des mélodrames qu'on rencontre partout et des ballets qui ne ressemblent à rien.

VII.

THÉATRE ALLEMAND.

—

Après le drame anglais vient tout naturellement le drame germanique qui en dérive en
grande partie et qui lui ressemble par ses côtés
les plus glorieux. Il est impossible de commencer une esquisse, si rapide qu'elle soit, du théâtre
allemand sans dire quelques mots des ouvrages
de Hroswitha, édités seulement de nos jours et
beaucoup trop vantés par quelques érudits, mais

curieux comme exemples de la littérature théâtrale d'outre-Rhin au moyen-âge. En effet, bien
qu'écrits, selon l'usage du temps, en prose latine, ils portent assez bien le cachet de l'époque,
du pays, des circonstances où ils furent composés.
Hroswitha, dont le nom en bas allemand signifie
rose blanche, était une simple nonne du mo-
nastère de Gandersheim, près du fleuve Ganda,
en Saxe; elle y vivait, vers 980, sous les lois de
l'abbesse Gerberge II et de l'empereur Othon II.
A l'imitation de Térence, comme disait la savante
religieuse, elle fit six comédies, en général peu
comiques, de quelques pages chacune, sans action, sans art, dont les arguments se retrouve-
raient presque tous chez les agiographes Siméon
Métaphraste, Prochorus ou Jacques de Voragine,
mais qui n'en produisaient pas moins un fort
grand effet dans les couvents lettrés de la Germa-
nie, où on les représentait avec une mise en scène
bien imparfaite devant un public tout novice encore. Ce sont: *Paphnuce*, pièce grave, mêlée d'un
peu de pathétique; *Gallicanus*, qui n'est pas sans
analogie avec nos drames historiques et les chroniques rhythmées de Shakespeare; *la Foi, l'Espé-
rance et la Charité* qui rappelle les *Moralités*

par sa couleur idéale et allégorique. *Abraham* ne manque pas d'une certaine énergie; on en rencontrerait le sujet dans l'*Histoire des pères du Désert*, traduite par Arnauld d'Andilly, et une pièce anglaise, *l'Honnête courtisane* de Decker, semble l'avoir reproduit. Marie, nièce de l'ermite Abraham, quitte la pieuse solitude où elle a passé son enfance, rentre dans le monde et tombe au dernier degré de la perdition. Son oncle, après deux ans de séparation, va la chercher dans le lieu équivoque où elle est renfermée; cachant ses rides et ses cheveux blancs sous le costume d'un brillant cavalier, il se présente à elle comme un étranger attiré par ses charmes. Mais au milieu d'un festin il lui arrache des larmes de mélancolie et de repentir, se fait reconnaître d'elle et l'entraîne de nouveau vers l'ermitage, où une conversion sincère et une pénitence de vingt années expieront ses fautes passagères. *Callimaque* offre une étrange peinture de l'amour, et même de l'amour troublé et coupable, qu'on croirait toute moderne et qu'on ne s'attendrait guère à voir tracée par la plume d'une sainte et paisible nonne du Xe siècle, si les passions n'avaient pas toujours, au fond,

parlé le même langage et si la vertu de la
femme la plus innocente n'était pas de force à
deviner les mystères les plus secrets du cœur
humain. La marche de cette pièce est d'autant
plus singulière qu'elle présente des similitudes
incontestables avec le chef d'œuvre de *Roméo et
Juliette*. Un jeune païen, Callimaque, s'entre-
tient avec ses amis de la passion qu'il éprouve
pour une belle chrétienne, Drusiana, femme
d'Andronic. Poursuivie par cette passion insensée, l'épouse fidèle demande au ciel et obtient de
lui la faveur d'une mort subite; l'apôtre saint
Jean, présent par hasard à Éphèse où se passe
la scène, aide Andronic à l'ensevelir selon son
rang. Un esclave du mari, Fortunatus, aussi
infâme que cupide, ouvre, à prix d'or, à l'amant
les portes du caveau sépucral, et Callimaque, en
proie à un égarement presque infernal, serre
dans ses bras et couvre de caresses cette morte
qu'il a tant aimée, lorsqu'un affreux serpent,
sorti de la tombe, vient le faire expirer sous ses
morsures. Mais l'apôtre, devant Andronic, ressuscite la vertueuse Drusiana et Callimaque désormais converti : Fortunatus seul est sacrifié,
comme le vil instrument de toute cette sombre

intrigue ; il meurt piqué par le dard empoi-
sonné du serpent et est emporté en enfer. *Dulcitius*, enfin, est un bizarre intermède, où le
bouffon et le sacré se mêlent jusqu'à se confon-
dre ; en voici le fond. Trois vierges chrétiennes,
Agapé, Irène et Chionie, nobles et belles, sont
jetées en prison par l'empereur Dioclétien pour
avoir refusé d'adorer les faux dieux. Dulcitius,
commandant de ses gardes, chargé de veiller sur
elles, tente de les séduire et se précipite dans
leurs cachots avec toute la violence d'une passion
brutale. Mais un incroyable prodige s'est opéré :
aveuglé par le démon ou par son propre vice, il
s'est trompé de porte et est entré dans une cui-
sine du palais, où il saisit les marmites et les
bassins qu'il couvre de baisers, au point de revenir, le visage et les vêtements honteusement
noircis : ses gardes et sa femme le reconnaissent
à peine. Le comte Sisinnius, préposé alors à la
surveillance des jeunes filles, est le jouet d'illu-
sions semblables ; voulant les poursuivre dans
leur fuite, il tourne sur son cheval sans pouvoir
avancer ; mais il finit par se venger en faisant
brûler Agapé et Chionie et en perçant Irène à
coups de flèches. Ces curieux ouvrages, qui sup-

posaient plus d'un artifice de mise en scène,
étaient joués, entre trois tapisseries, par des religieuses ornées de barbes ; ce qui a fait donner
à ces comédies, dans quelques chroniques, le
titre de *barbatoriæ :* les demoiselles de Saint-
Cyr jouaient-elles donc autrement, devant la
cour de Louis XIV, l'Aman et le Mardochée
d'*Esther*, le Joad, l'Abner et le Mathan d'*Athalie ?* Quant au choix plus que risqué des sujets
traités par la pieuse Saxonne, ne nous effrayons
pas outre mesure et écoutons Hroswitha elle-même
qui, dans une de ses préfaces, nous parle ainsi :
« Comme plusieurs personnages honorables ne
peuvent s'empêcher de préférer l'agrément des
livres profanes à l'utilité des livres saints, comme
ceux mêmes qui mépriseraient les ouvrages des
Gentils se plaisent à ceux du poète Térence :
moi, la voix puissante de Gandersheim, j'ai
cru devoir imiter ce que la plupart lisent. Aux
débauches des femmes païennes je veux substituer l'histoire édifiante des filles du Christ. Selon
les ressources de mon faible génie, j'ai pris à
tâche de célébrer les victoires de la chasteté, ces
victoires où triomphe la faiblesse des femmes et
où est foudroyée la perversité des hommes. » On

le voit, si ces ébauches artistiques ne valaient
. pas tout à fait le *Saint-Genest* de Rotrou, ni le
Polyeucte ou même la *Théodore vierge et
martyre* de Corneille, l'intention, du moins, en
était excellente et le fond y sauvait la forme.

Un très-petit nombre d'essais tout à fait obscurs
appartiennent aux huit siècles, fort vides dans
les annales des lettres germaniques, qui séparent
ces naïfs *pastiches* d'après l'antique des compositions romanesques ou historiques dont s'enorgueillit le théâtre allemand moderne. Ce théâtre
ne ressemble pas plus au nôtre que le théâtre
anglais; cette différence si considérable tient
surtout à l'opposition des mœurs et des caractères. Les Français s'ennuient facilement et ne
vont au spectacle que pour s'amuser : les Allemands, plus patients et plus graves, cherchent
de l'instruction et de l'émotion au théâtre : aussi
laissent-ils au poète le temps de les instruire et
de les émouvoir; de là la longueur de leurs pièces. Peuple sérieux, ils admettent, pourtant, le
comique dans la tragédie, quand une scène comique y doit faire ressortir une situation tragique; les Français, peuple léger, préfèrent un
drame régulier et pompeux qui ne leur per-

mette pas la distraction. Là, comme en toutes
choses, les Allemands entendent moins bien la
perspective que les groupes, les nuances que les
couleurs. Quand ils ont de l'esprit, c'est, pour
ainsi dire, en ligne droite; leur beauté est une
beauté absolue : chez eux pas de joli, peu d'a-
dresse; un art large, franc, mais méd'ocrement
subtil, comme leur âme. Ils peignent souvent
des caractères au théâtre; nous y montrons surtout des passions : nouvelle raison de l'étendue
de leurs ouvrages et du mélange qu'ils y font
des deux genres. En effet il faut du loisir et des
détails pour qu'un caractère se développe et
l'étude morale d'un individu suppose la peinture
de ses travers comme de ses qualités, tandis
que, dans l'action de nos œuvres classiques,
bornée à vingt-quatre heures au plus, nous ne
pouvons guère faire entrer que quelques incidents, retardés un instant par de brillants discours et ensuite brusquement dénoués par une
grande catastrophe. Au reste, c'est après avoir
réfléchi sur ces difficultés de notre système dramatique que les Allemands créèrent le leur; car
ils jouèrent longtemps des traductions et des
imitations de nos tragédies, et ce ne fut qu'à la

fin du XVIIIe siècle que Lessing, un des premiers, constitua leur théâtre national. En véritable Allemand qu'il était, je veux dire, en homme instruit et consciencieux, Lessing subordonna la pratique à la théorie : il commença par publier un journal de critique dramatique, la *Dramaturgie*, où il analysa nos chefs-d'œuvre, en détaillant les beautés, en recherchant les défauts : la conclusion de son travail fut que son pays devait aspirer à une littérature originale. Il donna l'exemple, sans trop s'écarter de nos règles et sans user de toutes les libertés de la forme shakespearienne suivie ensuite par Goëthe et Schiller ; il fit assez bon marché des fameuses unités de temps et de lieu, parfois violées à Athènes, sinon à Rome, rarement observées en Italie, en Angleterre et en Espagne et empruntées avec une rigueur trop pédantesque par l'abbé d'Aubignac à un passage tout spéculatif d'Aristote. *Minna de Barnhelm*, dont le sujet est d'une simplicité vraiment antique, *Émilia Galotti*, copie moderne de la Virginie romaine, *Nathan le Sage*, drame philosophique en l'honneur de la tolérance que J.-M. Chénier a traduit en vers, sont les trois meilleurs ouvrages de Lessing, auteur, non de génie, mais de talent. Il avait des connaissances trop variées et trop étendues pour qu'elles fussent à proportion solides et profondes : sa force critique et dialectique lui nuisait au théâtre et, sans prêcher tout à fait sur la scène, comme l'ont fait Voltaire et quelques autres, il savait trop bien raisonner pour sentir avec énergie.

L'homme de génie, c'était Schiller, dont la vie fut si noble et si intéressante, Schiller, bien inférieur à Shakespeare et pourtant très-remarquable encore. Ses premières œuvres dramatiques, composées entre dix-huit et vingt-cinq ans, semblent le fruit d'une ivresse dont sa jeunesse solitaire, asservie et fougueuse nous révèle le secret. D'abord, ce sont les *Brigands*, vaste cadre, où Schiller a répandu à l'excès la verve, l'ironie et la passion, où le mouvement, l'éclat et la variété des scènes de la forêt contrastent si poétiquement avec les tableaux mélancoliques et doux du château et où la figure sèche et fausse de François Moor, ce rival exagéré d'Iago, se dessine sous un jour si lugubre auprès du gracieux visage de l'enthousiaste et sensible Amélie. On-

sait quel fut le succès des *Brigands*, succès de
vogue et d'imitation, puisqu'une foule de jeunes
gens des meilleures familles coururent dans la
Forêt-Noire pratiquer, le pistolet au poing, les
aventureuses théories du poète. Bizarre aberra-
tion, possible seulement chez ce peuple, si froid
de formes et si ardent au fond, qui se passionne
pour un roman, combat pour un drame, attache
à l'art toute l'importance d'une réalité et chez
qui jamais les déceptions de l'amour ou les fu-
reurs du jeu n'amenèrent autant de suicides que
la lecture de *Werther!* La *Conjuration de Fiesque*, chaleureuse inspiration des doctrines populaires, l'*Intrigue et l'amour*, drame bourgeois
touchant, quoique forcé en bien des passages,
appartiennent aussi à la première jeunesse de
l'auteur. Dans *Don Carlos*, il est déjà plus fort,
parce qu'il est plus sûr de lui; il est plus large
et plus vrai. De quel pinceau il retrace la minutie ridicule de l'étiquette espagnole, la phy-
sionomie sombre et majestueuse de Philippe II!
Quelle scène que l'avant-dernière du cinquième acte, entre le roi, âgé de soixante
ans et le grand inquisiteur, vieillard centenaire
et aveugle, qui lui demande la tête de son fils,

au nom de la loi et de Dieu, avec tant d'autorité
et de froideur qu'on dirait une voix sortie des
entrailles de la tombe ! Et qui ne pardonnerait
pas à Schiller le bel anachronisme de pensées
par lequel il met dans la bouche du jeune marquis de Posa, type d'invention, les maximes les
plus justes, les sentiments les plus exaltés, les
conceptions les plus profondes, en un mot tous
les rêves de son propre cœur? A partir de ce
chef-d'œuvre, Schiller ne s'arrête plus et ne fait
que monter. Son *Wallenstein* est la pièce la
plus nationale du théâtre allemand par le sujet
et par l'action; c'est un épisode de la guerre de
Trente ans transformé par la poésie et resté à la
hauteur de l'histoire; ce drame extraordinaire
se compose de trois parties. dont chacune équivaut
à une de nos tragédies et contient une foule de
tableaux. La première (*le Camp de Wallenstein*)
représente sous la forme la plus animée les effets
produits par la guerre sur l'armée et sur le peuple; la seconde (*les Piccolomini*) montre les
rivalités politiques qui divisent les chefs ; la
troisième (*la Catastrophe*) dépeint l'envie exci-
tée par Wallenstein et sa mort : à vrai dire, cette
dernière partie est la tragédie principale, avec

deux vastes prologues, un comique et un sérieux.
Cette trilogie, dont nous ne saurions nous faire
une idée approximative, bien qu'imparfaite,
qu'en faisant jouer, chez nous, successivement, le
même jour, le *Barbier de Séville*, le *Mariage
de Figaro* et la *Mère coupable* de Beaumarchais, excite autant d'enthousiasme en Allemagne qu'elle provoquerait d'étonnement en France.
La *Marie Stuart* de Schiller semble de toutes
les tragédies allemandes la plus pathétique et
la mieux conçue ; la reine d'Écosse devient chez
le poète un type rempli d'intérêt et de poésie ; la
réalité y est élevée jusqu'au niveau idéal de l'art
et les taches en sont dissimulées avec soin. Après
avoir abordé l'Allemagne dans les *Brigands* et
Wallenstein, l'Espagne dans *Don Carlos*, l'Angleterre dans *Marie Stuart*, Schiller emprunta
à l'histoire de France une de ses plus merveilleuses figures ; et *Jeanne d'Arc*, cette fille du
peuple qui sauva la royauté, cette héroïne que
Shakespeare, malgré sa partialité d'Anglais et
d'ennemi, n'avait condamnée qu'avec réserve,
reparut dans le drame germanique glorieusement vengée par le génie d'un poète philosophe
des tristes hommages de notre Chapelain, des

coupables railleries de notre Voltaire. Schiller
s'est montré là plus français que nous, et il a fait
ressortir avec une force et une finesse admirables la vaillance, la piété et l'infortune de la
bergère de Vaucouleurs. La pièce est mélangée
de parties lyriques, que le sujet justifiait fort
bien et qui ajoutent à l'éclat du style sans nuire
à la suite de l'action. Ce lyrisme entraina Schiller
dans un essai moins heureux ; il voulut ressusciter la mélopée antique et il prit pour prétexte
sa tragédie de la *Fiancée de Messine*, qui n'est
autre chose qu'une édition rajeunie du vieux sujet des *Frères ennemis ;* les serviteurs des deux
frères débitent souvent, sans trop de nécessité,
des chœurs remarquables, moins châtiés et moins
purs, mais plus abondants que ceux d'*Esther*
et d'*Athalie*. Une pièce, ainsi faite pour un
système, devait s'en ressentir : en effet, elle
n'appartient à aucun siècle précis. Ce sont des
costumes modernes avec des mœurs anciennes,
un langage chrétien et des événements dignes
de la fatalité païenne : par-dessus tout, un dialogue assez diffus et des élans poétiques à profusion ; mais, derrière tout cela, le génie. Il
remporta un triomphe moins contestable avec

son *Guillaume Tell*, épopée sublime, où la nature helvétique revit tout entière et où la nation suisse parle, agit, s'émeut et nous intéresse comme un seul homme. C'est en vingt ans de l'existence la plus chétive, la plus errante et la plus agitée que Schiller enfanta cet ensemble d'œuvres brillantes où la poésie et la philosophie auraient à revendiquer plus de beautés encore que le drame.

De Schiller passons à ce Goëthe, dont nous aurions pu applaudir la vieillesse presque centenaire et qui semble déjà si loin de nous, quoique si peu d'années nous en séparent ; à ce roi de la littérature allemande qui administrait l'esprit de ses contemporains comme son domaine ; à cet artiste universel qui a soulevé tant d'idées, pratiqué tour à tour tant de systèmes, produit tant de beaux livres, en y déployant tant d'esprit et de science sans jamais y risquer son cœur. Fatigué de l'imitation des pièces françaises en Allemagne, il brisa violemment ce moule qui lui semblait usé et, pour démasquer franchement son but, il composa un drame à la façon de Shakespeare, semi-historique et à peu près injoua.

ble. C'est *Goëtz de Berlichingen*, tableau vaste
et fidèle du moyen-âge, où la vie chevaleresque
des races féodales, l'aveugle soumission de l'é-
pouse à l'époux, les rudes vertus domestiques de
ce siècle de fer, la vengeance des tribunaux secrets sont reproduits sous les plus vives couleurs.
Cette pièce pèche trop souvent par le défaut
d'imagination et de poésie ; elle est même écrite
en prose ; on y change de décor à chaque scène
et telle scène a deux lignes : c'est, enfin, ce
que Goëthe avoue avoir voulu faire, une rapide
et vigoureuse esquisse de la pure réalité historique. Au contraire, le *Comte d'Egmont* est un
ouvrage plein d'intérêt, mais d'un intérêt plus
noble que vif ; comme le *Guillaume Tell* de
Schiller, il finit mal. Les Allemands s'entendent assez mal à la conclusion : dans la vie réelle
ils voient peu de dénouements ; ils en mettent
peu au théâtre. Il leur suffit qu'une situation
soit belle ; il leur répugne de l'arranger : ces
petites finesses de l'intrigue et de la convenance
théâtrales les font sourire. Goëthe avait écrit
Goëtz de Berlichingen pour détourner le public
des copies classiques de la France ; bientôt il fit
Iphigénie en Tauride pour l'arracher aux dra-

mes Bourgeois et aux *imbroglios* mêlés de ca-
nons et de chevaux : dès qu'il voyait le goût général pencher d'un côté, il venait mettre son
génie en contrepoids de l'autre. Cette *Iphigénie*
est le modèle de la tragédie classique chez les
Allemands ; ce sujet si connu est traité ici à un
point de vue tout nouveau : il y règne une élévation de style et de pensées qui éveille l'admiration beaucoup plus qu'elle n'excite la sensibilité. Le souvenir trop récent d'*Iphigénie* nuisit
à *Torquato Tasso*, où Goëthe eut le tort de re-
chercher une simplicité d'intrigue et une hauteur
de sentiments mieux appropriées à la majesté
antique qu'à la passion moderne. D'ailleurs,
cette pièce où il a voulu marquer vigoureusement l'opposition profonde qui existe entre le
poëte et l'homme du monde, entre les instincts
de la nature et les convenances sociales, entre le
Tasse et la cour de Ferrare, est digne de ses
aînées ; la diction y est d'une pureté et d'une
élégance et en même temps d'une gravité un peu
froide qui rappellent la *Bérénice* de Racine,
avec la philosophie allemande en surplus, comme
toujours. Un jour, Goëthe se dégoûta de l'intérêt
dramatique ; on en trouvait dans de si mauvais

ouvrages qu'il crût pouvoir et même devoir s'en
passer : il en vint jusqu'à faire une pièce, nommée la *Fille naturelle*, où les personnages s'ap-
pellent le Père, la Fille, le Roi, le Duc, etc.,
qui se passe on ne sait quand et n'importe où,
pièce abstraite et d'une poésie par trop *subjective*.
D'une œuvre si vague et si absolue à la fantaisie
pure, il n'y a qu'un pas : aussi *Faust* la suivit
de près, *Faust*, œuvre étrange, qui tient autant
du poème et du roman que du drame, *Faust*, cette
légende populaire,' exposée, depuis trois cents
ans, sur tous les théâtres de marionnettes de l'Allemagne et dont Goëthe a fait un large et profond
symbole des excès et de la vanité de la raison humaine, quand elle veut tout connaître excepté
Dieu. Son Méphistophélès est plus perfide et plus
subtil qu'Iago, plus cupide et plus haineux que
Tartufe ; la différence du démon à l'homme y est
gardée. C'est bien vraiment là le prince du mal :
il joue sans cesse avec l'arme la plus perçante et la
plus empoisonnée, l'ironie ; pour lui, l'univers
n'est qu'un livre diffus et confus plus facile à déchi-
rer qu'à comprendre ; il rit de tout avec l'esprit
de l'enfer, et il va jusqu'à bafouer l'esprit même
comme la plus mesquine des frivolités. A côté de

ce caractere si puissamment tracé, on ne saurait
trop admirer la lente agonie morale du docteur,
la ravissante figure de Gretchen, sa promise, les
personnages épisodiques de Wagner, de Valentin,
de Martha, le récit de la nuit de Walpurgis, en
un mot, cette alliance de trois éléments si divers,
la connaissance de la nature, l'étude de la société
et l'art du merveilleux. Goëthe, dans ce chef-
d'œuvre, a fait monter la féerie au niveau de la
poésie, parce qu'elle n'y apparaît qu'au service
de la philosophie et de l'imagination ; le tableau
du sabbat chez la sorcière, où des animaux,
moitié singes, moitié chats, font dans le plus
burlesque des patois la critique la plus sanglante
des ridicules humains, est d'une verve incroyable. Les scènes de la tentation de Marguerite
dans l'église et de sa folie dans la prison sont
sublimes. Cette composition gigantesque et bizarre, à laquelle Goëthe a ajouté une suite, qui
est, selon l'usage, très-inférieure, présente de
nombreux contrastes. Le rôle burlesque y est
tenu par le démon ; Faust y intéresse, tout assas-
sin et tout séducteur qu'il est : la première lecture qu'on en fait évoque à nos yeux tout un
monde de passions et d'idées; Goëthe s'y montre

à nous comme appuyé sur Aristophane et Shakespeare et presque à leur hauteur. L'œuvre de
ce grand écrivain est une des plus variées et des
plus complètes qui existent. Il y est, à son gré,
simple, pompeux, froid, pathétique, naïf même
à force de recherche : on trouve chez lui l'éclec-
tisme raisonné d'un génie tout impersonnel,
l'inépuisable invention de la nature ramenée aux
cadres réguliers et aux formes ingénieuses de
l'art.

Après ces grands noms, on peut citer encore
celui de Werner, esprit élevé, imagination grave,
excellent dans les odes, les chants, les poésies
religieuses et philosophiques ; il en remplit tous
ses drames ; mais il y est peu précis et trop lyrique.
On le dirait chargé de faire, du haut d'une chaire
dramatique, une propagande mystique de religion et d'amour : chacune de ses pièces a une
intention pieuse, une arrière-pensée morale.
Ainsi son *Luther* est l'histoire de la Réformation,
son *Attila* le tableau de la volonté humaine que
Dieu ne dirige pas, ses *Fils de la Vallée* la peinture des ordres secrets et de l'institution des
Francs-maçons rattachée à celle des Templiers ;

dans sa *Croix sur la Baltique*, il décrit l'intro-
duction du christianisme en Prusse et en Livonie; dans son *Vingt-quatre février*, sujet froidement atroce, il ressuscite la fatalité antique.
Il s'agit toujours de quelque idée métaphysique
exprimée en vers, mais en vers très-doux et très-
purs, tels qu'il convenait, après tout, d'en
mettre dans la bouche des prédicateurs, des
saints, des vierges, des anges que Werner a,
plus d'une fois, introduits sur la scène : il a été
imité par quelques-uns de nos auteurs contemporains. Kotzebuë a joui, autrefois, d'une réputation éclatante : on a traduit en plusieurs langues ses principaux ouvrages : les *Deux frères*,
Misanthropie et Repentir, les *Hussites*, les
Croisés, *Hugo Grotius*, *Jeanne de Montfaucon*,
la *Mort de Rolla*. Il excite un certain intérêt ;
mais il observe peu la couleur locale et ne
sait pas retracer le caractère des événements ou
des personnages qu'il représente : c'était le talent, non le plus dramatique, mais le plus théâtral de l'Allemagne; seulement il manquait d'art
et de poésie. La *Mort d'Ugolin* de Gerstemberg
a des beautés en dépit du sujet ; les *Jumeaux* de
Klinger sont une terrible réfutation du droit

d'aînesse. De notre temps, divers auteurs ont composé des ouvrages à peu près injouables, à la façon du *Gœtz* ou du *Wallenstein :* telle est la *Geneviève de Brabant* du poétique et spirituel Ludwig Tieck, mort assez récemment, qui, avec beaucoup d'ingénuité et d'émotion, remit à la mode une des légendes du moyen-âge les plus connues ; tel est aussi son drame *d'Octavianus.* Collin, dans sa *Polyxène* et son *Régulus,* a fait preuve de sensibilité et de noblesse et a inauguré une école nouvelle de drame classique.

Quant à la comédie allemande, elle a laissé des monuments, sinon moins nombreux, du moins plus humbles que la tragédie. La société y est assez mal peinte, par la raison que là les peintres du cœur humain vont très-peu dans la société ; les Allemands observent peu les autres et ne s'observent guère davantage : leur susceptibilité est vive et, s'ils risquent rarement la plaisanterie, c'est qu'ils n'aiment pas trop à l'entendre. Aussi n'ont-ils de verve que dans la farce où l'on rit sans critiquer ; et leur comédie se borne trop souvent à des généralités sans application. Iffland, le plus grand acteur de l'Allemagne, fut un de ses poètes comiques les plus in-

génieux : il avait de la vérité dans ses caractères
et du piquant dans ses tableaux ; mais ses ouvrages étaient raisonnables à l'excès et médiocrement
gais. Kotzebuë montra dans ses comédies les
mêmes qualités et les mêmes défauts que dans
ses drames. Dans un genre fort différent, dans
la comédie humoristique et de fantaisie, nous
retrouvons ici Tieck, dont l'esprit était fort délicat et la gaîté parfois originale : on lui doit le
Monde renversé, la *Barbe bleue*, le *Prince Zer-
bino*, le *Petit Chaperon rouge*, fine et gracieuse
allégorie, et le *Chat Botté*, amusante parodie des
travers de notre espèce : ce que Tieck avait encore de particulïer, c'est qu'il choisissait pour
but constant de ses railleries l'esprit calculateur
et prosaïque de notre siécle, rendant ainsi coup
pour coup aux froides plaisanteries de l'égoïsme
actuel et servant la cause de la vraie morale à
force de tact et de raison. Telle est, résumée en
peu de mots, l'histoire de cette comédie allemande, toujours distinguée par le style et l'imagination, toujours plus ou moins imbue de lyrisme et de philosophie, et dont rien chez nous
ne saurait nous offrir l'image. Tel est enfin ce
théâtre d'outre-Rhin, si différent du nôtre, quoi-

qu'un fleuve les sépare à peine ; édifice vaste et
élevé, profond et sonore, amisquelquefois froid
et obscur, sur le frontispice duquel apparaissent
en caractères éclatants les noms ilustres de
Goëthe et de Schiller.

VIII.

THÉATRE FRANÇAIS AU MOYEN AGE.

—

Après des détours si divers et bien du chemin parcouru, nous touchons à la partie de notre excursion littéraire qui doit, au fond, nous intéresser le plus, c'est-à-dire, à l'histoire de notre propre théâtre, histoire qui, pour présenter des lacunes et des imperfections sur certains points, n'en est pas moins très-considérable, très-variée, et, en somme, très-brillante.

Aussi remonterons-nous jusqu'à ses premières
origines, sans nous égarer dans les détails d'une
science trop technique, et la conduirons-nous
jusqu'à l'époque même où nous écrivons, tout
en tàchant d'éviter les personnalités injurieu-
sement hostiles ou servilement élogieuses de la
critique courante. Le temps n'est plus, où le
public, j'entends le public lettré, sur la foi de
Beauchamp et des frères Parfaict, croyait et
affirmait qu'après un sommeil de plus de douze
siècles le génie dramatique s'était tout à coup
réveillé en Occident à la fin du quatorzième;
cette hypothèse, invraisemblable en théorie,
s'est trouvée être une erreur de fait. Les travaux
plus profonds de Legrand d'Aussy et de Roque-
fort, les recherches assidues et heureuses d'une
foule de savants de nos jours (MM. Fauriel,
Monmerqué, Charles Magnin, Francisque Michel, Paulin Pâris, Leroux de Lincy, Onésime
Leroy, Achille Jubinal, Génin), ont fait éclater
la lumière au milieu de tant de ténèbres. Or, on
sait maintenant que le génie ou, si l'on veut,
l'instinct dramatique a pu diminuer, pâlir, surtout changer de forme, mais qu'il s'est toujours
maintenu, ici ou là, plus ou moins vif, dans des

compositions plus ou moins barbares. Avant la
constitution des confréries dramatiques sous
Charles VI et depuis la décadence des lettres
anciennes, on a distingué trois périodes chro-
nologiques dans l'histoire du théâtre : la pre-
mière, qui s'étendit du Ier au VIe siècle, la
seconde, qui alla du VIe au XIIe, la troisième,
qui comprit le XIIe, le XIIIe et le XIVe.

Sous les empereurs romains, les chefs-d'œuvre dramatiques manquèrent, mais non pas les
spectacles. En outre des jeux du cirque, des pantomimes, des danses, des luttes de gladiateurs
et des combats d'animaux, la tragédie et la
comédie, soit nouvelles, soit renouvelées, figuraient encore quelquefois sur la scène. Si les
pièces sérieuses de Sénèque, de Pomponius
Secundus, de Curiatius Maternus, si les pièces
légères de Virginius Romanus, étaient seulement
lues en société, la *Niobé* de Lucain, l'*Agavé* de
Stace et bien d'autres œuvres se débitaient devant des spectateurs. Plutarque, Athénée, Lu-
cien, attestent la fréquence des représentations
théâtrales. En les condamnant avec virulence,
les pères de l'Eglise prouvent clairement combien elles étaient répandues, puisqu'ils les

jugent si dangereuses. Plusieurs prêtres, cherchant au mal un remède et un contre-poison, imaginèrent des espèces de drames pieux, très-courts et très-imparfaits, comme on pense, mais entourés de quelque pompe et destinés à distraire honnêtement les fidèles : c'est à cet ordre d'idées que se rattachent la *Passion du Christ*, attribuée, d'ailleurs sans preuves, à l'illustre saint Grégoire de Nazianze, un *Ezéchiel* et quelques autres essais grossiers. Dans la seconde période, toute remplie de l'esprit sacerdotal, les évêques chrétiens, voyant qu'il leur serait peut-être impossible d'extirper tout à fait du cœur des grands et du peuple le goût des fêtes et des plaisirs scéniques, que la civilisation latine avait dû nécessairement augmenter, songèrent, de très-bonne heure, à s'emparer de ces tendances vers l'art dramatique, à les diriger vers les choses saintes et à en user pour la gloire de la religion et l'ornement des cérémonies liturgiques. En cela, sans le vouloir sans doute, ils se rapprochaient des hiérophantes du paganisme ancien, qui avaient présidé aux premiers développements du théâtre grec. Les écrivains du XIe siècle et des deux siècles suivants, profitant de l'invention des séquences et des proses de l'Eglise, firent des pièces profanes rimées ou des tragédies latines. On cite celle sur *sainte Catherine*, vers 1146, celles que joua l'ordre de saint Benoît, une autre donnée à l'abbaye de saint Martial de Limoges sous le roi Henri Ier, où le poète Virgile, assistant à la naissance du Messie, mêle sa voix à celles des prophètes pour entonner un long *Benedicamus* rimé, qui termine l'ouvrage. On a perdu une tragédie de *Flaura et Marco* et une comédie d'*Alda*, composées par Guillaume de Blois; mais on a le drame des *Vierges sages et des vierges folles*, mélangé de mauvais latin et de langue d'oc l'un et l'autre rimés, qui date du XIe siècle et où nous voyons paraître, avec les vierges et les anges, le Christ, Moïse, Isaïe, Jérémie, Daniel, Habacuc, David, Siméon, Elisabeth, saint Jean-Baptiste, Virgile, Nabuchodonosor et la Sibylle : on a encore celui de la *Résurrection du Sauveur*, écrit en roman à la fin du XIIe siècle, dont Pilate, Caiphe, Joseph d'Arimathie, Nicodème sont les principaux interlocuteurs.

Vient alors la dernière phase de ce qu'on peut appeler le théâtre du moyen-âge. Peu à peu le

drame ecclésiastique, pour être mieux compris
du vulgaire, renonça à la langue latine ; devenu
trop étendu pour conserver sa place .dans les
offices, il fut bientôt représenté, les jours de fête,
après le sermon ; il finit même par admettre des
sujets étrangers au culte. On a conservé, entre
autres, un recueil de quarante pièces, du XIVe
siècle, toutes en l'honneur de la Vierge, la plupart précédées ou suivies d'homélies en prose,
qui leur servaient de prologues ou d'épilogues ;
mais il s'y mêle déjà des légendes laïques et
chevaleresques, telles que celles de *Robert le
Diable*, qui indiquent l'épuisement graduel et
la prochaine extinction du drame sacerdotal.
Cependant, tandis que l'Allemagne en était ré-
duite aux plaisanteries des *Spraechspraecher ;*
l'Espagne aux divertissements des *truands*, des
jongleurs et des *bouffons* ; en France, comme
en Angleterre, on jouait des *miracles*, pièces
tragiques sur le martyre de quelque saint du
christianisme naissant ; ces pièces se représen-
taient parfois sur les places publiques, mais
plus souvent dans les cimetières. Les acteurs
étaient masqués, par une vague réminiscence de
la scène antique ; ils empruntaient les orne-

ments de l'Eglise pour décorer leurs théâtres
improvisés , qui ressemblaient fort aux repo-
soirs des processions modernes, et ils s'habil-
laient avec les vêtements pontificaux. Ordinairement c'était le dimanche, à la fin de la journée,
que se donnaient ces spectacles , terminés par
des chœurs joyeux , des danses bruyantes et
des exercices gymnastiques : c'étaient les jeux
olympiques de cette race ignorante et naïve. Les
prêtres en étaient à la fois les auteurs et les acteurs et, plus ils y avaient répandu d'incidents
merveilleux et bizarres, plus la foule les applau-
dissait. Ajoutez à cela les ébauches théâtrales
des *trouvères*, qui ne se bornaient pas, en effet,
aux romans rimés dans le genre épique, mais
qui forment une petite école dramatique. Adam
de la Halle, né à Arras, vers 1240, et surnommé
le Bossu, nous a laissé la gracieuse pastorale
de *Robin et Marion* sur un sujet, alors très-
populaire, qui a inspiré plus de trente *motets*
ou *villanelles*, le *Jeu de la Feuillée*, où le poète
met en scène sa propre histoire sous une forme
satirique, et le *Jeu du pèlerin*, qui est censé se
passer à Arras. Le célèbre Rutebœuf, contemporain de saint Louis, composa le miracle de

Théophile sur l'apostasie et le repentir de ce pré-
lat, coadjuteur de l'église d'Adana, en Cilicie,
au VIᵉ siècle ; la vierge Marie, Satan, le sorcier
Salatins y jouent leurs rôles. A la même époque,
Jean Bodel, d'Arras, qui accompagna Louis IX à
sa croisade d'Egypte, en revint lépreux et se con-
sola, par la culture de la poésie, de l'isolement
auquel le condamnait son infirmité, écrivit le *Jeu
de saint Nicolas*, évêque de Myre, sujet qui avait
déjà inspiré, en latin, une pièce à Hilaire, disciple d'Abeilard, et dix à un moine anonyme de
l'abbaye de saint Benoît sur Loire : l'ouvrage de
Bodel est plein de passages obscurs, de scènes comiques et de détails curieux. Il faut encore attri-
buer à ce temps quatre espèces de proverbes, la
Dispute de deux ribaudes, la *Dispute du Barbier
et de Charlot*, la *Dispute des deux ménétriers
Renard et Peau d'Oie*, le *Dit de l'herberie*, et
aussi le *Dialogue de la Broche qui dispute à
Fortune par-devant Raison*, sur la disgrâce de
Pierre de la Brosse, barbier de saint Louis, qui,
devint son favori et celui de son fils, puis fut
pendu pour avoir calomnié la reine Marie de Brabant. Au XIVᵉ siècle, nous trouvons l'intéressant
Miracle d'Amis et Amiles sur l'aventure d'A-

mille, qui tue ses deux enfants pour guérir son
compagnon Amis devenu lépreux et qui les voit
ressusciter par Notre-Dame. Cette légende a dé-
frayé un poëme latin, un roman en langue d'oil,
divers ouvrages en espagnol, en allemand, en
anglais, en italien, en breton, en flamand, même
en irlandais, et elle vient du fameux recueil des
Sept sages de Rome, dont l'origine véritable remonte jusqu'à l'Inde. Citons encore le
miracle de saint Ignace, évêque d'Antioche,
où Trajan figure à côté des anges, des ermi-
tes, des chevaliers et des sergents; celui de
saint Valentin, qu'un empereur fait décoller
devant sa table, ce dont il est puni en s'étran-
glant avec un os et en étant emporté par les démons; celui de *Notre-Dame qui empêcha une
femme d'être brûlée*; la *Dispute du Croisé et
du Décroisé*; le *miracle de la Vierge*, sur l'impératrice de Rome, que le frère de l'empereur
accusa parce qu'elle lui avait résisté; un autre
sur Othon, roi d'Espagne, et sur Béranger, qui
a beaucoup d'analogie avec le roman *du roi
Flore et de la belle Jeanne*, celui de la *Violette*
et la *Cymbeline* de Shakespeare; un autre sur la
fille du roi de Hongrie, qui se coupa la main,

parce que son père voulait l'épouser (et un es-
turgeon garda sept ans cette main dans ses
entrailles); un sur l'ermite Jean, qui tua la fille
d'un roi et la jeta dans un puits; un sur la reine
Berthe, femme de Pépin; un sur le roi Thierry,
à qui sa mère fit croire que sa femme, Osanne,
avait enfanté trois chiens, tandis qu'elle avait eu
trois fils; un sur *sainte Bauthench, femme [du
roi Clodoveus,* qui fit cuire les jambes de ses
deux enfants révoltés; un sur *saint Lorens occis
par Dacien;* un sur *saint Alexis, qui laissa sa
femme, le jour qu'il l'eut épousée, pour aller
être pauvre par le pays pour l'amour de Dieu
et garder sa virginité;* un sur le *baptême de
Clovis,* etc.

On le voit, bien longtemps avant la prétendue constitution de la scène française, nos aïeux
avaient un théâtre, bien grossier à nos yeux
sans doute, mais déjà complet dans les conditions relatives de son époque. Plusieurs causes
concoururent, par imitation, à l'étendre encore.
D'abord il emprunta beaucoup de mouvement
et de variété à diverses fêtes très-bizarres, célé-
brées dans plusieurs provinces avec une grande
pompe, conservées jusque dans les temps mo-

dernes, mais arrivées à leur plus haut point
de développement entre le XIIe et le XVe siècles. Telles étaient la *Fête de l'âne*, prati-
quée surtout dans les églises de Sens, de
Rouen, d'Autun, de Troyes, de Vienne; la
Fête du Renard, qui avait lieu presque partout; la *Procession des Harengs* dans la cathédrale de Reims; la *Procession de Vienne*,
assez analogue aux Lupercales romaines, où
quatre hommes nus et le corps noirci, désignés
par l'archevêque de la ville, le chapitre de Saint-
Maurice, les abbés de Saint-Pierre et de Saint-
André, couraient dans les rues jusqu'à l'apparition d'un roi, élu par le clergé, que les boulangers et les meuniers accompagnaient tous
armés et à cheval; le *Concert des Chats* et la
Lutte des grands diables à Aix, où figuraient
un *Prince d'Amour*, un *Abbé de la ville*, un
Roi de la Basoche, Moïse, Aaron, Pluton, Proserpine, Momus, la Renommée, les Parques, la
reine de Saba, Vénus, Cupidon et aussi la Mort;
les *Pénitents de Perpignan;* les *Prieurs de la
Malgouverne* à Rhodez et du *Plat d'argent* au
Quesnoy; la *Compagnie de la Mère folle* à
Dijon; le *Prince des fous* à Lille, l'*Abbé du*

clergé à Viviers, l'*Evêque fou* à Saint-Etienne;
d'autres divertissements du même genre à
Evreux, à Lisieux, dans la plupart des cités un
peu importantes. Nous sortirions des limites res-
serrées de notre cadre en nous étendant sur les
détails de ces cérémonies, d'ailleurs assez connues, où des animaux faisaient souvent leur
partie, à la grande joie de la populace et des
écoliers; où les prêtres se mêlaient avec une in-
dulgence que les usages du temps ne rendaient
pas périlleuse et qui étaient autant de spectacles pieux et moraux d'intention, plaisants de
forme et plus d'une fois satiriques. On pourrait
trouver une autre origine des progrès du théâtre
dans les *entremets*, grandes pantomimes à machines, fort usitées dans les cours souveraines et
princières du moyen-âge, destinées à servir
d'ornement aux festins d'apparat et offrant quelque similitude avec les jeux scéniques auxquels,
en Chine, en Grèce et à Rome, les riches assis-
taient, pendant qu'ils étaient à table. Les chroniques nous ont transmis avec admiration le
souvenir d'un *entremets*, donné, en 1237, aux
noces de Robert d'Artois, frère de saint Louis :
de celui qui fut offert, en 1378, par Charles V

de France à son oncle, l'empereur Charles IV,
et qui avait pour sujet la conquête de Jérusalem
par Godefroy de Bouillon et Pierre l'Hermite ;
d'un autre sur la *prise de Troie*, qui eut lieu,
en 1389, à propos de l'union de Charles VI avec
Isabeau de Bavière ; d'un que Philippe le Bon
fit représenter à Lille en 1453 ; de celui par lequel on honora le mariage de Charles le Téméraire avec Marguerite d'Yorck et qui roulait sur
les *travaux d'Hercule*. Ces somptuosités dispen-
dieuses étaient réservées pour les rois et les
grands, mais il y avait d'autres solennités dont
les princes faisaient les frais pour réjouir le
menu peuple. En 1313, à Paris, Philippe le
Bel, à l'occasion de la chevalerie conférée à ses
enfants, ordonna, pendant quatre jours, des
spectacles, où parurent Adam et Eve, le Massacre des Innocents, la Décollation de saint Jean-
Baptiste, la Passion, le Jugement dernier, le
Sauveur riant et mangeant des prunes avec sa
divine mère, un Paradis avec quatre-vingt-dix
anges, un Enfer d'où sortaient une centaine de
démons, des Ribauds dansant en chemise, un
Tournoi d'enfants et la Vie entière du Renard,
sujet allégorique, alors à la mode et traité dans

une foule de romans et de poèmes. A l'entrée de Charles VI, d'Isabeau de Bavière, du duc de Bedford, de Charles VII, de Louis XI, mêmes fêtes ; on y représenta des combats de Chrétiens et de Sarrasins, les vertus personnifiées et les sept péchés mortels *habillés selon leur propriété*, les épreuves du Purgatoire, saint Michel pesant dans sa balance les âmes des trépassés, des Sirènes nues *fredonnant des bergerettes*, Notre-Dame *tenant par figure son petit enfant, lequel s'ébattait par soi à un petit moulin fait d'une grosse noix*, toutes sortes de souvenirs de la Bible et d'épisodes de la Fable naïvement accouplés ensemble. Oui, Boileau l'a dit avec raison, lui qui était fort peu au fait des vraies origines du théâtre français et qui, d'ailleurs, en eût été médiocrement curieux, c'était en toute conscience et sans y entendre malice que nos dévots ancêtres jouaient *les Saints, la Vierge et Dieu par piété*. Comme rien n'est plus vivace dans une société que les traditions et les coutumes, on retrouverait encore la trace affaiblie de ces divers plaisirs scéniques dans les pantomimes militaires jouées en plein air, à Paris, lors des réjouissances publiques, dans les mascarades du carnaval, dans les parades foraines des jongleurs ambulants, dans les tableaux bizarres mis en action au milieu de certaines villes du nord de la France, dans les cavalcades symboliques improvisées de temps en temps au profit de la charité. L'apparence peut différer, la forme change, le but varie ; mais l'attrait qui nous pousse vers le mouvement, le bruit, le spectacle, demeure au fond toujours le même ; car dans tout homme il reste quelque chose de l'enfant.

Tel est le long résumé, qu'il nous a paru indispensable de faire, des circonstances antérieures et des causes premières d'où devait sortir le théâtre français proprement dit : à partir de ce moment, l'histoire de notre théâtre devient sans cesse plus connue et complétement authentique, et d'un pas plus rapide et plus sûr nous reprenons notre marche sur un terrain tant de fois exploré. Des pélerins, revenus des Croisades ou, du moins, du voyage en terre sainte, allaient à Saint-Remi, à la Sainte-Baume de Provence, à Notre-Dame du Puy, au mont Saint-Michel, à Saint-Jacques de Compostelle, intéressaient la multitude assemblée par

le récit de leurs aventures plus ou moins roma--
nesques et chantaient devant elle des cantiques
dialogués. Or nul lieu de pélerinage peut-être
n'était plus fréquenté, vers la fin du moyen-âge,
que le village de Saint-Maur-lez-Fossés, près
Vincennes, où l'on venait adorer les reliques de
saint Maur et de saint Babolein et boire l'eau de
la fontaine des Miracles, qui guérissait toutes
les maladies et surtout la goutte. Les pieux
voyageurs profitèrent de ce grand concours de
population pour psalmodier des monologues ou
même exécuter de courtes scènes sur la vie et la
mort du Christ ou les martyres des saints. Charles VI alla les voir, entre deux accès de folie, et
le vieil enfant revint fort satisfait; les bourgeois
de Paris couraient en foule les entendre : l'imitation et l'engouement s'en mêlèrent. Des jeunes gens s'organisèrent en troupe, sous le titre
de *Confrérie de la Passion*, pour représenter
en effet les incidents les plus remarquables de
l'ancien et du nouveau Testament et principalement le supplice du Sauveur. Le théâtre, par le
fait, n'en était pas moins sécularisé : il échap-
pait à la direction et au contrôle de l'Eglise ; encore quelques années, et il allait entrer en di-

vorce avec elle. Des lettres-patentes du roi, dès
1402, autorisèrent officiellement la confrérie; elle
loua à l'ordre des Prémontrés l'hôpital de la Trinité, dans le quartier Saint-Denis, pour y établir
le premier théâtre fixe et permanent et elle fut
chargée exclusivement de jouer des *mystères*,
pièces sérieuses par la pensée, sinon par les détails, qui succédaient aux *miracles* du moyen-
âge, comme elles ont précédé nos tragédies modernes. Vers le même temps, se formaient deux
autres compagnies: d'un côté, celle des *Clercs
de la Basoche*, dont le nom indique suffisamment la composition et qui devait représenter
des *Moralités*, ouvrages allégoriques et plus
bizarres que divertissants; de l'autre, celle des
Enfants sans souci, écoliers ou artisans, jeunes
amateurs de l'art dramatique, qui se réunis-
saient volontairement pour exécuter des *Sotties*
et des *Farces*, où la piété naturellement ne tenait plus aucune place, où le goût était rarement scrupuleux, mais qui visaient beaucoup à la
gaîté et l'atteignaient quelquefois. Nous allons
parler sommairement de ces quatre genres en
les séparant pour plus de clarté.

Rarement les *Mystères* étaient consacrés à des

aventures profanes ; nécessairement ils se bornaient, en général, à un certain nombre de sujets, empruntés à la Bible ou à l'Evangile et dont
le retour continuel ne pouvait manquer d'amener, à la longue, une inévitable monotonie. En
donner une liste complète serait fastidieux ;
choisissons, comme exemples : ceux de la *Passion*, de l'*Assomption*, de la *Conception*, du
Vieil Testament, de *Sainte Catherine*, de *Gri-
selidis*, de *Jehannes reine de Naples*, de la
Vengeance du Christ, du *Juif* qui fut brûlé,
au XIIIe siècle, pour avoir percé une sainte
hostie, des *Actes des Apôtres* par les frères
Simon et Arnould Gréban, l'*Istoire de la destruction de Troyes-la-Grant* par Jacques Milet,
le *Trespassement de Notre-Dame,* le *Roy adve-
nir* par Jehan de Prie, l'*Incarnation*, la *Résurrection*, l'*Ascension* et la *Pentecouste* par Jehan
Michel, la *Patience de Job*, *Sainte Barbe*,
Sainte Marguerite, *Saint Denis*, *Saint Domi-
nique*, les *Blasphémateurs*, le *Chevalier qui
donna sa femme au Diable*, le *Triomphe des
Normands* par Guillaume Tasserie, l'*Orgueil et
présomption de l'empereur Jovinien, Monsei-
gneur Saint Pierre et Saint Paul, Saint*

Christophe par Chevalet, *Saint Nicolas*, les
Trois rois par Jehan d'Abundance, l'*Apocalypse*
par Louis Chocquet, la *Nativité* par Barthélemy
Aneau, un mystère sur la *France*, ceux de la
Naissance du Seigneur, de l'*Adoration des
Mages*, des *Innocents* et du *Désert*, tous quatre
par Marguerite de Valois, sœur de François Ier et
reine de Navarre, qui expiait par ces compositions édifiantes la liberté par trop folâtre des
nouvelles de son *Heptaméron*. Tous ces ouvrages sont compris entre 1360 et 1550 ; tous sont
écrits en vers de huit ou de dix syllabes ou en
vers plus courts encore ; tous renferment des
passages incroyables de familiarité, de bouffonnerie et d'indécence : les trois personnes de la
Trinité, la Vierge, les Anges, les Prophètes, les
Apôtres, les Saints y faisaient et y disaient, en
présence des prélats, des magistrats, des vieillards, des femmes et des enfants, bien des choses dont la lecture même est aujourd'hui difficile. La foi purifiait tout.

Aussi les prêtres figuraient encore, à l'occasion, dans ces mystères ; la sacristie fournissait
souvent les costumes ; les prédicateurs avançaient
l'heure des sermons ou des vêpres pour ne pas

retarder celle des représentations. Mais l'accrois-
sement de la licence dans ces pièces, les progrès de la raison dans les esprits, le redoutable
mouvement d'idées de la Réforme compromirent
la naïveté de ces spectacles et inquiétèrent les
consciences scrupuleuses. Ces parodies ingénuement grossières du christianisme naissant, assez
innocentes avant Zwingle, Luther et Calvin,
prenaient, désormais, des airs périlleux. Alors
l'Eglise, qui avait fondé et entretenu longtemps
le théâtre, commença à lancer contre lui l'anathème; l'autorité royale s'alarma de ses écarts;
le Parlement de Paris en inquiéta les acteurs
et, en leur renouvelant leur privilége par un
arrêt du 19 octobre 1548, leur assura le monopole des pièces sérieuses, pourvu qu'elles
fussent *licites* et *honnêtes;* il leur défendit de
les puiser à l'avenir dans la Bible de peur d'of-
fenser la Religion. Le procureur général de ce
parlement disait même « qu'il voyait plusieurs
endroits au vieux Testament, qu'il n'était pas
expédient de déclarer au peuple comme gens
ignorants et imbéciles, qui pourraient prendre
occasion de judaïsme à faute d'intelligence. »
Les *Confréres de la Passion* étaient bien loin

de leur origine : sous François Ier, ils avaient quitté l'hôpital de la Trinité pour l'hôtel de Flandre; puis ils achetèrent l'hôtel de Bourgogne; enfin, se voyant délaissés, ils le vendirent à une troupe de comédiens ordinaires, celle même qui, peu de temps après, allait jouer les chefs-d'œuvre de Corneille. La séparation du sacré et du profane était définitivement consommée.

Mais, avant d'arriver à cette triste déchéance, les *Mystères*, pendant près de deux siècles, avaient fourni la carrière la plus glorieuse. Non seulement à Paris, mais à Laon, à Metz, à Rouen, à Bourges, à Angers, à Saumur, à Poitiers, à Grenoble, des troupes d'écoliers ou d'artisans les exécutaient avec beaucoup de soin et de pompe. Ils étaient quelquefois d'une longueur et d'une complication incroyables : tels d'entre eux comptaient quarante milliers de vers, se jouaient en une quinzaine de jours et exigeaient le concours de plus de trois cents acteurs, ou plutôt de trois cents rôles joués successivement par les mêmes acteurs. On tâchait d'y pousser l'illusion jusqu'à ses dernières limites, s'il faut en croire ce passage de la *chronique de Metz*,

par le curé de Saint-Eucher : « L'an 1437, fut
fait le jeu de la *Passion de Notre-Seigneur* en
la plaine de Veximel ; et fut Dieu un sire appelé
seigneur Nicole dom Neufchâtel, curé de Saint-
Victor de Metz, lequel fût presque mort en croix,
s'il ne fût été secouru ; et autre prêtre, le chapelain de Métrange, fut Judas, lequel fut presque mort en pendant et fut bien hâtivement dé-
pendu ; et était la gueule d'enfer très-bien faite
avec deux grands tambours d'acier, et elle ouvrait et clouait, quand les diables voulaient entrer
et sortir. » Tantôt on improvisait des théâtres de
bois pour ces *mystères;* tantôt on les représentait sur les places, dans les marchés, au milieu
de la campagne. Souvent l'action était censée
se passer en différents endroits ; elle commençait en un lieu et continuait plus loin pour se
terminer ailleurs : ainsi, tandis que, dans plusieurs de nos spectacles, des décors mobiles se
succèdent aux yeux des assistants, là c'était le
spectateur qui marchait pour jouir de la suite
des tableaux ; or il pouvait y avoir jusqu'à vingt
ou trente de ces tableaux disposés les uns auprès
des autres. Toutefois, ordinairement, pour dé-
ranger moins le public, on adoptait de préfé-

rence le système des scènes superposées et partagées elles-mêmes par diverses cloisons de
manière à figurer les parties de telle ou telle
ville, par exemple, à Jérusalem, le temple, le
prétoire, le palais d'Hérode. Ou bien encore le
théâtre comprenait trois sections, en haut le
Paradis, au-dessous le Purgatoire et les Limbes,
tout en bas l'Enfer. Le Paradis, selon les écrivains du temps, devait être « nué et étoilé bien
richement, fait en manière de trône et recousu
d'or tout autour ; au milieu duquel soit Dieu en
une chaire parée et, au côté dextre de lui, Paix
et, sous elle, Miséricorde ; et, au senestre, Justice et, sous elle, Vérité ; et, tout autour d'elles,
neuf ordres d'anges les uns sur les autres. » Un
orgue et d'autres instruments y simulaient les
harmonies célestes. Le Paradis, séjour de l'Eter-
nel et des saints, comprenait, comme subdivi-
sions, les cieux, où avaient lieu le jugement des
âmes et le Paradis terrestre, qui devait « être fait
de papier, au dedans duquel doit avoir branches
d'arbres, les uns fleuris, les autres chargés de
fruits de plusieurs espèces, comme cerises, poi-
res, pommes, figues, raisins et telles choses ar-
tificiellement faites et d'autres branches vertes de

beau mai et des rosiers, dont les roses et les fleurs
doivent excéder la hauteur des créneaux et doivent être de frais coupés et mis en vaisseaux
pleins d'eau pour les tenir plus fraîchement. »
Le Purgatoire était fréquemment remplacé par
la Terre; l'Enfer était masqué par la gueule
d'un énorme dragon, qui s'ouvrait et se refer-
mait, suivant les besoins de l'action. De même
que Dieu le père était habillé d'une dalmatique
de brocard d'or, les âmes des justes étaient revê-
tues de taffetas blanc, et les diablotins les pour-
suivaient avec des cris, des rires et des grimaces
qui avaient le privilége de transporter la foule
d'admiration et de gaîté. La représentation était
annoncée d'avance à son de trompes; des écri-
teaux, posés à propos, suppléaient de temps en
temps aux décors et facilitaient l'intelligence de
l'action; on employait des machines assez indus-
trieuses, appelées alors *secrets*, imitant le ton-
nerre, la pluie, le vol des anges, les tremble-
ments de terre, les miracles de l'Evangile. Rien
n'était plus commun et, par conséquent, plus
agréable au public que la vue des supplices et
des tortures; les animaux domestiques, sauvages
ou fabuleux, paraissaient à chaque instant sur la

scène; les rôles de femmes étaient joués par des
hommes; les spectateurs payaient quelquefois
leurs places; d'autres fois, c'était la confrérie ou
la municipalité qui faisait les frais du spectacle.
En somme, si, dans les *mystères*, la poésie était
presque nulle et le goût fort équivoque, l'art du
machiniste s'y élevait déjà à une rare perfection
surtout pour des spectateurs naïfs et indulgents;
les costumes y étaient d'une variété et d'une richesse extrêmes; la majesté des sujets représentés rehaussait la familiarité ou la bizarrerie de
plus d'un détail et ces spectacles restèrent brillants
et populaires jusqu'au moment où on les soup-
çonna de pouvoir devenir dangereux.

Les *Moralités*, jouées par les *clercs de la Basoche*, étaient, nous l'avons dit, des allégories
très-transparentes, où les vices et les vertus paraissaient sous une forme symbolique et où la
bonne cause finissait toujours nécessairement
par triompher pour la plus grande édification des
spectateurs, qui, du reste, ne s'en retournaient,
comme on le pense, ni meilleurs, ni pires. La
forme ou l'intention en était parfois satirique;
on les représentait souvent dans les halles : elles
causèrent plus d'une fois des scandales, qui ne

restaient guère impunis. Par arrêt du 14 août
1442, les basochiens furent mis en prison, pour
huit jours, *au pain et à l'eau,* comme coupables
de trop de liberté ; les grands ne consentaient
pas à être persifflés par eux ; d'autres les encou-
rageaient par malignité et se servaient d'eux
contre leurs ennemis. Louis XII leur laissa toute
licence , « se plaignant, nous dit Bouchet, que
personne ne voulait lui dire la vérité, ce qui était
cause qu'il ne pourrait savoir comment son
royaume était gouverné ; le *bon sire* permit les
théâtres libres. Il voulut que sur iceux on
jouât et vitupérât librement les abus qui se com-
mettaient tant en sa cour que comme en
son royaume. » Citons quelques titres qui donneront une idée de ce genre : parmi les *Moralités* les plus fameuses on comptait les *Vigiles
des morts* par Jean Molinet, les *Enfants de
maintenant,* l'*Homme pécheur,* l'*Homme qui
demande le chemin du Paradis,* le *Mauvais
riche et le ladre,* la *Diablerie* par Eloi d'Ar-
mental ; *Mundus, Caro et Demonia,* le *Fol et
le Sage,* l'*Homme juste et l'homme mondain*
par Simon Bougoin ; l'*Aveugle et le boîteux,*
l'*Enfant prodigue,* la *Pauvre villageoise qui*

*aima mieux avoir la tête coupée par son père
que d'être outragée par son seigneur*, le *Couvert d'humanité* par Jean d'Abundance ; le
*Monde qui tourne le dos à chacun et plusieurs,
qui n'a point de conscience* par le même ; l'*Enfant de perdition*, l'*Enfant ingrat*, le *Dialogue
d'un paysan et d'un tavernier*. Certaines *moralités* renfermaient plus de trente mille vers ;
la fameuse *Danse macabre* était une *moralité*.

L'auteur de celle des *Blasphémateurs*, disait :
« Ici sont contenus plusieurs exemples et enseignements à l'encontre des maux qui procèdent
à cause des grands jurements et blasphèmes qui
se commettent de jour en jour, et aussi que la
coutume n'en vaut rien et qu'ils finissent et fini-
ront très-mal, s'ils ne s'en abstiennent. » La
moralité *du bien avisé et du malavisé* a pour
acteurs Dieu et les Anges, Satan et les Démons,
Franche volonté, Raison, Foi, Contrition, Hu-
milité, Tendresse, Rebellion, Folie, Vaine gloire,
Pauvreté, Larcin, Honte, Prudence, Confession,
Honneur, Fortune, Male fin. Les bons et les
mauvais conseils se succèdent; le bien avisé se
sauve, le malavisé se perd ; la fortune leur
montre quatre hommes qui représentent les

quatre états du monde, à savoir *Regnabo*, *Regno*, *Regnavi*, *Sum sine regno ;* et ainsi de suite. La *Condamnation du banquet*, par Nicole de la Chesnoye, est un des plus curieux specimens du genre. La scène s'ouvre par un festin, où *Souper* traite largement *Bonne compagnie*, *Je bois à vous*, *Passe-temps*, *Friandise* et *Gourmandise ;* mais on voit bientôt apparaître aux fenêtres de la salle une troupe de spectres, *Apoplexie*, *Paralysie*, *Epilepsie*, *Pleurésie*, *Colique*, *Esquinancie*, *Gravelle* et *Jaunisse*, qui se jettent sur les convives et les chassent avec des indigestions. *Banquet* les invite alors à un autre repas; ils n'y vont qu'avec répugnance : nouvelle et plus terrible invasion des maladies. *Bonne compagnie* s'évade et court porter plainte à *Dame Expérience*, qui appelle *Sobriété*, *Pilule*, *Saignée* et *Diète*, fait mettre *Banquet* et *Souper* en prison, tient conseil avec Hippocrate, Galien, Avicenne, Averroës, guérit les malades, punit les coupables et ordonne que désormais *Banquet* et *Souper* soient séparés au moins par six heures. Les romans de la *Rose* et du *Renard*, les poésies de Christine de Pisan, de Charles d'Orléans et d'Alain Chartier avaient mis à la mode ces allé-

gories quintessenciées, qui sembleraient maintenant d'une froideur insupportable et dont on
trouverait pourtant encore quelque vestige, à
Paris, dans les féeries, les pièces de circonstance
et les revues jouées à la fin de chaque année.

Les *Sotties*, confiées aux *Enfants sans souci*,
étaient souvent aussi allégoriques, mais satiriques avant tout; elles tiraient leur nom de ce
que les principaux interlocuteurs en étaient la
mère Sotte, le prince des Sots et les divers représentants de l'empire de Sottise. On y persif-
flait les petits travers de telle ou telle classe; on
y parodiait tel ou tel événement du jour. La
haute magistrature et le clergé n'y étaient guère
épargnés; témoin cette sottie de Pierre Gringore,
composée à l'instigation de Louis XII, lors de
ses démêlés avec le pape Jules II, à propos de la
pragmatique sanction. Les sotties du *Nouveau
monde*, de l'*Homme obstiné* et de la *Chasse du
cerf des cerfs* parurent dans la même occasion
et sont dues au même auteur. Celle du *Vieux
monde*, dont nous donnons ici l'analyse en quelques mots, montrera quelle était la nature de
ces légères ébauches. *Abus* a séduit le *Vieux
monde*, qui se plaint de voir diminuer sa puis-

sance ; il l'endort et, pendant son sommeil, fait
sortir de plusieurs arbres voisins *Sot-Dissolu*,
travesti en homme d'église, *Sot-Glorieux,* en militaire, *Sot-Corrompu* en procureur, *Sot-Trom-*
peur en marchand, *Sot-Ignorant* en docteur,
enfin *Sotte-Folle.* Tous ces écervelés tondent le
Vieux-Monde endormi, le trouvent trop laid et
le chassent, puis tâchent de s'entendre pour
construire un *Nouveau-Monde*; mais ils n'y
parviennent pas : ils se disputent en désordre
les bonnes grâces de *Sotte-Folle;* après mille
extravagances, la bande entière est expulsée par
le *Vieux-Monde*, qui est revenu à l'improviste
et qui vaut encore mieux que le Nouveau.

Les *Enfants sans souci* jouaient également
des *farces*, pièces bien plus courtes, offrant un
bien moins grand nombre de personnages, très-
bouffonnes et très-libres, écrites, en général,
en vers de huit syllabes. Il y en avait de plusieurs espèces, qu'on appelait *joyeuses, his-*
trioniques, fabuleuses, enfarinées, morales,
récréatives, facétieuses, badines, françaises.
C'était le *Rond et le Carré,* par Jean Molinet;
les *Fils sans père, Colin changé au moulin,*
Dire et faire, la *Cornette,* par Jean d'Abun-

dancc; les *Femmes salées,* les *Deux filles et les deux mariées,* et *Trop, prou, peu, moins,* par Marguerite de Navarre; le *Riche pauvre,* le *Cuvier,* les *Femmes qui font refondre leurs maris,* l'*Obstination des femmes, Jenin fils de rien,* la *Confession de Margot, Georges le veau,* le *Pont aux ânes,* le *Pâté et la tarte,* le *Ramoneur de cheminées,* le *Franc archer de Bagnolet,* les *Cris de Paris, Pernet qui va à l'école, Pernet qui va au vin,* la *Nourrice et la chambrière,* les *Chambrières qui vont à la messe de cinq heures pour avoir de l'eau bénite,* les *Cinq sens de l'homme,* le *Savetier pauvre et le riche,* la *Querelle de Gauthier-Garguille et de Perrine sa femme,* les *Théologastres,* la *Fille batelière,* les *Langues émoulues,* le *Maître d'école, Martin-Bâton qui rabat le caquet des femmes,* etc. C'étaient une foule de canevas fort minces, brodés quelquefois avec esprit, souvent avec gaîté, toujours avec licence, où la Fontaine et Molière ont puisé plus d'un piquant détail et dont nos vaudevilles grivois peuvent donner une idée. Le modèle du genre reste encore cette farce de l'*Arocat Pathelin,* attribuée par quelques-uns à l'avocat Pierre

Blanchet, qui fut traduite en latin, que Brueys
et Palaprat ont rajeunie en français, dont on
vient de faire un opéra-comique et qui, sous
toutes les formes, a réussi par la vivacité des
situations et l'enjouement du style.

IX.

THÉATRE FRANÇAIS

AUX XVIᵉ, XVIIᵉ ET XVIIIᵉ SIÈCLES.

—

Cependant le moyen-âge avait expiré ; les temps modernes venaient de naître : le théâtre se transforma. Les *mystères*, auxquels on avait interdit les sujets pieux, n'avaient plus de raison d'exister ; on finit par regarder les *moralités* comme trop ennuyeuses, les *sotties* comme, trop mordantes, les *farces* comme trop vulgaires. Le mouvement de la Renaissance, les essais

de la Pléiade, l'exemple de Ronsard remirent à
la mode le grec et le latin : le christianisme naïf
fit place sur la scène à un paganisme d'emprunt;
la tragédie et la comédie reparurent. Aux pièces
de couvents succédèrent des pièces de colléges;
elles ne sont plus jouées par des artisans dans
un hôpital, mais par des poètes devant le roi et
la cour. Couverts de bravos par leur docte public, ces poètes vont à Arcueil célébrer leur succès par une promenade joyeuse : un bouc, par
hasard, se rencontre : on l'orne de fleurs et de
lierre; on le traine dans la salle du festin pour
l'offrir en prix au vainqueur, comme du temps
de Thespis, et Ronsard, en grec à peine francisé,
le célèbre par un dithyrambe bachique. Cette
aventure, rapportée par Pasquier, nous explique
à merveille le sens et la couleur de cette école
naissante. Le drame français, comme le drame
latin, débuta par des imitations : Meslin de Saint-
Gelais traduisit la *Sophonisbe* de Trissino;
Lazare de Baïf *translata vers pour vers l'Electre* de Sophocle et *l'Hécube* d'Euripide; les *Alces-
tes*, les *Iphigénies* et les *Antigones* pullulèrent.
Les Livius Andronicus, les Ennius, les Pacuvius, les Accius du système nouveau furent

Jodelle avec *Cléopâtre* et *Didon*, la Péruse avec
Médée, Toutain avec *Agamemnon*, Grévin avec
la *Mort de César*, de la Taille avec *Darius*,
Alexandre, *Saül le furieux*, les *Gabaonites*,
Florent Chrétien avec *Jephté*, Filleul avec
Achille et *Lucrèce*. Dans ces commencements du
théâtre sérieux en France, que trouvons-nous?
Une froide et lourde copie des anciens, plutôt
des latins que des grecs, plutôt de Sénèque que
de Sophocle, des intrigues connues, des carac-.
tères effacés, peu ou point d'intérêt, un style
parfois grave et même noble, mais boursoufflé
et sentencieux, des tirades sonores et creuses,
des lieux communs de diction et de pensée.
Robert Garnier, qui suivit Jodelle en l'éclipsant,
persista à marcher dans cette route étroite et
battue; comme plus tard le fit Corneille, mais
avec le génie de moins, il reproduisit jusqu'à
l'excès la raideur et la solennité tragiques de
Sénèque, tout en tâchant d'y introduire un peu
du mouvement et de la régularité des Grecs : il
a fait *Porcie*, *Hippolyte*, *Cornélie*, *Marc-An-*
toine, *Antigone*, *Cléopâtre*, *la Troade*, *Brada-*
mante, *Sédécias* ou *les Juives*. Supérieur à ses
devanciers par l'élocution et par la conduite de

l'intrigue, Garnier eut des disciples et des émules bien obscurs aujourd'hui : Adrien d'Amboise
avec *Holopherne*, Pierre Mathieu avec *Clytemnestre, Vasthi, Aman, le Triomphe de la Ligue,
la Guisiade*, Louis Léger avec *Chilpéric second
du nom*, Montreux avec *Cyrus , Isabelle , Cléopâtre, Sophonisbe*, Brisset avec *Thyeste, Agamemnon, Hercule furieux, Octavie*, Jean Heu-
don avec *Pyrrhus* et *Saint-Cloud*, Jean Godard
avec la *Franciade*, Antoine de Montchrétien
avec les *Lacènes , Sophonisbe , David , Aman ,
Hector , l'Ecossaise* sur le trépas de Marie
Stuart, Claude Billiard avec *Polyxène , Gaston
de Foix, Mérovée, Panthée, Saül, Alboin , Ge-
nèvre* et la *Mort d'Henri IV*. Le P. Fronton du
Duc composa une *Pucelle de Domremy* sur un
sujet tant de fois défiguré par l'épopée ou le
drame et auquel l'histoire seule a su conserver
son héroïque majesté. Il est facile de voir par
ces titres que, de savante qu'elle était, la tragédie
devenait de temps en temps politique et tendait
à aborder des événements modernes et même
contemporains. L'influence de l'Espagne et de
l'Italie se fit pareillement sentir et Hardy principalement en subit le contact. On lui attribuait

huit cents pièces, dont il ne reste qu'une qua-
rantaine ; c'est beaucoup, c'est trop encore : les
plus fameuses furent *Théagène et Chariclée*,
Didon, *Panthée*, *Méléagre*, *Procris*, *Alceste*,
Ariane, *Coriolan*, la *Mort d'Achille*, *Cornélie*,
Marianne, le *Ravissement de Proserpine*, *Alc-
méon*, la *Mort d'Alexandre*, la *Mort de Darius*,
Lucrèce, la *Gigantomachie*. Tragédies morales,
allégoriques, pastorales, historiques, bourgeoises, sacrées, les unes divisées en nombreuses
journées, les autres sans divisions d'actes ni de
scènes, Hardy, à lui seul, a tout tenté : c'est déjà
le novateur le plus téméraire et le plus fougueux.
Par malheur, il n'eut de Lope ou de Caldéron
que la fécondité, et les monstres dramatiques
qu'il enfantait sans cesse n'étaient pas nés via-
bles et furent étouffés en naissant. Il fit cependant école ; mais plusieurs de ses élèves l'effacèrent. *Pyrame et Thysbé* de Théophile, *Arténice*
de Racan, *Silvie*, *Silvanire*, *Virginie*, *Sophonisbe*, *Cléopâtre*, la *Mort de Mustapha* de Mairet,
Rhodes subjuguée par Amé IV duc de Savoie et
Béral victorieux des Génevois par Borée, *Ama-
ranthe* et les *Danaïdes* par Gombault, *Dina*,
Josué et *Débora* par Nancel, *OEdipe*, *Turnus*,

Hercule et *Clotilde* par Jean Prévost, *Lygda-mon et Lydias*, le *Trompeur puni*, *Orante*, le *Prince déguisé*, *l'Amant libéral*, *Didon*, la *Mort de César*, *Ibrahim*, l'*Amour tyrannique*, *Arminius* par Scudéry, *Marianne*, *Phaéton* et la *Mort de Chrispe* par Tristan l'ermite, forment la chaine entre les ébauches de Hardy, ce successeur de Garnier, et les essais de Rotrou, ce prédécesseur et pourtant cet imitateur de Corneille.

A ce mouvement tragique correspondait un mouvement parallèle et à peu près égal dans la comédie : Ménandre et Plaute avaient usurpé les droits des *Clercs de la Basoche*, comme Sophocle et Sénèque avaient détrôné les *Confrères de la Passion*; ici encore des traductions inaugurèrent cette prétendue réforme. Octavien de Saint-Gelais transporta en français tout Térence; Bonaventure des Périers et Charles Estienne firent deux versions, l'une en vers, l'autre en prose, de l'*Andrienne*; en 1549, Ronsard faisait jouer, au collége de Coqueret, une imitation poétique du *Plutus* d'Aristophane. Des Grecs et des Latins on passa aux Italiens : Charles Estienne traduisit les *Abusés* de l'académie siennoise, de Mesmes

et de la Taille *l'Un pour l'autre* et le *Nécromant*
de l'Arioste. L'*Eugène* de Jodelle, la *Trésorière*
et les *Ebahis* de Grévin, la *Reconnue* de Bel-
leau, les *Contents* d'Odet Turnèbe, *Taillebras*
de Baïf, le *Laquais*, la *Veuve*, les *Esprits*, le
Morfondu, le *Jaloux*, les *Ecoliers*, la *Fidèle*,
la *Constance*, les *Tromperies* par Pierre Lari-
vey, nature franche et naïve, gauloise au fond,
bien que nourrie du suc de l'Italie ancienne et
moderne, et qui, à une époque plus mûre, aurait pu produire les fruits les plus abondants, les
Corrivaux de Trotterel, l'*Amour médecin* de
Sainte-Marthe, ouvrirent la marche. Les facéties
triviales de Tabarin, de Gauthier Garguille, de
Bruscambille et de Turlupin contrastaient par
leur vivacité et leur licence avec ces comédies
passablement froides pour la plupart. En même
temps, le goût vint des *imbroglios* à la mode
espagnole ; tous les écrivains se jetèrent aveuglément dans cette voie et nous y retrouvons encore Corneille, avec son chef-d'œuvre du *Menteur*, qui prélude à ceux de Molière. Corneille
et Molière, les deux représentants les plus sublimes du drame français, nous apparaissent de
toute leur hauteur sur la limite du XVIᵉ et du

XVII° siècles, comme pour protester au nom de
la fière indépendance de l'un contre la paisible
grandeur de l'autre. Avec Pascal, la Fontaine et
Mme de Sévigné, ils composent un groupe sé-
paré, qui tranche vigoureusement sur le fond si
éclatant, mais un peu uniforme, de la littérature
du règne de Louis XIV. Ils ont déjà de l'élévation; ils gardent encore de la naïveté; leur habileté est remplie d'audace; leur génie n'exclut
pas la sagesse : ils pensent hardiment, longtemps
après Luther; ils écrivent purement, même avant
Racine.

Nous avons vu la tragédie, tour à tour religieuse et profane, grecque et latine, italienne et
espagnole, populaire et savante, romantique et
classique, passer par mille épreuves et mille
métamorphoses avant d'arriver à l'art réel.
Jodelle lui avait donné un cadre, Garnier un
peu de style, Hardy un certain intérêt; Corneille
la transforma par l'inspiration. Deux routes
étaient ouvertes devant lui, celle de l'art ancien
et celle de l'imagination moderne : entre Lope
de Vega et Sophocle il pouvait choisir; Corneille
ne choisit pas. Il se fit antique, non comme Sophocle, mais comme Sénèque; il resta espagnol,

non à la façon de Lope, mais beaucoup mieux
que Scudéry. Ce que serait devenu le drame
français dans les mains de Corneille, s'il eût
suivi le libre sentier de Caldéron ou de Shakespeare, s'il eût renvoyé aux docteurs de l'école
les trop célèbres unités dont il se préoccupe si
souvent dans ses préfaces avec une véritable
anxiété, ce que son génie eût acquis encore
d'étendue et de mouvement dans cette forme
plus large et plus flexible, ce qu'après lui Molière y aurait ajouté de variété et de profondeur,
ce que Racine y eût répandu de grâce, de sentiment et d'harmonie, c'est ce qu'il est inutile de
regretter, c'est ce qu'il est facile de comprendre.
Il en fut autrement. Corneille, enfant de la
Gaule, se souvint trop peut-être que les Romains
y avaient précédé les Francs. La langue qu'il
parle, les souvenirs de ses études, son instinct
personnel, tout lui rappelle Rome : aussi s'en
fait-il l'historien, le philosophe et le poète :
c'est dans la bouche d'Auguste, de César, de
Nicomède, de Sertorius qu'il met les fiers sentiments qui l'animent ; il a trouvé son *Cinna*
chez Sénèque, son *Pompée* chez Lucain, son
Horace chez Tite-Live. Mais cette prédilection

pour l'antiquité latine n'a pas étouffé tout à fait en lui sa sympathie naturelle pour les modèles castillans : il puise son *Menteur* et la *Suite du Menteur* dans Alarcon, son *Cid* dans Guilhem de Castro, son *Héraclius* dans Caldéron, son *don Sanche d'Aragon* dans quelque autre légende espagnole ; et, d'ailleurs, ses deux maîtres anciens et chéris, Sénèque et Lucain, sont de Cordoue. Les trois grands ressorts qui font mouvoir les drames de Corneille, la politique, la religion et l'amour, nous révèlent la nature spéciale de son génie. Sa politique est celle d'un grave bourgeois, aux mœurs austères et aux vieilles franchises, frondeur par instants, converti d'hier à peine à l'unité monarchique, qui n'est pas fâché d'amener sur la scène des héros dont il a la taille et des républicains auxquels il prête son langage. Sa religion est vigoureuse et convaincue ; si son *Polyeucte* n'a pas la science consommée et la pompe auguste de l'*Athalie* de Racine, il trahit un vif enthousiasme et la foi la plus exaltée ; on y reconnaît l'admirateur de ces premiers chrétiens que dévorait la soif du martyre ; on y devine le catholique fervent, que les guerres religieuses et les menaces du protestan-

tisme ont endurci dans sa croyance. Quant à
l'amour, chez Corneille, il a le même caractère,
le même cachet d'énergie, la même ardeur chevaleresque. Chimène partagée entre son père et
Rodrigue, entre le devoir et la passion, se frap-
pant dans celui qu'elle aime, demandant vengeance contre lui et craignant de l'obtenir,
l'attaquant et le suppliant de se défendre, Chimène n'est-elle pas le type de la femme du
moyen-âge, reine dans les cours de beauté, mais
reine aussi dans les tournois, qui brode l'écharpe
et panse les blessures d'un époux, lui promettan t
l'amour pour prix de la gloire? Et son Emilie,
sa Cornélie, sa Camille, sa Pauline, ne sont-
elles pas des copies plus ou moins heureuses de ce type intéressant de noblesse et de
fiertés natives, que n'ont pas encore modifiées la
recherche habile de la simplicité grecque et
l'influence de la galanterie contemporaine ? Si,
sur les trop nombreux ouvrages de Corneille on
n'en relit que quelques-uns qui sont admirables,
si les autres sont oubliés et en général méritent
l'oubli, du moins il eut, en dehors même de son
immense talent, le mérite d'avoir ouvert à l'art
et au goût les domaines jusque-là incultes de la

tragédie et de la comédie françaises, et, comme chez eux Lope et Shakespeare, ce père de notre théâtre en est presque resté le roi.

Molière, lui, est un de ces génies hardis et féconds, que l'on a rarement l'occasion de rencontrer dans toute l'histoire du théâtre. Molière ne laisse rien à envier, rien à regretter, supérieur en cela à Racine et à Corneille eux-mêmes; et, si l'on se figure aisément les mille ressources qu'un cadre plus large et plus varié eût fournies à son inépuisable verve, du moins on doit se hâter de dire que, dans les limites étroites que lui imposaient les hasards de la mode, il ne perdit rien de sa vigueur nerveuse et de sa merveilleuse souplesse. C'est que Molière n'a ni créé, ni suivi servilement un système : il a subi bien des influences; il les concilie avec un tact parfait et les reproduit toutes avec un égal bonheur. Comparable sous plus d'un rapport au chef de la scène anglaise, né ainsi que lui dans les rangs les plus humbles du peuple, parvenu de même peu à peu à la faveur des grands et tout d'un coup à la renommée publique, il descend, d'abord, en droite ligne de la race avisée et narquoise de ces bourgeois du moyen-âge, qui écrivaient en riant, au fond de leurs échoppes enfumées, les *Bibles satiriques* et les *Sotties*, le *Roman de la Rose* et l'*Avocat Pathelin*. Cette origine gauloise est assez prouvée par les emprunts que, seul avec la Fontaine, il a faits à la littérature primitive de la France, par son *George Dandin*, pris dans le conte de *Dolopathos;* par son *Médecin malgré lui*, imité de la farce du *Vieil mire;* par plusieurs scènes du *Malade imaginaire*, puisées aux mêmes sources ; et ces pièces ne sont-elles pas, en effet, l'image plus nettement et plus fortement dessinée de cette vieille comédie nationale, un peu outrée, passablement licencieuse, malicieusement satirique, mais franche après tout et amusante?

Cependant, un autre courant d'idées l'entraîne: le fils du tapissier, l'enfant né près des piliers des halles va au collège, y devient même le camarade d'un prince du sang, y étudie les Grecs et les Latins ; de là ses imitations de Lucrèce dans le *Misanthrope*, de Plaute dans l'*Amphytrion* et l'*Avare;* et notez que, par instinct, comme Corneille, il préfère la fermeté un peu hautaine du génie romain à la clarté si pure de l'art grec. Puis, au sortir des classes, viennent les lectures, les voyages dans le midi, le commerce de la société; alors il ne peut échapper à ces influences italienne et espagnole, qui continuent, tantôt à féconder, tantôt à troubler dans son cours la littérature française; la première, il l'a recherchée plus d'une fois, comme on le lui a tant reproché au-delà des Alpes; la seconde, il l'accepte dans son *Garcie de Navarre*, dans sa *Princesse d'Elide*, dans son *Don Juan*. On voit qu'il prend un peu partout; mais ce qui est à lui incontestablement et presque à lui seul, c'est un style abondant, plein, substantiel et coloré, reconnaissable entre tous; c'est une étude profonde et savante des passions, c'est surtout un fonds de gaîté intarissable. Ne croyons pas qu'avec Molière l'esprit du dialogue, l'élégance du langage, le dessin des portraits, l'habile arrangement de l'action doivent disparaître de la comédie; tout cela se reproduira plus ou moins dans bien des ouvrages oubliés à tort; mais ce qui assure à Molière la perpétuité de la faveur universelle, c'est ce don du rire, dont il semble avoir eu le premier et gardé le secret; rire honnête et naturel, qui deviendra chez

Marivaux un sourire mignard, presque une grimace chez Beaumarchais. Au reste, **on** trouve
de tout dans son œuvre, une des plus riches qui
existent : farces populaires, comme le *Médecin
malgré lui*, les *Fourberies de Scapin, Sganarelle*, le *Malade imaginaire*, *Pourceaugnac ;*
parodies spirituelles et divertissantes, comme les
Précieuses ridicules, l'*Impromptu de Versail-
les*, l'*Amour médecin*, la *Critique de l'Ecole des
femmes ;* imbroglios héroïques ou romanesques,
avec *Amphitryon, Garcie de Navarre*, la *Princesse d'Elide*, le *Sicilien ;* peintures de mœurs
ou de caractères, dans l'*Etourdi*, le *Dépit
amoureux*, l'*Avare*, le *Bourgeois gentilhomme,
George Dandin*, le *Mariage forcé*, l'*Ecole des
maris ;* hautes comédies, presque des drames,
dans *Don Juan*, l'*Ecole des femmes*, les *Femmes savantes*, le *Misanthrope* et le *Tartuffe.*
Car, il faut le reconnaître, Tartuffe est un grand
scélérat ; Célimène ressemble fort à une femme
équivoque ; et, tous deux, avec Alceste, le
sombre rêveur ; avec Arnolphe, le vieillard
aimant et jaloux ; avec Trissotin, le flatteur
intéressé ; avec Frosine, l'entremetteuse de bas
étage ; avec Dorante et Dorimène, ces escrocs de

bon ton ; avec Scapin et Sbrigani, qui rient si
bien des galères et de la potence, forment une
galerie de figures tant soit peu moroses ou im-
pudentes, qui ont un faux air d'Hamlet, de
Falstaff et d'Iago. Mais, si ces tableaux accusent
une touche solide et un peu rembrunie, comme
Molière leur préfère ces esquisses qu'il crayonne
avec tant de verve, ces portraits qu'il grave avec
tant de finesse ! Si sa nature de Gaulois, ses
réminiscences de Boccace et de Marguerite de
Navarre, surtout les impressions journalières
d'une triste et poignante réalité le poussent à
attaquer avec trop peu de prudence une des
institutions inséparables de l'ordre social,
comme il décrit ingénuement la plus forte et la
plus douce passion du cœur humain ! Comme
il raille le mariage, mais comme il peint l'amour !
Quels charmants écervelés que ces Valères, ces
Clitandres, ces Erastes, le nez au vent, l'épée
au côté, le cœur plein et la bourse vide, qui
n'oublient jamais leurs vingt ans et qui passent
toutes leurs journées sur les places publiques,
sous les balcons de leurs belles, en compagnie
de valets effrontés ; le tout pour une œillade,
une main serrée ou un baiser pris ! Quelles

gracieuses personnes que ces Henriettes, ces
Luciles, ces Mariannes, ces Angéliques, ces
Agnès, ces Eliantes, ces Isabelles, si audacieuses
dans leur timidité, si malicieuses dans leur
ignorance, avec tant d'esprit dans leur douceur
et tant de bon sens dans leur passion ! Et qui ne
s'intéresserait à toute cette jeunesse, qui a contre
elle les pères avares, les tuteurs jaloux, les
rivaux ridicules, mais qui pour elle a Dorine,
Martine, Toinette, Nicole, un peu le hasard et
beaucoup l'amour? Quant à l'art infini de la
composition, à la science des détails, à l'entente
de la scène, il suffit de considérer les *Femmes
savantes*, le *Tartuffe* et le *Misanthrope*, ces
trois grandes toiles où la couleur est si abon-
damment répandue et où les groupes sont si
habilement disposés. Et pour la libre fantaisie
ou l'audace philosophique, oublierons-nous ce
Don Juan, pièce de circonstance, qui se trouve
être un chef-d'œuvre, dépaysé à son époque, et
qui fait plutôt songer à Voltaire qu'à Bossuet?
Molière, comme Shakespeare, a parcouru tous
les degrés de l'art, et, s'il est arrivé moins haut,
c'est qu'il est parti de plus bas; l'espace parcouru était le même et leur vol est égal. A

Shakespeare, la tragédie s'adoucissant jusqu'aux nuances délicates ou piquantes de la comédie; à Molière, le domaine du rire reculé jusqu'aux frontières du drame; chez tous deux un tel ensemble de facultés et une gloire si complète que leur double héritage, tant envié et tant disputé, est resté vacant à jamais, parce qu'à l'instar de celui d'Alexandre il devait appartenir *au plus digne!*

Le grand nom de Molière ne doit pas nous faire tout à fait oublier ceux qui, avant ou après lui, ont donné des gages à la muse comique. A côté des essais de Pierre Corneille (*Mélite, Clitandre, la Veuve,* la *Galerie du Palais,* la *Suivante,* la *Place royale,* l'*Illusion comique*); à côté des pièces de Thomas, son frère, pièces assez compliquées et presque toutes imitées de l'espagnol (le *Festin de Pierre,* les *Engagements du hasard,* le *Feint astrologue, Don Bertrand de Cigarral,* l'*Amour à la mode,* la *comtesse d'Orgueil,* le *Berger extravagant,* le *Charme de la voix,* les *Illustres ennemis,* le *Baron d'Albikrac,* le *Geolier de soi-même,* le *Galant doublé);* il faut citer celles de Rotrou (l'*Hypocondriaque,* les *Ménechmes, Célimène,* la *Belle*

Alphrède, la *Pélerine amoureuse, Clorinde,*
l'*Innocente infidélité,* les *Sosies,* les *Captifs,*
Clarice, Célie, la *Sœur, Florïmonde,* la *Bague*
de l'oubli); celles de Scarron (le *Capitan Mata-*
more, Jodelet souffleté, l'*Héritier ridicule,*
Don Japhet d'Arménie, la *Comtesse faite à la*
hâte); celles de La Fontaine, qui sont assez
faibles (le *Florentin,* le *Veau perdu,* le *Roman*
comique, la *Coupe enchantée); le Pédant joué,*
de Cyrano de Bergerac; la *Dame invisible,* les
Nouvellistes, le *Cocher supposé,* le *Souper mal*
apprêté et le *Deuil,* d'Hauteroche; le *Mari sans*
femme, l'*Ecole des Jaloux,* la *Fille capitaine,*
la *Femme juge et partie, Crispin gentilhomme,*
la *Dame médecin,* de Montfleury, et une foule
d'ouvrages dus à Scudéry, Mairet, Boisrobert,
Colletet, d'Ouville, Chappuzeau, Subligny, de
Visé, Brécourt, Dorimon, Villiers, Rosimont,
Chevalier, Champmeslé, Raisin, ouvrages plus
ou moins plaisants de fond et de forme, également
délaissés à présent, mais qui tous ont eu leur
instant de popularité éphémère. Les poètes tragiques n'étaient pas moins féconds; donner une
liste abrégée de leurs œuvres serait oiseux et
presque impossible. Le *Venceslas,* le *Bernard*

de Cabrere, le *Lope de Cordoue*, le *Saint-Genest*, l'*Antigone*, l'*Iphigénie*, le *Chosroës*,
l'*Hercule mourant* de Rotrou, animés par un
véritable talent, flottent au-dessus de ce chaos
obscur, où s'agitent pêle-mêle les tristes renom-
mées de Boisrobert, Colletet, Baro, l'Étoile, Cla-
veret, la Calprenède, la Serre, Desmarest, Des-
fontaines, Gilbert, Chevreau, Benserade, Gillet,
Regnault, Le Clerc, Maréchal, Cyrano de Bergerac, Abeille, la Chapelle, le Clerc, Coras, Fer-
rier, Assezan, Pellegrin, de tant d'autres maintenant ensevelis côte à côte dans le gouffre le
plus profond de l'oubli. Ces pâles ombres disparaissent honteusement devant la gloire radieuse
et sereine de Racine.

En effet, Racine se détache clairement sur l'ensemble un peu confus que présente la littérature
dramatique si riche et si variée du dix-septième
siècle ; ses compositions brillantes et pures, rap-
prochées des œuvres mâles et énergiques de
Corneille, ressemblent à de douces figures de Ra-
phaël auprès de sombres toiles de Michel-Ange.
Il n'est nullement espagnol ; il est romain dans
Britannicus et *Mithridate* avec plus d'art que
d'enthousiasme : il peint d'après Tacite ; mais il

ne se passionne pas avec Lucain. Il lit le Tasse
et il sort de Port-Royal : de là, en partie, sa sensibilité et son harmonie; de là son tendre mysticisme ; mais, avant tout, il aime l'antiquité et il
vit de la vie du monde ; il est grec d'intention et
français de fait, poète par l'idée et orateur par le
style, à la fois imitateur et original. Nourri dès
le berceau des fruits de l'érudition la plus saine,
il est attiré vers le drame athénien plutôt par
l'influence de son éducation que par l'analogie
de son talent : il devait peu goûter Eschyle, il
ne suit pas Sophocle, il s'attache à Euripide. Or,
si Euripide est celui de tous les Grecs que Racine consulte le plus, s'ensuit-il que, comme on
l'a dit trop souvent, Racine rappelle Euripide?
Nullement. Euripide a tantôt une aisance familière qui touche à la vulgarité, tantôt un ton sentencieux jusqu'au pédantisme, et Racine n'est
jamais vulgaire ni pédant; son génie moyen et
correct ne penche vers aucun point extrême.
Euripide ne recherche pas trop les occasions de
mettre l'amour sur la scène; Racine est le poète
du cœur : entre eux donc peu de ressemblance,
sauf la même simplicité d'action, quelques traits
communs de pathétique et surtout la similitude

des sujets. Comparez la *Phèdre* de l'un à l'*Hippolyte* de l'autre. Quel rôle admirable que celui de
Phèdre ! quelle audace de sentiments sous le
voile du langage le plus pur ! Quelle vive peinture, heureusement colorée çà et là de teintes
mélancoliques et tendres ! Jamais l'art classique
n'a été si loin ; jamais dans Shakespeare la passion ne s'est élevée plus haut. Mais ce rôle est
tout moderne par les luttes qu'il exprime, et
tout chrétien par les remords qu'il admet ; et, de
plus, ce rôle est toute la pièce : confidents et récits à part, si bien que parlent Thésée, Aricie
et jusqu'à Théramène, où est l'illusion, et la tradition que devient-elle? Otez les noms et les
allusions mythologiques, appuyez sur quelques
nuances, et vous auriez aisément un drame sentimental et bourgeois, à la façon d'Otway ou
mieux de Rowe : OEnone serait une soubrette fort
convenable, Aricie une ingénue digne de Molière,
et Thésée un vieillard dupé. Quant à Hippolyte,
qui reconnaîtrait, en l'entendant soupirer, le
chasseur farouche, le rêveur misanthrope, l'im-
placable ennemi du beau sexe, l'Hippolyte enfin
de la fable et de la tragédie antiques, et, quoique le nôtre se vante très-gracieusement de ses

rigueurs, vit-on jamais sauvage mieux appri-
voisé? Il n'est pas moins curieux d'opposer le
Polynice des *Frères ennemis* à celui d'Eschyle,
l'Achille de l'*Iphigénie* à celui d'Homère, le Pyrrhus d'*Andromaque* à celui de Virgile, l'**Alexandre** de Racine à celui de l'histoire : on ne doit
donc pas s'obstiner à dire que le théâtre du temps
de Louis XIV rappelle celui d'Athènes et que Racine vient en droite ligne d'Euripide. Ajoutons,
après tout, que la gloire et le génie de Racine
ne sont pas dans cette prétendue résurrection de
l'art grec, mais bien dans une étude exacte et
même profonde du cœur humain, dans l'expression souvent fine ou naturelle, toujours gracieuse et noble, de la passion ; dans une mélodie
de paroles caressante pour l'oreille, dans une
forme de style, ample, sonore, majestueuse,
d'une limpidité et d'une élégance rares et (pour
dire en un mot bien des choses) dans une poésie
toute française.

Des maîtres il faut passer aux disciples, aux
copistes, aux plagiaires : Racine en eut plus que
Corneille; la douceur et la grâce sont encore
plus faciles à imiter que la force et l'audace.
L'*Andronic*, la *Virginie*, l'*Adrien*, le *Tiri-*

date de Campistron, le *Germanicus* de Boursault, le *Genséric* de Mme Deshoulières, le *Jonathas* et l'*Absalon* de Duché, la *Pénélope* et le *Joseph* de Genest, l'*Esther* de Duryer, la *Médée* de Longepierre, la *Judith* de Boyer, les tragédies et surtout les opéras de Quinault furent d'élégantes, mais pâles contrefaçons d'un si parfait modèle et, bien que plus soignées de forme, ne valaient pas mieux, au fond, que les platitudes rimées si souvent reprochées à Pradon. L'*Amasis* de La Grange-Chancel sert de transition entre ces retardataires de l'école tragique du XVIIe siècle et celle du XVIIIe, représentée par Voltaire et Crébillon.

Molière, s'il n'eut pas de rivaux, laissa, du moins, des successeurs ; à défaut de génie le talent ne manqua pas. Le *Mercure galant*, les *Mots à la mode*, *Esope à la cour*, *Esope à la ville* de Boursault ; le *Coquet trompé*, les *Enlèvements*, la *Coquette et la fausse prude*, le *Jaloux*, les *Vapeurs*, la *Répétition*, le *Débauché*, l'*Homme à bonnes fortunes* de Baron ; les *Amants brouillés* et la *Mère coquette* de Quinault ; l'*Avocat patelin*, le *Grondeur*, le *Muet*, le *Concert ridicule*, les *Saturnales*, l'*Important*.

le *Marquis paysan* de Bruis ; le *Capricieux*, le *Café* et le *Flatteur* de J.-B. Rousseau, les parades de Poisson et les esquisses de Legrand (*Pluton*, le *Roi de Cocagne*, *Belphégor*, la *Foire St-Laurent*, la *Famille extravagante*, la *Métamorphose amoureuse*, l'*Usurier gentilhomme*, l'*Aveugle clairvoyant*), se sont longtemps soutenus à la scène. Trois hommes d'un grand mérite ferment la marche ; ce sont Du Fresny, Dancourt et Regnard. L'*Esprit de contradiction*, le *Mariage fait et rompu*, le *Dédit*, le *Négligent*, *Sancho-Pansa*, *Attendez-moi sous l'orme*, le *Chevalier joueur*, la *Noce interrompue*, la *Malade sans maladie*, le *Double veuvage*, le *Faux honnête homme*, le *Faux instinct*,. le *Jaloux honteux*, l'*Amant masqué*, la *Joueuse*. la *Réconciliation normande*, la *Coquette de village*, par du Fresny, abondent en traits ingénieux. Le *Notaire obligeant*, la *Désolation des joueuses*, le *Chevalier à la Mode*, la *Maison de campagne*, la *Dame à la mode*, la *Folle enchère*, l'*Eté des coquettes*, *Merlin déserteur*, le *Carnaval de Venise*, la *Parisienne*, la *Femme d'intrigues*, la *Gazette de Hollande*, l'*Opéra de village*, les *Bourgeoises à la mode*, la *Ba-*

guette, les *Vendanges*, le *Tuteur*, les *Vacances*, la *Foire de Bezons*, la *Foire Saint-Germain*, le *Moulin de Javelle*, les *Eaux de Bourbon*, la *Loterie*, le *Charivari*, le *Retour des officiers*, les *Curieux de campagne*, le *Mari retrouvé*, la *Famille à la mode*, la *Fête de village*, les *Trois cousins*, *Colin-Maillard*, l'*Opérateur Barry*, le *Galant jardinier*, *Madame Artus*, le *Diable boiteux*, les *Agioteurs*, l'*Impromptu de Suresnes*, le *Vert galant*, le *Prix de l'arquebuse*, la *Guinguette de la Finance*, la *Métempsycose des amours* attestent l'inépuisable facilité de Dancourt, que le public ne lit plus, mais que nos auteurs ont souvent pillé : il excelle dans le genre villageois. Regnard a, sans doute, une certaine grossièreté plutôt de mots que d'idées ; mais son style est précis, brillant, vif, et coloré. Les *Ménechmes*, les *Folies amoureuses*, le *Joueur*, le *Distrait* et le *Légataire universel*, étincellent de beautés de premier ordre ; la *Sérénade*, le *Bal*, *Démocrite*, le *Retour imprévu* sont agréables. Mais surtout on sent jaillir de chacun de ses vers tant de verve et de gaieté qu'on ne saurait s'empêcher d'applaudir un poète assez habile ou assez heureux pour faire

rire après Molière; ce n'est plus là Poquelin,
sans doute; c'est moins encore Shakespeare ou
Térence, l'un si profond, l'autre si doux; mais
il y a en lui quelque chose d'Aristophane et de
Plaute.

Ici, comme partout, au seuil des deux siècles
et sur la limite des deux genres, nous trouvons
Voltaire, ce Pic de la Mirandole littéraire, qui a
parlé de tout et de bien d'autres choses encore.
Pourquoi a-t-il écrit des comédies? Nul ne l'a
jamais su : peut-être uniquement pour com-
pléter sa collection, comme font les amateurs
d'estampes ou d'insectes. On a peine à comprendre comment un esprit si fin, si souple et si
enjoué a pu échouer à ce point, dès qu'il a
touché à la comédie proprement dite. Ses ébauches en ce genre sont des pièces de circonstance,
des farces plates et peu décentes, ou bien et ce
sont les meilleures), des drames bourgeois, (tels
que *Nanine* et l'*Enfant prodigue*. Pour ce qui
est de ses tragédies, beaucoup trop vantées à
leur époque et beaucoup trop décriées aujour-
d'hui, on s'en explique mieux la nature, l'origine et le succès. Dans quel but les fit-il? La
plupart pour prêcher du haut du théâtre, comme

du haut d'une chaire, ce culte de la Raison,
dont il était le pontife ou, du moins, le premier
apôtre, quelques-unes pour faire pièce à Crébillon qu'on avait applaudi dans les mêmes
sujets, d'autres par vanité d'auteur ou par habi
tude, bien peu avec cette conviction et cette
foi du poète que sa vocation pousse vers le
drame. Que sont-elles? En général, des ouvrages
brillants, mais sans feu, purement, mais non
élégamment écrits, qui intéressent sans exalter,
propres enfin à montrer toute la différence qui
existe entre l'inspiration et l'esprit, entre la
passion et le sentiment, entre le génie et le
talent. D'où vint leur vogue? De leurs défauts
mêmes, de ces pompeuses tirades où la manie
du siècle était caressée, de ces maximes concises
et sonores qui couraient bientôt partout comme
des proverbes ; de ces lieux communs sur la
liberté, l'humanité et la tolérnce, qui répondaient aux instincts nouveaux ; de ce pathétique
de douteux aloi qui faisait fondre en larmes
duchesses, marchandes et danseuses aux représentations de *Mérope*, de *Zaïre*, d'*Alzire* et de
Tancrède. Elle vint aussi, disons-le, d'une
grande clarté et d'une précision de forme assez

remarquable, d'un certain intérêt de situations
qui en masquait l'invraisemblance, et enfin de
quelques progrès scéniques, d'autant mieux
appréciés alors qu'ils étaient plus rares. Voltaire
agrandit le cercle un peu étroit de la sphère
tragique en y introduisant plus de variété dans
le choix des sujets, plus de soin dans les détails
matériels, plus de pompe et d'illusion dans le
spectacle. Marchant, bien que de fort loin, sur
les traces de l'histoire, parcourant tous les pays
comme tous les âges, sa muse se montra tour à
tour française dans *Adélaïde du Guesclin*,
juive dans *Marianne*, grecque dans *Oreste* ou
les *Pélopides*, crétoise dans les *Lois de Minos*,
assyrienne dans *Sémiramis*, romaine dans *Brutus, Rome sauvée* ou la *Mort de César*, espagnole dans *Don Pèdre*, italienne dans *Tancrède*,
turque dans *Zaire*, arabe dans *Mahomet*,
américaine dans *Alzire*, chinoise même dans
l'*Orphelin*. Il est vrai qu'au milieu de tant
d'excursions Voltaire ne vola pas toujours de ses
propres ailes, imitant, selon l'occasion, le vieux
Tristan l'Ermite, Maffei, Sophocle et surtout ce
Shakespeare, qu'il avait si agréablement raillé.
Quoi qu'il en soit, Voltaire dans l'histoire du

drame occupe une large place, parce qu'il avait
une valeur réelle, et on hésiterait encore moins
à le proclamer, si ses défauts n'étaient pas
devenus les principes mêmes d'une école, née
de ses cendres, dont la lente agonie se termine
à peine de nos jours. A cette école en même
temps froide et emphatique, se rattachent les
rhapsodies de plusieurs écrivains oubliés, Nadal,
Riupérous, Péchantré, Belin, Decaux, Pralard,
Seguineau, Autreau, du marquis de Ximenès
et du comte de Lauraguais, la *Caliste* et l'*Astarbé* de Colardeau, le *Manlius* de la Fosse,
l'*Aspar* de Fontenelle, le *Mahomet II* et les
Troyennes de Chateaubrun, le *Mahomet II*
de Lanoue, les *Héraclides*, les *Tyndarides* et
Cyrus par Danchet, *Gabrielle de Vergy*, *Gaston
et Bayard*, et le *Siége de Calais* par du Belloy,
que relevait du moins une intention patriotique, *Spartacus* et *Blanche et Guiscard*, par
Saurin; *Hypermnestre*, *Guillaume Tell* et la
Veuve du Malabar, par Lemierre; la *Didon* de
Lefranc de Pompignan, l'*Iphigénie en Tauride*
de Guymond de la Touche, qui eut beaucoup
de succès; les *Machabées* de Lamotte, son
Romulus et son *Inès de Castro* tant applaudie;

le *Duc de Surrey*, par Boissy ; *Regulus, Zulica,
Théagène et Chariclée*, par Dorat ; *Gustave
Wasa* et *Fernand Cortès*, par Piron ; *Édouard
III*, par Gresset. Trois hommes distingués comme
critiques, Champfort, Marmontel et la Harpe
furent de médiocres tragiques, le premier dans
Mustapha, le second dans *Aristomène, Denys le
tyran*, les *Héraclides et Cléopâtre*, le troisième
dans *Barneveldt*, les *Barmécides*, *Coriolan*,
*Warwick, Timoléon, Virginie, Jeanne de Na-
ples* et même *Philoctète*. Parallèlement à cette
école, qui se vantait d'être classique par excel-
lence, il s'en éleva deux encore, qui faisaient
déjà profession d'être romantiques, chacune à
sa manière ; l'une de tragédie, sombre et sanglante à l'excès, l'autre de drame bourgeois et
larmoyant. A la première appartiennent *Ido-
ménée, Xerxès, Electre*, le *Triumvirat, Rha-
damiste* et *Zénobie*, toutes les pièces de ce
Crébillon, qui s'échauffait à froid et s'essoufflait
à force de s'enfler pour devenir imposant et
pathétique, qui ne travaillait que la nuit pour
se donner des idées funèbres, qui faisait com-
battre ensemble cinq ou six chats dans sa
chambre pour s'habituer aux scènes de car-

nage et qui faillit faire mourir de surprise et de
peur Despréaux, sourd, perclus et septuagénaire,
en lui débitant des scènes d'*Atrée et Thyeste*,
où l'on boit à pleine coupe du sang humain.
Quelque temps après Crébillon vint Baculard-
d'Arnaud, qui suivit les mêmes sentiers rudes et
détournés, et qui, dans son *Comte de Com-
minges*, poussa la sauvagerie jusqu'à mettre un
cimetière sur la scène, hardiesse qui alors arra-
cha de grands cris et dont la naïveté ferait
aujourd'hui sourire. Le vent qui venait de l'Angleterre, le souffle de l'imitation de Shakespeare
commençait à tourner les plus lourdes têtes. Il
n'y eut pas jusqu'au bon Ducis, si simple de
manières, si tendre de cœur, si gracieux et si
spirituel dans ses poésies fugitives, qui, à la fin
du siècle, ne courtisât aussi Melpomène, passablement rebelle pour lui; et, en outre de son
OEdipe chez Admète, mélange bizarre de l'*Alceste* d'Euripide et de l'*OEdipe à Colone* de
Sophocle, en outre de son *Abufar*, pièce assez
intéressante, il traduisit ou plutôt il arrangea
un *Roi Jean*, un *Roi Lear*, un *Roméo*, un *Macbeth*, un *Hamlet* et un *Othello*, étendant sur le
lit de Procuste, pour les raccourcir, tous ces co-

losses de la scène anglaise. L'école bourgeoise du drame ne valut guère mieux; elle voulait transporter l'intérêt dramatique des héros et des rois aux personnages les plus humbles; elle prétendait, non sans raison, que la vie la plus obscure a ses aventures, ses luttes, ses péripéties et ses larmes : le système était spécieux et, théoriquement, bien soutenable; mais il fut compromis par l'emphase et la nullité des œuvres. On se rappelle, en ce genre, le *Père de famille* et l'*Enfant naturel* de Diderot, plusieurs pièces de Mercier (le *Faux ami*, le *Juge*, l'*Indigent*, le *Déserteur*, *Jenneval*, l'*Homme de la Guadeloupe*, la *Brouette du vinaigrier*, *Hennuyer*, *évêque de Lisieux*, *Charles II, roi d'Angleterre*), *Cénie* de Mme de Graffigny, le *Marchand de Smyrne* par Champfort, *Tom-Jones* et la *Femme jalouse* par Desforges, *Beverley* par Saurin, *Mélanie* par la Harpe, *Eugénie*, les *Deux amis* et la *Mère coupable* par Beaumarchais, *Sidney* par Gresset, le *Philosophe sans le savoir* de Sedaine, qui se distingue par la simplicité et, en même temps, l'intérêt de son intrigue, l'*Honnête criminel* par Fenouillot de Falbaire. Ces essais, fort inégaux en mérite, ont excité pour

la plupart un engouement incroyable ; quelques-
uns se jouaient encore assez récemment, et tous
répondaient à ce besoin de libre philosophie et
de sentimentalité banale, si répandu en France
à la veille de 1789.

Au XVIIIe siècle, comme au XVIIe, la comédie se soutint plus longtemps et tomba moins
bas que la tragédie. Aux trois principaux héritiers de Molière, Du Fresny, Dancourt et Regnard, succédèrent, à leur tour, trois hommes
d'un esprit très-vif et très-piquant, Lesage,
Gresset et Piron, tous trois bien connus dans
des genres inférieurs de littérature : Lesage au
théâtre de la Foire, Gresset par sa poésie légère,
Piron ailleurs, ayant chacun doté d'un chef-
d'œuvre la scène française : *Turcaret*, le *Mé-
chant* et la *Métromanie*. La comédie de mœurs
fut représentée plus ou moins convenablement
par les ouvrages de Boindin, Jolly, Fuselier,
Voisenon, Moncrif, Cailhava, Pont de Veyle,
Guyot de Merville, Bret, Lantier, Patrat, Duma-
niant, Des Faucherets, Dezède, Vigié, Cubières,
par la *Coquette corrigée* de Lanoue, les *Trois
Sultanes* de Favart, la *Gageure imprévue* de Sé-
daine, l'*Amant bourru* de l'acteur Monvel (père

d'une de nos plus grandes comédiennes), le *Séducteur* du marquis de Bièvre, à qui ses jeux
de mots ont fait une réputation si grande et si
facile, l'*Amateur* et les *Fausses infidélités* de
Barthe, le *Tuteur dupé* de Cailhava, l'*Ecole des
pères* de Pieyre, *Heureusement* et les *Amants
généreux* de Rochon de Chabannes, l'*Ecole des
Bourgeois* et l'*Embarras des richesses* de d'Al-
tainval, la *Pupille* et les *Originaux* de Fagan,
les *Mœurs du temps* de Saurin. Le *Cercle* de
Poinsinet est une agréable esquisse; Palissot fut
satirique dans les *Philosophes* et les *Courtisanes; J.-J. Rousseau, cet adversaire plus opinià-
tre que consciencieux de l'art dramatique, composa la bluette de Narcisse, le monologue de *Pyg-
malion* et son fameux *Devin de village.* En
dehors de ce mouvement plus ou moins classique,
on peut encore distinguer deux écoles, l'une de
comédie coquette, légère, sémillante et manié-
rée, l'autre de comédie grave, sentencieuse,
plaintive et emphatique. D'un côté, c'est une
troupe alerte et folle d'écrivains ambrés et
parés, en poudre et à paillettes. Ce sont Dorat,
avec sa *Feinte par amour,* Imbert avec son *Jaloux sans amour,* Sainte-Foix, auteur de *Pan-*

dore, de l'*Oracle*, des *Grâces*, de *Julie*, de la *Colonie*, avec ses pièces à deux ou trois personnages, ses fées, ses sylphes et toute sa mythologie de boudoir. C'est Boissy, à qui on doit la *Rivale d'elle-même*, la *Confidente d'elle-même*, le *Français à Londres*, le *Babillard*, l'*Homme indépendant*, le *Pouvoir de la sympathie*, l'*Embarras du choix*, l'*Impatient*, l'*Impertinent malgré lui*, le *Médecin par occasion*, la *Frivolité*, et les *Dehors trompeurs*. C'est surtout Marivaux, qui donna le *Préjugé vaincu*, le *Petit-maître corrigé*, le *Dénouement imprévu*, la *Deuxième surprise de l'amour*, les *Serments indiscrets*, la *Réunion des amours* et quatre pièces conservées jusqu'à présent au répertoire: le *Legs*, l'*Epreuve nouvelle*, les *Jeux de l'amour et du hasard* et les *Fausses confidence*. Marivaux, qui a survécu à ses émules, méritait ce privilége par la dextérité de ses intrigues, la vivacité des situations, la grâce des détails, par une diction trop alambiquée, mais rapide et fine, qui est devenue un type proverbial de style, enfin par la peinture séduisante d'un certain monde. Les chefs de l'autre école ont la marche plus lourde, le visage plus sérieux et la voix plus doctorale. Elle commence à Destouches, correct, mais froid, noble, mais ennuyeux, médiocre dans l'*Ingrat*, le *Curieux impertinent*, l'*Envieux*, la *Belle orgueilleuse*, l'*Indiscret*, l'*Amour usé*, la *Force du naturel*, le *Philosophe amoureux*, mais qui, dans la *Fausse Agnès*, l'*Irrésolu*, le *Philosophe marié*, le *Glorieux* et le *Dissipateur*, fit preuve de sensibilité et presque d'éloquence. Elle se continue par La Chaussée, dont on louait la *Fausse antipathie*, *Mélanide*, *l'Ecole des amis*, l'*Ecole des mères* et le *Préjugé à la mode*, chez qui la forme est élégante et claire, mais dont le ton est glacial et qui affecte une moralité trop dépourvue d'enjouement. Elle comprenait aussi *Dupuis et Desronais* et la *Partie de chasse d'Henri IV* par Collé, les arlequinades de Florian et beaucoup d'autres compositions fades, qui n'ont brillé qu'un instant sans laisser nulle trace. On n'en saurait dire autant de Beaumarchais, dont la sève exubérante et l'agitation presque fébrile contrastaient complétement avec l'épuisement et la faiblesse de la plupart de ses rivaux ; ses deux principales œuvres, après avoir obtenu, à leur apparition, un succès si éclatant et si orageux, n'ont pas cessé, avec ou sans la musique de Mozart et de Rossini, de captiver l'attention du public. Cet étrange personnage, fils d'un horloger, joueur de guitare auprès des tantes de Louis XVI, enrichi par une fourniture de fusils livrés aux insurgés d'Amérique, fastueux propriétaire d'un des plus vastes hôtels de Paris, impitoyable railleur des magistrats et des lois dans l'affaire Goëzmann, aborda hardiment le théâtre. Il y débuta et finit par de mauvais drames : mais, dans l'intervalle, il anima de son feu et de sa verve le *Barbier de Séville*, cette heureuse amplification du *Sicilien* de Molière, augmentée de réminiscences du *Malade imaginaire*, dont l'action est si vive et si entraînante, et le *Mariage de Figaro* ou la *Folle journée*, cet *imbroglio* digne de Caldéron, texte amusant et original, dont on a, depuis, essayé tant de fois la copie. On sait par combien d'obstacles fut retardée la représentation de cette dernière pièce et quel triomphe de scandale elle obtint. On se rappelle cette foule titrée et dorée, qui, dès le matin, assiégeait les bureaux du Théâtre Français, ces nobles, ces abbés, ces conseillers au parlement, cette pauvre reine de France, si aveugle dans sa prospérité avant qu'elle fût si

héroïque dans son infortune, tous venant applaudir à l'envi le seigneur Almaviva, qui ne
s'est donné que la peine de naître, l'honnête et
doucereux Basile, qui s'entend si bien en proverbes et en calomnies, Bridoison, ce Sosie du
Bridoie de Rabelais, qui veut absolument juger
sous prétexte qu'il a payé sa charge assez cher,
Bartholo, si jaloux et si farouche, Rosine, la
malicieuse ingénue, le joli Chérubin d'amour,
la naïve Fanchette, la spirituelle Suzanne et ce
Figaro, valet artificieux et impudent, qui se
mêle de tout, fait mille petits métiers, plaide les
mauvaises causes, rompt ou embrouille à son
gré tous les fils d'une intrigue et a dépensé, pour
amener un chétif mariage, plus de diplomatie et
de machiavélisme qu'il ne lui en eût fallu pour
gouverner toutes les Espagnes. Figaro n'est plus
de la race des Scapins, des Crispins, des Mer-
lins, des Frontins et des Labranches ; il est hors
de page : il s'agite, il persifle, il déclame : c'est
déjà presque un orateur de club ; on sent que la
révolution n'est pas loin. Il personnifie à nos
yeux le peuple même de l'époque, peuple d'avo-
cassiers et d'écrivailleurs, secouant le joug qu'il
porte, ne servant plus que par habitude et se

vengeant de sa servitude à force de sarcasmes
amers, jusqu'au jour prochain où il chassera
tout simplement son maître pour le remplacer.
Ne prétendons pas toutefois que les préoccupations contemporaines et les allusions politiques
aient concouru seules à la réputation de Beaumarchais : après cent ans la fable de ses pièces
amuse encore, bien que connue de tous ; les figures qu'il a crayonnées si vigoureusement se sont
gravées dans la mémoire de tous comme autant
de symboles populaires et attestent la fécondité
de son imagination : enfin, son style saccadé,
tourmenté, à facettes et à antithèses, est resté,
non comme un modèle bien pur, mais comme
une curiosité très-piquante. Beaumarchais, tout
rempli de l'esprit moderne, ferme le XVIIIe siècle qu'il scandalisa tant, et ouvre le XIXe qui
l'imite sans cesse.

X.

THÉATRE FRANÇAIS CONTEMPORAIN.

—

La révolution, depuis longtemps menaçante, avait enfin triomphé de ses adversaires; elle allait peu à peu se perdre par la violence de ses partisans. Aux réformes désirées de tous et brusquement accomplies avaient succédé de terribles excès, et sur les places publiques le sang humain ruisselait comme l'eau des fontaines. La société était ébranlée jusque dans ses bases

les plus antiques, et la fragile raison de l'homme
était substituée au culte du Dieu tout-puissant.
Mais, si toutes les églises se fermaient, en re-
vanche, grâce à la liberté de la pensée et à celle
du commerce, une centaine de théâtres s'étaient
ouverts. Au milieu des guerres étrangères et civiles, entre les camps et les échafauds, jamais
les jeux scéniques ne chômèrent un instant : le
peuple manquait souvent de pain, mais jamais
de spectacles. Chose étrange et vraie pourtant !
Tandis que les mères expiraient sous la guillo-
tine et que les fils volaient en armes à la fron-
tière, on ne jouait guère que des comédies sen-
timentales, des opéras villageois et des ballets
mythologiques. Cependant l'esprit de l'époque
ne pouvait rester tout à fait absent de la scène,
et l'on vit paraître des pièces révolutionnaires,
curieuses de fond et de forme, d'une licence
incroyable, que les acteurs débitaient, le bonnet
rouge en tête, et que les spectateurs accompagnaient du chant de la *Marseillaise* et des cris
de la *Carmagnole*. Quant aux pièces du vieux
répertoire, on y cherchait, après coup, force
allusions, auxquelles primitivement les auteurs
n'avaient pas pensé, et on les accueillait, selon

les cas, par des bravos, des sifflets et des trépi-
gnements. La reprise de l'*Ambitieux*, de Destouches, en 1789, réussit beaucoup, parce que
dans le rôle d'un ministre honnête homme on
voulut voir le banquier genevois Necker, père
célèbre d'une fille plus célèbre encore. Tous les
symboles du principe d'autorité devenaient des
caricatures ; tous les souvenirs de la tyrannie
soulevaient des clameurs. Les mots de *roi* et de
reine, de *prince* et de *duc*, de *comte* et de *marquis*, de *seigneur* et de *prêtre*, de *sceptre* et
de *couronne* étaient impitoyablement rayés des
manuscrits et agréablement remplacés par ceux
de *loi, patrie, état, magistrat, raison, vertu,
citoyen*. La vraisemblance et la couleur locale
en souffraient un peu ; mais c'était là une question de salut public, et on ne s'embarrassait
guère de quelques anachronismes de plus ou de
moins. Une telle époque, tournée vers des préoccupations bien autrement sérieuses, ne pouvait
produire des chefs-d'œuvre à la scène. Les vraies
tragédies se jouaient dans les prisons, les vrais
drames sur les champs de bataille, les vraies
comédies dans les clubs.

Un homme, qui fut successivement acteur et

tribun, comme les Eschine et les Archias de la
Grèce, et finit par subir la mort qu'il avait in-
fligée à tant d'autres, Collot d'Herbois, composa
plusieurs ouvrages, pleins d'honnêteté et de
sentiment, qui contrastent entièrement avec sa
sinistre renommée. C'étaient : *Lucie* ou les
Amants imprudents, l'*Amant loup garou*, imité
du Falstaff de Shakespeare, le *Paysan et le magistrat*, traduit de Calpéron, *Adrienne* ou le
Secret de famille, les *Portefeuilles*, la *Famille
Patriote*, l'*Inconnu*, le *Procès de Socrate*, la
Journée de Louis XII. Bientôt après, Fonvielle
le faisait figurer lui-même sur le théâtre, dans
Collot à Lyon, pièce de circonstance. L'acteur
Monvel remporta un triomphe de terreur et de
larmes avec ses *Victimes cloîtrées,* où il mon-
trait de pauvres jeunes filles mises au couvent
malgré elles et enfermées dans des cachots sou-
terrains. On joua une tragi-comédie, intitulée :
la *Cour plénière*; une autre, imprimée seulement, se nommait les *Quatre préjugés du ministre* ou *la France perdue*, en six actes : il
s'agissait, au premier acte, de la *perte du commerce et de l'honneur;* au second, de la *perte
des lois et de la magistrature;* au troisième,

de la *perte de la religion et du clergé*; au quatrième, de la *perte de la noblesse et de la gloire*;
au cinquième, de *l'esprit corrompu par l'influence des étrangers*; au dernier, de la *perte
de la monarchie et de sa puissance* : le tout,
sans compter le temps perdu par l'auteur. Une
pièce satirique, appelée *Théroigne et Populus*,
roulait sur les amours supposées du citoyen Populus, député de la Bresse, et de la trop fameuse
Théroigne de Méricourt, fille de paysans, maîtresse du prince de Galles, courtisane en renom
à Paris, puis une des héroïnes sanguinaires de
la Révolution, et enfin, morte folle dans un
cabanon de la Salpétrière. Une autre femme, à
peu près aussi insensée, mais dont la folie était
plus plaisante, Olympe de Gouges, composa, en
cinq jours, un roman, le *Prince philosophe*, et
un certain nombre d'ouvrages dramatiques, dont
quelques-uns furent improvisés en quatre heures : le *Mariage inattendu de Chérubin*, *Lu-
cinde et Cardénio*, *Molière chez Ninon*, l'*Es-
clavage des noirs*, le *Couvent* ou les *Vœux
forcés*, le *Général Dumouriez à Bruxelles*,
Mirabeau aux Champs-Elysées. Elle monta sur
l'échafaud : elle ne méritait que les sifflets. Voici

avec quelle naïveté de franchise elle s'exprimait sur son compte : « On ne m'a jamais rien appris ; élevée dans un pays où l'on parle mal le français, je n'en connais pas les principes. Je ne sais rien ; je fais trophée de mon ignorance ; je dicte avec mon âme, jamais avec mon esprit. Le cachet naturel du génie est dans toutes mes productions..... L'activité de dix secrétaires ne suffirait pas à la fécondité de mon imagination.... Il faut des siècles pour produire des femmes de ma trempe. » Le drame peut-être le plus caractéristique de l'époque est le *Jugement dernier des rois*, par Sylvain Maréchal : le pape, la czarine Catherine II, et tous les monarques de l'Europe y étaient représentés, chargés de chaînes et déportés dans une île déserte. Le souverain pontife et l'impératrice de Russie se battaient à coups de sceptre et de crosse, se lançaient à la tête tiare et couronne, et finissaient par sauter en l'air avec leurs confrères en royauté, grâce à l'explosion subite d'un volcan, qui symbolisait la vengeance populaire. Ces inventions merveilleuses ne passaient pas sans protestations, et l'on vit paraître des pièces contre-révolutionnaires, entre autres : la *Mort de Louis XVI*, le *Martyre de Marie-*

Antoinette-Elisabeth de France, *Charlotte Corday*, l'*Emigrante* ou le *Père Jacobin*, par le comédien Dugazon, *Paméla* ou la *Vertu récompensée*, par François de Neufchâteau, et surtout l'*Ami des lois*, par Laya, qui souleva une véritable tempête, parce que Robespierre, Marat et toute la Convention étaient flétris par des allusions assez transparentes. Les partis se donnaient rendez-vous au théâtre, et, plus d'une fois, le sang coula dans les entr'actes.

Dans ce chaos obscur brillaient çà et là quelques noms éminents, quelques œuvres sérieuses. Fabre d'Eglantine, qui devait aussi donner sa vie comme gage et comme expiation de ses opinions exaltées, fit les *Présomptueux*, le *Précepteur*, l'*Intrigue épistolaire* et ce *Philinte de Molière*, incorrect, mais nerveux, dont la forme est vive et colorée, qui laisse une impression morale et profonde, et où le mauvais rôle est pour l'optimiste sec, égoïste et faux. Marie-Joseph Chénier, qui survécut à son malheureux frère et à sa propre popularité, écrivit *Fénelon*, *Jean Calas*, *Caius Gracchus*, *Timoléon*, *Charles IX*, *Henri VIII* d'après Shakespeare, *Philippe II* d'après Schiller, *Nathan le Sage* d'après

Lessing, *OEdipe à Colone* d'après Sophocle,
Tibère d'après Tacite. Cette dernière pièce est
la plus remarquable; elle abonde en belles tirades et en vers bien frappés. Toutes roulent sur
des sujets patriotiques ou philosophiques, prê-
chent la tolérance et l'amour du pays et des
lois, sont remplies de graves sentences, et se
distinguent par la force ou l'éclat du style :
Chénier est un des meilleurs disciples de Voltaire.

Ici se place une série d'écrivains tragiques ou
comiques, dont plusieurs débutèrent dès la période républicaine, qui presque tous remplirent
l'ère impériale, et dont quelques-uns ont vécu jusqu'à la restauration ou même jusqu'à notre temps.
Tel fut ce Népomucène Lemercier, poète cher-
cheur et consciencieux, venu trop tard pour
suivre fidèlement les traditions classiques, et
trop tôt pour diriger utilement le mouvement
du romantisme; dont les succès furent pour la
plupart contestés et dont la mémoire subsiste à
peine. Il varia le plus possible ses fables dramatiques ; il aborda la comédie de mœurs dans
Lovelace et la *Prude*, la comédie satirique dans
le *Tartufe révolutionnaire*, la comédie anecdo-

tique dans *Plaute*, la comédie historique dans
Christophe Colomb et *Pinto*. Chez lui, la tragédie fut tour à tour juive avec le *Lévite
d'Ephraïm*, égyptienne avec *Ophis*, grecque avec
Méléagre et *Agamemnon*, romaine avec *Camille*,
byzantine avec *Beaudouin empereur*, anglaise
avec *Richard III*, française avec *Frédégonde* et
Brunehaut, *Charlemagne*, *Saint Louis en*
Egypte et la *Démence de Charles VI*, contemporaine avec les *Martyrs de Souli*. Son *Agamemnon* est une esquisse sévère, calquée avec
soin sur les grands tableaux d'Eschyle ; l'antiquité y est bien comprise et exactement reproduite. Son *Pinto* est un imbroglio un peu
long, mais fortement intrigué, qui ne manque
ni de trait ni de verve, et le *Deus ex machinâ*
qui en mêle et débrouille tous les fils est un
Figaro sérieux, non plus valet barbier, mais
secrétaire politique, qui remue tout, non pour
enlever une jeune fille à son tuteur, mais pour
assurer un royaume à son maître. Nous y voyons
jouer les secrets ressorts des révolutions, si héroïques de face, parfois si burlesques à l'envers.
On tâtonnait encore entre les pâles réminiscences de la Grèce et de Rome et l'imitation ti-

mide des littératures étrangères. De même que
Patrat avait traduit les *Deux frères* de Kotzebuë,
Mme Molé naturalisa sur notre scène son drame
de *Misanthropie et repentir :* ces deux pièces
sont restées au répertoire ; la dernière eut un des
plus grands succès de larmes dont il soit fait
mention. Sauvigny fit *Scipion l'Africain*, Laya
Falkland ou la *Conscience*, Bouilly l'*Abbé de
l'Epée*, Briffaut *Ninus II*, Baour-Lormian *Omasis*
et *Mahomet II*, Andrieux *Junius Brutus*, Legouvé père *Etéocle*, la *Mort d'Abel*, *Epicharis et
Néron*, la *Mort d'Henri IV*, Luce de Lancival
Mucius Scévola, *Hector* et *Périandre*, Arnault
père *Oscar*, *Lucrèce*, *Blanche et Montcassin*,
les *Vénitiens*, *Germanicus*, qui fut l'occasion
d'une guerre civile au parterre, *Marius à Min-
turnes*, où Talma trouvait le moyen de se faire
applaudir dans le rôle du soldat cimbre, qui
n'a qu'un vers. Arnault fils composa *Pertinax*,
Régulus, *Pierre de Portugal*, la *Mort de Tibère*,
Viennet *Clovis* et, beaucoup plus tard, *Arbo-
gast*, Raynouard *Caton d'Utique*, les *Etats de
Blois* et surtout les *Templiers*, Delrieu *Artaxerce*
et *Démétrius*, de Jouy *Julien dans les Gaules*,
Bélisaire, *Tippo-Saïb* et *Sylla*, dont la vogue

fut immense. C'étaient des hommes de lettres
fort estimables, qui se croyaient poètes dramatiques sur la foi de quelques acteurs de talent,
qui entrèrent à l'académie par la porte du théâtre
et qui se virent enterrer de leur vivant. Mais,
s'ils moururent après leur gloire, leurs héritiers les ont-ils toujours valus? On ne connaît
guère leurs ouvrages, qui datent de quarante
ans au plus; hélas! dans quarante ans qui relira
nos chefs-d'œuvre d'aujourd'hui ?

Pendant le même laps de temps, la comédie
se jouait dans des ébauches souvent ingénieuses,
rarement énergiques. Hapdé, Faur, Laujon,
Longschamps, Dieulafoy, Lamartelière dans
Robert, chef de brigands, Mme Candeille dans
la *Bayadère* et la *Belle fermière*, Hoffmann
dans l'*Original* et le *Roman d'une heure*, Roger dans *Caroline* et l'*Avocat*, Gosse dans le
Médisant, Chéron dans le *Tartufe de mœurs*,
Théaulon dans l'*Indiscret*, Delrieu dans la *Jeune
veuve* et le *Jaloux malgré lui*, Désaugiers dans
l'*Hôtel garni*, le gracieux Demoustier dans le
Conciliateur et les *Femmes*, le sensible Bouilly
dans *Mme de Sévigné*, le caustique Pigault-
Lebrun dans le *Pessimiste*, l'*Amour et la raison*

et les *Rivaux d'eux-mêmes*, le galant Dupaty
dans la *Prison militaire*, le *Portrait de Préville*
et l'*Avis aux maris*, abordèrent ce genre avec
plus ou moins de bonheur. Collin d'Harleville,
dont la versification est faible, mais dont les
intentions étaient morales et dont la douce
bonhomie intéresse encore, fit jouer le *Vieillard et les jeunes gens*, *Monsieur de Crac*,
l'*Inconstant*, l'*Optimiste*, les *Châteaux en
Espagne* et le *Vieux célibataire*. Andrieux,
qui montra tant de goût comme professeur
et tant de facilité comme conteur, composa
Anaximandre, le *Souper d'Auteuil*, les *Étour-
dis* et le *Manteau*. Étienne et Planard, qui
s'enrichirent en faisant des opéras comiques,
écrivirent, en outre, le second, le *Faux paysan*
et la *Mère supposée*; le premier, les *Plaideurs
sans procès*, *Brueys et Palaprat*, la *Jeune
femme colère* et les *Deux gendres*, quatre
pièces dont trois se revoient quelquefois. *Monsieur Beaufils*, par Jouy; *Une journée à Ver-
sailles*, par Georges Duval; les *Deux anglais*
et la *Famille Glinet*, par Merville; *Un moment
d'imprudence*, le *Célibataire et l'homme marié*, et l'amusante facétie du *Voyage à Dieppe*,

par Wafflard et Fulgence, appartiennent à la même époque.

Mettons à part deux hommes qui ont joui long-temps d'une réputation considérable, qui la méri-taient en partie par des qualités très-réelles et dont plusieurs pièces reparaissent de temps en temps devant le public. C'est Alexandre Duval, dont la poésie est plate et la prose négligée, mais qui avait de la sensibilité et une connaissance approfondie des artifices de la scène. La *Jeunesse du duc de Richelieu*, *Shakespeare amoureux*, le *Menuisier de Livonie*, le *Faux Stanislas*, le *Château de Woodstock*, la *Princesse des Ursins*, la *Fille d'honneur*, *Edouard en Ecosse*, la *Jeunesse d'Henri V*, sont des espèces de drames assez intéressants. *Guillaume le conquérant* n'était qu'une pièce de circonstance, à l'occasion de la descente projetée en Angle-terre par Napoléon Ier. *Une aventure de Sainte-Foix*, les *Tuteurs vengés*, le *Complot de famille*, la *Tapisserie*, le *Retour du croisé*, la *Manie des grandeurs*, le *Chevalier d'industrie*, le *Testament*, les *Héritiers*, les *Projets de mariage* et le *Tyran domestique* sont des comé-dies de mœurs plus ou moins gaies. C'est Picard qui écrivait à la hâte, qui manquait de profondeur, mais qui avait de l'enjouement et piquait à coups d'épingle ces outres gonflées de vent qu'on nomme les ridicules : *Vauglas*, le *Capitaine Belronde*, les *Tracassiers*, la *Vraie bravoure*, le *Susceptible*, la *Manie de briller*, les *Suspects*, les *Oisifs*, les *Filles à marier*, *Médiocre et rampant*, le *Conteur*, les *Voisins*, les *Provinciaux à Paris*, le *Cousin de tout le monde*, l'*Agiotage*, les *Ephémères*, sont oubliés; mais qui n'a vu jouer ou qui n'a entendu citer *Monsieur Musard*, les *Deux Philibert*, les *Marionnettes*, les *Ricochets*, les *Collatéraux* et la *Petite ville?*

La république et l'empire avaient fait place à la restauration : à une époque de dangers et de gloire succéda une période de paix internationale, mais de discordes intestines. L'agitation qui avait poussé les peuples les uns contre les autres et [persista sous une autre forme devint toute morale : on s'enivra du bruit et des fumées de l'éloquence, on se battit à coups de livres, on monta à l'assaut de la littérature et de la société : on se vengea des invasions étrangères par des conquêtes intellectuelles. Déjà commen-

çait à prendre son essor le véritable esprit du
XIXᵉ siècle, rarement supérieur, souvent opposé
à celui des deux siècles précédents; esprit re-
muant et un peu confus, varié sans beaucoup
d'ordre, audacieux jusqu'à l'imprudence; courant après les réformes, n'arrivant qu'aux révolutions. Le mouvement d'idées, qui avait été
inauguré par Chateaubriand, Benjamin Constant
et Mme de Staël et qui préparait à la France des
philosophes comme Bonald, Joseph de Maistre,
Cousin, Ballanche, Lamennais; des poètes lyriques ou élégiaques comme Lamartine, V. Hugo,
Béranger, A. de Musset; des historiens comme
Guizot, Thiers, Barante, Sismondi, les deux
Thierry, Michelet; des critiques et des érudits
comme Villemain, Sainte-Beuve, Boissonade,
Fauriel, V. Leclerc, Patin et tant d'autres; ce
mouvement devait infailliblement éclater tôt ou
tard au sein de notre théâtre. Dans les lettres,
aussi bien que dans la politique, le droit naturel et
l'instinct de la liberté réclamèrent leurs privi-
léges; la plupart des traditions furent mécon-
nues, bien des innovations furent tentées : on se
détourna du passé pour ne regarder que l'avenir.
C'est la date précise de ce qu'on a appelé, d'un

terme assez vague, mais commode par son obscurité même, le *romantisme*. Le drame français,
s'éloignant peu à peu d'une forme vieillie et que
le génie même avait eu de la peine à rajeunir,
cherchait à vivre dans des conditions plus larges
ou plus faciles, et à se modifier par l'imitation
de la poésie d'outre-Manche et d'outre-Rhin; il
devint pour ainsi dire cosmopolite, et les trois
unités furent compromises. L'influence de l'Angleterre et de l'Allemagne surtout se fit sentir
alors chez nous, comme l'influence italienne et
espagnole y avait régné sous les Valois et les
premiers Bourbons. On ne se contenta plus de
traduire tant bien que mal Shakespeare; on
l'admira avec passion, on le copia avec fanatisme.
Plusieurs pièces de Kotzebuë; les *Brigands*,
Wallenstein, *Marie Stuart*, *l'Intrigue et
l'Amour*, *Fiesque*, de Schiller; le *Faust* même
de Goëthe, furent introduits sur notre scène,
ornés comme des tragédies ou travestis en mélodrames. Les beaux travaux d'érudition, qui
désormais abondèrent, les progrès de la critique
historique, le succès immense et mérité des romans de Walter Scott, à la fois si exacts et si
intéressants, les luttes brillantes et orageuses de

l'éloquence parlementaire, tout contribua à développer le goût de l'action, de la diversité, du
pittoresque et de la *couleur locale*. Des jeunes
gens plus ou moins hardis, plus ou moins remarquables, se mirent à la tête de l'école nouvelle, et les sectateurs les plus obstinés de
l'ancienne école sacrifièrent plus d'une fois eux-
mêmes, par force ou sans y prendre garde, à ce
qu'ils nommaient en gémissant le *culte impur
des faux dieux*.

Parmi les retardataires ou les timides, nous
pouvons ranger Royou, Carrion de Nisas, Léon
Thiessé, Draparnaud avec la *Clémence de David*, Aiguan avec *Brunehaut*, Liadières avec
Conradin et *Frédéric*, *Jane Shore* et *Jean sans
peur*, Firmin Didot avec la *Reine du Portugal*,
Hippolyte Bis avec *Attila*, d'Arlincourt avec le
Siége de Paris, Delaville avec *Charles VI*,
Pichald avec *Léonidas*, d'Avrigny avec *Jeanne
d'Arc à Rouen*, Mély-Janin avec *Oreste* et
Louis XI à Péronc, G. Drouineau avec le *Tasse*
et *Rienzi*, Guiraud avec les *Macchabées* et le
comte Julien, Pierre Lebrun avec le *Cid d'An-
dalousie,* qui subit une lourde chute, et *Marie
Stuart*, qui obtint un grand succès. Ancelot,

qui, dépensant beaucoup d'esprit et de facilité dans les genres inférieurs de la comédie à ariettes et du vaudeville semi-historique, a découpé en pièces légères tous les mémoires anecdotiques depuis Louis XIII jusqu'à Louis XVI, n'a été que pompeux et froid dans ses œuvres à prétentions, *Olga*, le *Maire du Palais*, *Louis IX*, *Fiesque*, *Élisabeth d'Angleterre* et *Maria Padilla*. Alexandre Soumet, dont la versification est en même temps ampoulée et négligée, avait pourtant davantage en lui l'étoffe d'un vrai poète : son *Saül*, sa *Cléopâtre*, sa *Clytemnestre*, attestaient des qualités réelles ; sa dernière pièce, le *Gladiateur*, faite de moitié avec sa fille, Gabrie'le d'Altenheim, a peu réussi. Il y'a plus de verve et d'intérêt dans *Jeanne d'Arc* et dans *une Fête sous Néron*, écrite en collaboration avec Belmontet : au reste, il visait à la naïveté et à l'agrément des détails. Sa *Jeanne* paraît autant sous les traits de la bergère que sous ceux de l'héroïne ; son *Néron* joue devant la cour une scène de tragédie : on voit en plein théâtre l'empoisonneuse Locuste, le comédien Paris, la courtisane Alba, une orgie romaine, un vaisseau à l'ancre et le meurtre d'Agrippine.

Casimir Delavigne poussa, un peu malgré lui,
la témérité plus loin encore et, avec plus de
talent d'ailleurs, remporta des triomphes plus
éclatants. C'en fut un véritable que l'apparition
des *Vêpres siciliennes*, qui eurent un nombre
incroyable de représentations et firent la fortune
de l'Odéon naissant. Malgré des longueurs, des
invraisemblances, et un peu de froideur, ce premier ouvrage d'un poète à peine échappé du
collége était intéressant par son sujet, écrit
d'un style ferme et sonore, plein de traits vifs et
chaleureux : c'était un des meilleurs essais de
l'école voltairienne en décadence. Son *Ecole des
Vieillards* n'a pas obtenu moins de succès dans
la nouveauté et on la joue encore. C'est une
toile de médiocre dimension, mais agréablement
composée et peinte dans un ton doux et net que
le temps n'a pas trop altéré. Elle est supérieure
à la pièce d'Alberto Nota dont elle est imitée
et tient bien sa place au répertoire à côté des
œuvres de nos comiques secondaires. Les rôles
de Danville, de Bonnard et même d'Hortense,
sont assez bien tracés; il y a des détails heureux
et des scènes à effet et le style en est facile,
coulant et spirituel. Le *Paria* est une ampli-

fication poétique de la *Chaumière indienne* de
Bernardin de Saint-Pierre, une thèse de philan-
thropie versifiée, une protestation dramatique à
la manière de Voltaire contre la tyrannie des
castes. Le plan n'est pas très-solidement tracé;
le dénouement est vicieux; on remarque quelque
exagération dans les idées : la théogonie et les
mœurs indiennes, si peu connues alors et même
encore maintenant, y sont quelquefois passablement défigurées. Mais une diction élégante et
harmonieuse, de brillantes images, des chœurs
lyriques qui ont le rare mérite de rappeler ceux
d'*Esther* et d'*Athalie*, font du *Paria* une œuvre
d'art, de conscience et de valeur, qui peut donner
la mesure exacte et complète du talent et de
l'inspiration de Delavigne et qu'il n'a jamais
surpassée depuis. Ses *Comédiens* et sa *Princesse Aurélie* ont beaucoup moins réussi : le vers
y est rapide et aisé, mais l'ensemble y manque
d'intérêt. Là se placent l'entrée de Delavigne à
l'Académie, son voyage en Italie, ses secondes
Messéniennes, moins populaires que les premières et souvent plus énergiques. C'était l'époque de transition et de lutte, où les contrefaçons
du système classique devenaient de plus en plus

pâles, où l'aurore du romantisme se levait à travers bien des nuages : c'est la date de *Marino Faliero*. Entre cette pièce et le *Paria*, huit ans se sont écoulés : celui qui promettait d'être un grand poète ne sera plus désormais qu'un habile écrivain. Soit que sa veine fût épuisée, soit qu'il n'eût pas le caractère assez fort pour lutter contre l'invasion des idées nouvelles, il ne travailla plus que pour conserver et caresser cette popularité que lui avaient acquise, dans l'ode ou au théâtre, ses succès autant politiques que littéraires ; et, comme le vent de la popularité soufflait déjà d'un autre côté, il abandonna brusquement, en tragédie, les traces de Chénier, en comédie, celles de Gresset et, pactisant avec l'insurrection triomphante, il marcha, comme Mahomet vers la montagne, vers ce public qui eût cessé de venir à lui. De là son *Marino*, librement traduit d'après un des chefs-d'œuvre de Byron, pièce toute moderne de sujet et de couleur, remplie de bruit et de spectacle, avec un décor à chaque acte, un bal masqué, une conspiration, des chants de gondolier et la décapitation d'un doge, jouée sur un théâtre des boulevards et ne conservant plus guère du

genre classique que les tirades et les sentences.
On y regrette la douce et mélancolique figure
de l'Angiolina de Byron, remplacée par cette
Elena, coquette et adultère, comme les héroïnes
bourgeoises de Scribe. On sourit aujourd'hui
en retrouvant ces instincts de carbonarisme et
d'opposition constitutionnelle éclatant à chaque
harangue de ce Faliero, prince à Rhodes, général à Zara, doge à Venise, et qui, pour ne pas
descendre, se fait citoyen. Mais ces défauts
mêmes contribuaient au succès; et, si le rôle
principal n'est pas trop conforme aux données
de l'histoire vénitienne et du drame anglais, les
spectateurs, qui savaient à quoi s'en tenir sur
ces anachronismes calculés, les amnistiaient par
leurs bravos.

Cependant trois ans se passent; la révolution
de 1830 a eu lieu : le romantisme règne en conquérant ou plutôt en despote; le public est plus
avancé ou, si l'on veut, plus perverti ; la hardiesse de Delavigne s'est accrue à proportion : il
donne *Louis XI*. Une châsse et des reliques
qu'on porte dans une procession, des chants et
des danses de paysans, les amourettes de deux
enfants, les personnages de Tristan, Olivier et

Coictier, qui touchent au bas comique, l'arrivée
du moine et une scène de confession : voilà autant. d'épisodes que le goût moderne peut
admettre, mais qui eussent scandalisé Voltaire
ou Crébillon, tout amateurs de réforme qu'ils
étaient. Le rôle de Louis XI, amoindri par une
foule de petits détails, grossi d'emprunts faits à
Comines, Étienne Pasquier, Duclos, Mercier,
Walter Scott et Mély-Janin, voire même Shakespeare pour la scène avec Nemours qui rappelle
Hamlet, reste souvent au-dessous de la réalité
traditionnelle et semble parfois une contre-
épreuve du *Malade imaginaire*. Mais la pièce,
en manquant de largeur et d'unité, offre un ensemble amusant et renferme plus d'un trait
énergique, plus d'une idée ingénieuse, plus d'une
tirade élégante. Bientôt vint un autre croquis
historique détaché de cette immense et magnifique galerie de tableaux qui s'appelle le *Richard
III*, de Shakespeare : il s'agit des *Enfants
d'Eouard*, sujet intéressant pour les masses,
mais traité avec une laborieuse chaleur, non
sans anachronismes de pensées et sans invraisemblances de situation. Les unités classiques de
temps et de lieu y sont encore rejetées ; le style

s'y brise ou s'y enchaîne brusquement, selon
la fantaisie de l'auteur, par un mécanisme subtil et tout à fait artificiel : le plaisant s'y mêle
tout à coup au sérieux et vient quelquefois à
contre-temps. Les rôles des deux enfants,
Edouard V et Richard d'Yorck, sont gracieux et
faits pour être joués par des femmes ; celui de
Tyrrel est assez original, et ses développements
en appartiennent à Delavigne : mais le duc de
Glocester qui, dans le drame anglais, est tour à
tour si rusé, si pervers, si héroïquement infor-
tuné, n'est plus, dans la tragédie française, qu'une
espèce d'ogre mal bâti, qui roule de gros yeux,
agite de grands bras et débite des bons mots.
Don Juan d'Autriche, à part l'abus trop fréquent
d'un dialogue coupé en pointes et en antithèses,
à part les inventions d'une fable trop romanesque et la vérité des caractères violée çà et là dans
les personnages de Philippe II et de son frère,
est une comédie d'intrigue divertissante, quoiqu'un peu longue, jetée dans le moule élargi de
Figaro et de *Pinto*. Seulement le dieu de la
machine qui mène tout cet imbroglio, n'est
plus ici un valet du comte Almaviva, ni même
un secrétaire du duc de Bragance, mais l'empe-

reur Charles-Quint en personne qui entre au
couvent et en ressort selon les besoins de l'action. La *Popularité* n'est qu'un pamphlet amer
en style fleuri, une satire politique officiellement commandée et d'une froideur extrême : par
la répugnance et l'ennui qu'elle inspire, Delavigne a dû voir que sa main était trop débile
pour manier le fouet de la satire politique. Quant
à *une Famille au temps de Luther*, c'est une
tragédie en un acte et sans amour, très-verbeuse
et très-sombre ; elle est imitée de· Werner : le
dénouement en est odieux et n'est pas sauvé par
l'intérêt des détails. Abstraction faite de l'opéra
de *Charles VI*, du *Conseiller rapporteur*,
esquisse burlesque à la façon de Regnard, et
d'une tragédie de *Mélusine*, restée incomplète
dans ses papiers, le dernier ouvrage de Delavigne fut la *Fille du Cid* qui a eu peu de retentissement.

C'est un pastiche plus ou moins adroit d'a-
près Corneille, plein de réminiscences du *romancero* espagnol, avec un peu de l'énergie du premier et beaucoup de la naïveté du second. L'idée
de refaire le *Cid* et de montrer vieux et timoré le
jeune et brillant Rodrigue était plus imprudente

qu'heureuse; et, d'ailleurs, qui comprend le *Cid*
sans Chimène? Or, Chimène, si fière et si impé-
tueuse, mais si plaintive et si tendre, qui met si
haut son honneur, mais qui oublie tout bas son
honneur pour son amour, ne revit guère dans sa
fille, la belle et superbe Elvire, *virago* taillée sur
le patron des Emilies et des Cornélies, comme
Ben-Saïd est calqué sur le comte de Gormas,
comme Phanès de Minaya est imité du vieil
Horace. C'est, en somme, un singulier ouvrage.
Il y a de belles scènes qui n'émeuvent pas; tous
les personnages sont chevaleresques sans beaucoup d'enthousiasme : le sujet, après tout, a de
la grandeur, abonde en vigoureux contrastes et
présente des caractères bien tracés, par cela
même qu'ils sont puisés aux meilleures sources.
Mais l'action est si lente, si faible et si vide que
d'une foule de détails agréables il en résulte un
ensemble lourd et fastidieux, destiné à repousser les lecteurs sévères et surtout les spectateurs
impatients. La versification en est l'élément le
plus estimable ; non pas qu'on n'y retrouve des
traces de cette forme heurtée et saccadée qui se
rattache péniblement comme par des charnières
d'acier, des maximes à la Voltaire et des péri-

phrases à la Delille qui font disparate avec le
ton, tantôt cornélien, tantôt romantique de
l'œuvre : mais la sensibilité et la familiarité y
percent de temps en temps en lueurs nettes et
douces, plutôt que vives, qui éclairent sans
échauffer. Delavigne a successivement imité
Racine et Voltaire, Shakespeare et Byron, Destouches et Beaumarchais ; il ne lui a manqué
que d'être lui-même : correct et élégant, instruit
et laborieux, hardi par réflexion, spirituel par
nature, il a fait en conscience de nombreuses
tentatives dont la plupart ont réussi, et la postérité ne saurait oublier son nom.

Elle gardera aussi, tout en les discutant et
fût-ce pour les condamner, le souvenir de ces
talents moins purs et plus confus, mais plus
larges et plus nerveux qui marchaient à l'avant-
garde de l'école nouvelle : au premier rang,
Victor Hugo ; à côté de lui, Alexandre Dumas ;
bien au-dessous d'eux, Alfred de Vigny. Nous
n'avons ici à étudier dans Hugo ni les brillantes
inspirations, ni les défauts calculés du poète lyrique, ni l'imagination libre et fantasque du ro-
mancier, ni les vicissitudes politiques de l'orateur ;
il ne nous appartient que comme dramaturge ;

et, à ce titre, son influence, pour être maintenant détruite, n'en fut pas moins considérable sur l'esprit de ses contemporains. Après *Irtamène*, tragédie classique écrite en cachette au collége; après *Amy-Robsart*, mélodrame fait en collaboration et sifflé, il se révéla plus franchement dans *Cromwell*. C'est un drame, diffus comme un roman, avec une préface étudiée comme un livre. Le drame, amplement pourvu d'invraisemblances et de trivialités, démesurément long et, pour tout dire, injouable, offre une peinture, souvent chargée, mais réelle au fond, d'un des caractères les plus singuliers de l'histoire, accompagnée de hautes pensées et de beaux vers. Pour la préface, c'était le modèle de toutes celles qui devaient suivre, écrite avec force et avec éclat, pleine de bizarrerie et d'orgueil, digne d'examen par les doctrines qu'elle exposait. Là était en germe tout le théâtre d'Hugo, tel que nous l'avons connu depuis; là s'étalaient ces théories aventureuses ou fausses qu'il a pratiquées constamment avec une verve si inégale et une obstination si inflexible. Au milieu de beaucoup de paradoxes spécieux, il y prêchait l'usage des antithèses, la liberté dans le rhythme,

l'alliance du comique et du tragique, le mélange
du beau et du laid, en un mot toutes ces excep-
tions qu'il transformait en règles, toutes ces hypothèses qu'il érigeait en dogmes. Les contrastes,
qui l'ignore? sont des ressources fécondes pour
la poésie, comme d'ingénieux artifices de la rhétorique: ils sont communs dans la nature et
importants pour l'art. Corneille, avant Hugo, en
avait usé surabondamment et Hugo lui-même,
principalement dans ses odes et ses élégies, en
a tiré d'heureux effets. Mais il faut que l'antithèse réside dans les idées et dans les sentiments,
non pas dans les mots et dans les sons; et qui ne
voit que vouloir, avec ces beautés accidentelles,
constituer un système, et surtout un système
dramatique, c'est la plus puérile et la plus
étrange des tentations? Pour ce qui est de la
forme capricieuse et déréglée mise en honneur
par le Luther de ce protestantisme littéraire, par
le Mirabeau de cette révolution théâtrale, même
prétention, même erreur. Permis à tous d'as-
souplir le mètre trop rebelle, d'abaisser le dia-
pason trop élevé, de nuancer les couleurs trop
uniformes : mais il y a loin de là à morceler le
style au hasard, à couper violemment une pé-

riode en deux, en quatre, en dix parcelles, à
risquer des césures vicieuses ou des enjambe-
ments forcés, à matérialiser la poésie sans pourtant la populariser. Qui a écrit avec plus de nerf
que Corneille, avec plus de clarté que Racine,
avec plus de simplicité que Molière? Et cependant le *Cid*, *Athalie*, le *Misanthrope* n'ont ni
vers rompus, ni notes discordantes : les beaux
passages d'Hugo lui-même sont précisément
ceux qui mentent à sa théorie; toutes les fois
qu'il est grand et vrai, c'est sans y penser et
comme malgré lui. Vient ensuite l'union des
deux genres, de la tristesse et de la gaieté, union
si fréquente dans la nature, si curieuse chez
Shakespeare; mais, pour opérer cette union, il
faut une main aussi habile que puissante : il
faut la nature ou Shakespeare. En effet, quelle
vie, si pompeuse ou si mélancolique qu'elle soit,
ne comporte pas ses travers, ses ridicules, ses
échappées vulgaires et plaisantes? N'y a-t-il point,
au contraire, quelque chose de profondément
lamentable dans bien des joies et bien des folies? Mais il faut que l'esprit ne tranche pas
brutalement sur l'inspiration, que les saillies de
l'un ne paraissent que pour faire ressortir har-

monieusement les élans de l'autre, que le sourire n'éclate pas au milieu des pleurs comme
une grimace : il faut que le drame soit, à l'instar du monde réel, demi-sérieux, demi-plaisant,
mais non pas atroce d'un côté, bouffon de l'autre
et outré des deux parts. Quant à la dernière inno-
vation, celle du laid élevé à la hauteur du beau,
elle est contraire à toute observation, elle répugne
à tout sentiment, elle détruirait tout à fait l'art.
Le beau, cette splendeur du vrai et du bien,
selon l'expression platonicienne, est trop profondément imprimé dans le cœur de l'homme
pour qu'on puisse parvenir à y faire entrer jamais l'amour et l'admiration du laid. Sans doute,
la laideur physique ou morale se rencontre à
chaque pas dans l'univers ; sans doute, le poète
peut la peindre comme un objet d'horreur ou
même de pitié, et il peut y trouver matière à des
tableaux terribles ou touchants : l'Iago et le
Tartufe en sont de remarquables exemples. Mais
ce sont toujours là des accidents et non point des
règles : s'il convient de mélanger avec beaucoup
de goût le tragique et le comique, le beau et le
laid doivent également ne venir qu'en leur lieu
et garder leurs limites propres. Le Caliban de la

Tempête est un monstre ; mais il est du domaine
de la féeric : Richard III est bossu, disgracieux,
laid de corps et d'âme ; mais c'est un ambitieux
si adroit et, à la fin, un roi si brave et si malheureux que, loin de repousser, il intéresse. Si nous
avons consacré une analyse relativement bien
longue à une simple préface, c'est, nous le répétons, qu'elle résume toutes les qualités, tous les
vices et tous les caprices de la nature poétique
d'Hugo.

Que nous reste-t-il à dire de lui, sinon ce que
savent tous les lecteurs intelligents qui se rendent compte de leurs impressions, tous les critiques impartiaux qui jugent sans prévention
d'engouement ou d'hostilité ? Que l'antithèse des
mots et des pensées, des situations et des caractères, du sérieux et du plaisant, du beau et du
laid, compose perpétuellement le fond de tous ses
drames, et que leur forme, vive, brillante, énergique, serait souvent supérieure sans le lyrisme
excessif et déplacé du poète, sans l'incorrection
systématique du dramaturge. *Hernani*, malgré
beaucoup de longueurs et de singularités, respire
une naïveté, un enthousiasme et un charme que
l'auteur n'a jamais surpassés depuis : le héros

de la pièce a de l'énergie, Ruy-Gomez de la noblesse, dona Sol de la passion, don Carlos de la vivacité. *Marion Delorme* a du mouvement dans l'action, des traits heureux, des tirades fort poétiques. *Le Roi s'amuse* renferme des discours éloquents et des scènes dramatiques. *Ruy-Blas*, en dépit de l'exagération de la donnée première, contient un rôle amusant, des passages agréables et un dénouement à effet. *Esméralda* est un médiocre *libretto* d'opéra découpé dans un roman. *Lucrèce Borgia*, *Marie Tudor* et *Angelo* sont, au bout du compte, de purs mélodrames; mais l'intrigue, en général vulgaire, s'y relève quelquefois par des éclairs de force ou de sentiment. *Les Burgraves* n'ont pas réussi : Frédéric Barberousse échappant aux eaux glacées du Cydnus pour revenir écraser dans leurs forteresses féodales les tyranniques barons des bords du Rhin, ces trois générations successives de vieillards qui se donnent l'exemple et se font la leçon l'une à l'autre, cet amas de sombres horreurs où ne pénétrait pas assez la lumière, ont indisposé le public que quelques beaux vers n'ont pu désarmer. Terminons en disant que, s'il est toujours difficile et même souvent im-

possible de rattacher à la réalité et à la nature
ces nobles qui se font brigands, ces inconnus
mystérieux dont les fières duchesses deviennent
éprises, ces laquais qui soupirent pour des princesses, ces courtisanes idéales et ces bouffons
philosophes, cette Messaline italienne furieuse
de vertu maternelle, cette reine d'Angleterre
amoureuse du ciseleur Gilbert, ce podestat de
Padoue, mari ridicule et galant doucereux, entre
Catarina, adultère, mais honnête, et Tisbé,
comédienne et martyre, il faut rendre justice à
la verve et au talent dont le poète a eu besoin
pour faire accepter de pareils tours de force.
Bien qu'Hugo, comme Byron, fût né plutôt pour
la gloire lyrique que pour les triomphes du
théâtre, il aurait pu s'y avancer assez loin, sur
les pas de Corneille, sans la grande erreur de
son esprit, la manie des systèmes qu'il lui a plu
d'échafauder, et sans le défaut capital de son
caractère, l'orgueil qui l'a enfermé pour toujours dans cette voie funeste. Mais, quelque
grand qu'il soit, toutes les fois qu'il ne veut pas
sembler parfait, quoi qu'il pense de lui ou quoi
qu'il ait fait dire à sa louange, ce n'est pas un
maître, et il aurait eu bien des choses à appren-

dre, non seulement de Sophocle et de Racine,
mais encore de Molière et de Shakespeare.

Alexandre Dumas est plus facile à juger encore :
la complaisance naïve et tout enfantine avec
laquelle il pose et s'étale devant le public, en
buste, en pied et dans toutes les attitudes, auto-
rise la critique à lui parler et à parler de lui
sans réserve. L'abus déplorable, disons plus,
coupable, qu'il en a fait ne doit pas nous empêcher de reconnaître qu'il avait une des orga-
nisations les plus fortes, les plus fécondes, les
plus richement douées de ce temps-ci. Il a débuté par une suite de succès, et son immense
réputation s'est répandue rapidement dans tous
les coins du monde; puis ses échasses se sont
brisées tout-à-coup, il est tombé peu à peu du
trône dramatique où l'avaient élevé son talent et
son audace et, 'de chute en chute', il a roulé
jusqu'au fond de l'abîme de la médiocrité d'où
ses efforts opiniâtres ne peuvent plus le faire
sortir. Une vanité naïve, le goût du faste et
des plaisirs, le besoin de gagner beaucoup pour
dépenser sans cesse, la routine d'un labeur
presque mécanique et d'une production conti-
nuelle sans patience et sans réflexion; l'ha-

bitude d'employer des auxiliaires anonymes,
manœuvres secondaires qui lui fournissent des
matériaux, dégrossissent son ouvrage, travaillent
pour son compte à forfait et lui vendent des
idées au plus juste prix ; le mercantilisme, la
camaraderie et le charlatanisme : telles sont les
tristes causes qui arrachent depuis longtemps
des platitudes dialoguées et de puériles histo-
riettes à cette imagination souple et fertile, dont
les drames et les romans amusaient l'Europe
entière. Avec de grandes apparences d'originalité, il a fait de nombreux emprunts aux littératures étrangères. Il a eu autant de collaborateurs
que Scribe ; seulement, plus prudent que lui, il
ne les a jamais nommés ; mais la malignité, si
clairvoyante, a bien su les découvrir. Son coup
d'essai fut *Henri III et sa cour* qui eut une
grande vogue et qui la méritait en partie. Il y
avait dans cette esquisse historique un naturel
un peu forcé, une érudition factice, trop de mi-
nuties dans les détails et d'exagération dans le
style, mais beaucoup de mouvement et assez
d'intérêt. Tout ce qui y concerne le meurtre de
Saint-Mégrin et les mœurs de la cour d'Henri III
est pris mot à mot dans le journal de Pierre de

l'Estoile ; Walter Scott a inspiré la scène de violence du duc de Guise avec sa femme et c'est le page du *Don Carlos* de Schiller qui a servi de modèle au petit Arthur, type de ces personnages subalternes et dévoués qui s'appelleront plus tard Paula dans *Christine* et Paolo dans *Térésa*. *Charles VII chez ses grands vassaux* est une contrefaçon romantique de l'*Andromaque* de Racine, avec force enluminures dérobées aux *Grandes chroniques de l'Histoire de France* que le moine de Saint-Denis Chartier publia en 1476. *Christine* ou *Stockholm*, *Fontainebleau* et *Rome* forme une trilogie sur les premières années de la reine de Suède, sur son amour jaloux pour Monaldeschi et sur sa mort solitaire : une des meilleures scènes est puisée dans le *Comte d'Egmont* de Goëthe. L'*Alchimiste* est une imitation du *Fazio* de Milman. *Caligula* (avec Anicet Bourgeois) fut un essai de réaction vers l'antiquité mieux comprise ou, du moins, plus exactement reproduite : il était plus pittoresque que ceux de Lemercier et de Soumet : mais la couleur historique en était étudiée trop hâtivement et plusieurs caractères y étaient mal dessinés. Ces quatre pièces sont écrites en vers, parfois éner-

giques, souvent négligés. *Antony* (avec Emile
Souvestre), *Térésa* et *Angèle* (avec Anicet Bourgeois), offraient la peinture habile et chaleureuse, mais hasardée et fausse, des mœurs contemporaines. Ces femmes pliées en deux par la
passion, ces jeunes gens dévorés par la mélancolie et poursuivis par la fatalité, ces maris si-
nistres et implacables, peuvent çà et là se rencontrer dans la nature; mais on en coudoie
rarement dans les salons. Nos sentiments nous
laissent plus de résignation ou nos malheurs plus
d'insouciance. Les fils naturels et les adultères
ne manquent pas précisément parmi nous; mais
les uns ne vont pas tous jusqu'à l'assassinat et
les autres ont affaire beaucoup moins souvent
au poignard ou au poison qu'à la police correc-
tionnelle. L'anachronisme est par trop fort de
faire palpiter les passions brûlantes et fou-
gueuses du moyen-âge sous le frac et le corsage
modernes. *Napoléon* (avec Cordelier Delanoue),
Richard d'Arlington (avec Goubaux et Beudin),
Catherine Howard (avec Anicet Bourgeois),
Kean sont des pièces intriguées adroitement,
lestement menées et intéressantes malgré leurs
défauts. *Lorenzino* est imité du *Lorenzaccio*

d'A. de Musset, *Paul Jones* du *Pilote* de Cooper ;
la *Tour de Nesle* (avec Gaillardet), cette *Athalie*
des boulevards, est le modèle remarquable d'un
genre monstrueux, et son succès est resté inépuisable. Quant à *Don Juan de Marana*, tiré des
Ames du Purgatoire de Mérimée, c'est une sorte
de mystère du XV⁰ siècle enjolivé à l'usage du
nôtre. La poésie et la prose, l'esprit et le cœur,
la terre, le ciel et l'enfer y sont réunis ou plutôt
confondus avec plus de bizarrerie que de bonheur; le merveilleux n'y vaut pas tout-à-fait celui
de *Macbeth* ou de *Faust*. Il y a de tout dans ce
chaos dramatique, des auberges et des églises,
un hôpital et un palais, des nonnes et des courtisanes, un ange qui devient une folle, un séducteur qui se fait moine, des bals et des duels, des
coupes de poison et des coups de stylet à profusion ; il y a de tout, hors un drame. Dumas a
composé encore (avec Anicet Bourgeois et Delrieu) le *Mari de la veuve*, charmante bluette ;
(avec Cordelier Delanoue et Auguste Maquet)
Bathilde; (avec Dennery) *Halifax* ; (avec Gérard
de Nerval) *Piquillo* ; (avec Anicet Bourgeois) le
Fils de l'Emigré et la *Vénitienne;* (avec Wan-
derburch) *Sylvandire;* (avec Leuven et Bruns-

wick) *Mademoiselle de Belle-Isle* et les *Demoiselles de Saint-Cyr*, deux piquantes comédies qui
rappellent à la fois Beaumarchais et Marivaux,
le *Laird de Dumbikie* qui fut sifflé à outrance,
le *Mariage au tambour*, *Louise Bernard* et
Une conspiration sous le régent ; (avec Charles
Lafont) *Jarvis ;* (avec Souvestre) *Jaënnic le
Breton*. Son *Mariage sous Louis XV*, extrait
d'une nouvelle d'Alphonse Brot et non sans analogie avec le *Préjugé à la mode* de La Chaussée,
repose sur une donnée paradoxale que d'agréables détails n'ont pas fait suffisamment accepter.
Il a découpé ses *Frères corses*, son *Chevalier
de Maison-Rouge*, sa *Reine Margot* et son *Monte-
Christo* dans des romans que divers collaborateurs avaient écrits avec lui ou pour lui. Sauf
quatre petits actes ingénieux, *Romulus* (avec Regnier), le *Cachemire vert* (avec E. Nus), l'*Invi-
tation à la valse* et l'*Honneur est satisfait*,
tous les ouvrages qu'il accumule, depuis quelques années, sur les planches des diverses scènes, avec ou sans son nom, ont avorté miséra-
blement. Ce sont un *Catilina* d'après Salluste
et Cicéron, un *Hamlet* d'après Shakespeare, un
Oreste d'après Eschyle, le *Marbrier*, la *Cons-*

cience, le *Verrou de la Reine*, la *Tour Saint-Jacques*, les *Compagnons de Jéhu*. Enfin, après avoir longtemps excité, puis longtemps lassé la patience du public parisien, à bout de ressources, écarté de sa voie et marchant en aveugle, il songe, dit-on, malgré ses cinquante ans, à faire, la plume à la main, son tour de France, et on a parlé en souriant d'un drame des *Forestiers*, dont un théâtre de province lui a demandé les prémices. Il n'avait jamais été ni un artiste sérieux, ni un véritable poète, encore moins un philosophe moraliste ; mais sa merveilleuse facilité, son esprit vif et enjoué, son imagination ardente suppléaient chez lui au style, au sentiment et au bon goût : il ne lui manquait plus, après tant de spéculations littéraires, qu'à devenir commis-voyageur en nouveautés dramatiques et qu'à travailler sur commande pour l'exportation.

Hugo et Dumas étaient les chefs avoués du romantisme ; les disciples ne manquèrent pas : il y en eut de tout âge, il en vint de tous côtés : à un certain moment, de Vigny fut un des principaux. Il n'avait ni la force et l'éclat d'Hugo, ni l'adresse et la vivacité de Dumas ;

son bagage dramatique fut, d'ailleurs, assez mince. Il se compose d'un proverbe élégant, *Quitte pour la peur*, d'un *Marchand de Venise* fidèlement calqué sur le *Shylock* de Shakespeare, d'un *Othello* plus exact que celui de Ducis, d'une *Maréchale d'Ancre*, où il n'y a ni intérêt ni profondeur, mais beaucoup de détails historiques, une diction pure et quelques scènes bien faites; enfin de l'élégie théâtrale de *Chatterton*. Le héros de cette dernière pièce a perdu son caractère réel et peu séduisant pour en prendre un idéalisé et embelli au point de devenir un type de convention, symbolisant les aspirations ambitieuses, les tortures secrètes, la sublime pauvreté et la mort tragique des poètes méconnus et incompris. Le dialogue y vise à la poésie et la tirade y dégénère en dithyrambe; mais quelques situations touchantes, une intention morale, des élans d'enthousiasme, un dénouement à effet, la pâle et gracieuse figure de Kitty Bell assurent une place assez honorable à ce drame, qu'on vient de reprendre, mais qui a bien vieilli. Les auteurs de *Notre-Dame de Paris*, des *Impressions de voyage* et de *Cinq-Mars* ne sont pas es seuls romanciers qui aient voulu utiliser au théâtre leur connaissance plus ou moins approfondie du cœur humain. Frédéric Soulié a donné deux tragédies médiocres, *Roméo et Juliette* et *Christine*, et plusieurs drames applaudis, entre autres *Clotilde* (avec Bossange); le *Proscrit*, *Diane de Chivry*, l'*Ouvrier*, les *Amants de Murcie*, la *Closerie des genêts*. Eugène Sue a converti en pièces quatre de ses romans : *Latréaumont*, *Mathilde*, les *Mystères de Paris* et le *Juif-Errant*. Balzac qui, dans sa *Comédie humaine*, a dépensé tant d'esprit et de gaîté, tant d'énergie et d'observation, aurait régné, sans doute, sur notre scène, s'il l'avait abordée plus tôt ou si la mort ne l'avait pas arrêté si vite. Ses parodies de *Quinola* et de *Vautrin*, son mélodrame de *Paméla Giraud*, même sa vigoureuse ébauche de *Mercadet* ne sauraient donner une idée de ce qu'il eût pu faire en ce genre.

Ce génie viril au cœur de femme, cet *androgyne* moral et littéraire que la postérité, comme notre siècle, connaîtra sous le célèbre pseudonyme de Georges Sand, s'est tourné également vers l'art dramatique, beaucoup plus par caprice ou par système que par goût et par vocation. *Gabriel*, les *Sept cordes de la lyre*, les *Missis-*

sipiens, n'ont pas été faits pour la représentation ; *Cosima, Molière, Claudie, François le Champi, Comme il vous plaira, Maître Favilla* sont des drames très-froids ; les *Vacances de Pandolphe*, le *Pressoir*, le *Démon du Foyer*, même le *Mariage de Victorine*, sont d'assez faibles comédies : la gloire de l'auteur ne sera point là. On doit à Léon Gozlan : la *Main droite et la Main gauche*, *Notre-Dame des Neiges*, *Une Tempête dans un verre d'eau*, la *Fin du Roman*, le *Gâteau des Reines*, la *Famille Lambert*, le *Bout de l'Oreille ;* à Souvestre: *Riche et Pauvre*, l'*Interdiction*, l'*Orage*, le *Précepteur ;* à d'Epagny, les *Malcontents* et *Charles III ;* à Fontan, *Jeanne la Folle* et *Perkins Warbeck ;* à Paul Foucher, *Sébastien de Portugal* ; à Lockroy, *Une Aventure sous Charles IX, Périnet Leclerc*, l'*Impératrice et la Juive* et *Un Duel sous Richelieu* (avec Badon); à Léon Halevy, le *Czar Démétrius ;* à Cordelier Delanoue, *Mathieu Luc ;* à Goubaux, le *Joueur ;* à Rougemont, la *Duchesse de Lavaubalière ;* à Victor Escousse et à Lebras, qui se suicidèrent si jeunes, *Farruch le Maure ;* à Arnould et Fournier, l'*Homme au masque de fer ;* à Bayard, la *Chambre ardente ;*

à Duveyrier, la *Berline de l'émigré*; à Scribe, *Dix ans de la vie d'une femme.* Hippolyte Romand a réussi avec le *Bourgeois de Gand*, assez vigoureux de couleur et de style et dont le principal caractère était hardiment tracé : sa *Catherine II* et son *Dernier Marquis* sont bien inférieurs. Toutes les pièces de Félix **Pyat** (*Une Conspiration d'autrefois*, le *Brigand et le Philosophe*, le *Chiffonnier*, *Diogène*, les *Deux Serruriers*, *Cédric le Saxon*), recèlent une arrière-pensée politique ou philosophique qui ne les rend ni meilleures ni plus attrayantes. Toutes celles d'Adolphe Dumas, la *Fin de la Comédie*, non jouée; le *Camp des Croisés*, *Mademoiselle de la Vallière*, l'*École des Familles*, pèchent par une affectation de mysticisme, une versification incorrecte et des bizarreries nombreuses. Charles Lafont a fait avec la *Famille Moronval* et le *Chef-d'œuvre inconnu* deux heureuses tentatives qu'il n'a renouvelées que faiblement dans *François Jaffier*, *Ivan de Russie*, le *Cas de conscience*, *Un Changement de main* et le *Dernier Crispin.* Félicien Mallefille n'a pas non plus soutenu, dans les *Enfants blancs*, le *Paysan des Alpes*, *Tiégault le loup*, la *Nou-*

velle *Psyché*, le *Cœur et la Dot*, les *Mères re-
penties*, les espérances qu'avaient fait concevoir
ses *Sept Infants de Lara*, tirés du *romancero*
espagnol. Rosier, copiste industrieux de Beaumarchais, calqua à la loupe les moindres rides et
les moindres taches de son modèle et les reproduisit, tantôt dans des drames (le *Manoir de
Montlouviers*, *Zacharie*, *Monsieur de Mont-
gaillard*, *Charles IX*), tantôt dans des comédies
(la *Mort de Figaro*, le *Mari de ma Femme*, le
Procès criminel, *Mademoiselle de Montmo-
rency*). Bouchardy fit école aux boulevards avec
ses drames incommensurables et inextricables,
si chargés de détails, si compliqués d'intrigues,
si turbulents d'action; mais tout a son temps,
même les surprises de la curiosité, et *Longue-
épée le Normand*, *Christophe le Suédois*, *Paris le bohémien* et *Jean le cocher* n'ont pas
trouvé la vogue étonnante qui avait accueilli
leurs ainés, *Gaspardo le pêcheur*, le *Sonneur de
Saint-Paul* et *Lazare le pâtre*. Ajoutons à cette
nomenclature déjà si étendue : *Philippe III* d'Au-
drand, *Gusman le brave* par Méry, *Guerrero*,
Louise de Lignerolles et *Médée* par Legouvé
fils ; *Léo Burckhart* et le *Chariot d'enfant* par

Gérard de Nerval ; *Jean sans Peur* par Galope-
d'Onquaire et Pitre-Chevalier ; *Une Aventure
suédoise*, le *Tisserand de Ségovie* et *Médée* par
Hippolyte Lucas ; le *Vieux Consul* par Ponroy ;
le *Benvenuto Cellini* de Paul Meurice , son
Antigone avec Vacquerie. Pour arriver à nos
dernières années, il ne nous reste plus à mentionner, dans le genre sérieux, que cette myriade
de mélodrames, dénués trop souvent de goût et
de style , mais remplis d'action et quelquefois
d'intérêt : Victor Ducange , Pixérécourt , Cai-
gnez, Antier, Antony Béraud, Anicet Bourgeois,
Michel Masson , Charles Desnoyers, Dennery,
Paul Féval, Dugué, Granger, ont été tour à tour
les coryphées de cette école populaire.

Nous faisons un pas en arrière pour retrouver
la trace d'un grand nombre d'œuvres comiques,
contemporaines des pièces précédentes. Depuis
le commencement de la Restauration, nous si-
gnalerons, par exemple, l'*Assemblée de famille*,
par Ribouté ; le *Secret du mari*, par Creuzé
de Lesser ; le *Roman* et le *Folliculaire*, par
Delaville ; l'*Esprit de parti* , l'*Irrésolu* et les
Deux candidats, par Onésime Leroy ; l'*Homme
gris*, par d'Aubigny et Poujol ; l'*Habit du che-*

valier de Gramont, le *Marquis de Pome-nars* et la *Duchesse de Châteauroux*, par Mme Sophie Gay; le *Mari et l'Amant*, par Vial; *Luxe et indigence*, par d'Epagny; la *Suite d'un bal masqué* et *Faute de s'entendre*, par Mme de Bawr; l'*Homme du monde*, par Ancelot; *Un tour de faveur*, par Emile Deschamps; la *Reine d'Espagne*, ouvrage très-libre, par Henri de la Touche. Mazères a composé (avec Picard), l'*Enfant trouvé*, *Héritage et Mariage*, les *Trois Quartiers*, le *Bon garçon*; (avec Scribe) le *Charlatanisme*; (avec Empis) la *Dame et la Demoiselle*, *Une liaison*, la *Mère et la Fille*, *Un changement de ministère*; (avec Ancelot) l'*Espion; tout seul*, *Chacun de son côté*, le *Jeune mari*, le *Collier de perles*, la *Niaise* et l'*Amitié des femmes* : plusieurs de ces ouvrages ont eu un grand succès. Empis, seul, a, pour sa part, fait jouer *Julie*, *Lord Novart* et *Un jeune ménage*. Casimir Bonjour donna la *Mère rivale*, les *Deux cousines*, l'*Argent*, l'*Héritage*; Viennet, les *Serments*; Liadières, les *Bâtons flottants;* Mme Ancelot, *Marie*, *Isabelle* et le *Château de ma nièce;* Bayard, *Guillaume et Marianne*, *Un ménage parisien* et l'amusant *imbroglio* du

Mari à la campagne; Mélesville et Duvcyrier,
la *Marquise de Senneterre,* Soumet le *Chêne du
roi.* A part ses opéras et ses opéras-comiques si
adroitement disposés pour la musique, à part ses
nombreux et charmants vaudevilles qui firent
sa fortune et sa réputation, Scribe a fait dans la
haute comédie une vingtaine d'excursions, dont
quelques-unes furent insignifiantes, mais dont
plusieurs ont eu une valeur réelle et un grand
succès. *Valérie* (avec Mélesville) est une pièce
assez intéressante ; le *Mariage d'argent,* la
Passion secrète, la *Calomnie, Une chaîne,* le
Mari qui trompe sa femme, surtout la *Camaraderie,* sont des tableaux de mœurs encore
plus amusants que vrais. *Bertrand et Raton,*
le *Verre d'eau,* l'*Ambitieux,* touchaient à la
politique. Les *Indépendants,* les *Inconsolables,*
le *Puff, Japhet à la recherche de son père,* le
Fils de Cromwell, la *Czarine, Mon étoile,* ont
moins réussi. De moitié avec Legouvé fils,
Scribe a composé *Adrienne Lecouvreur,* pour la
rare tragédienne que la France vient de perdre,
les *Contes de la reine de Navarre* et *Bataille
de Dames.* Bien que son opulence, son âge et
tant de victoires obtenues pussent et dussent

même lui conseiller le repos, naguère encore
il vient de faire jouer deux pièces nouvelles,
feu Lionel et les *Doigts de fée*, dont la réussite
a été peu éclatante. Par un de ces retours de
l'opinion, si naturels à l'esprit humain et spécialement au caractère français, Scribe, qui,
pendant quarante ans, a tenu constamment le
public attentif et charmé, commence à être
moins compris et moins goûté par la génération
actuelle. On lui reproche l'abus perpétuel des
mêmes artifices et des mêmes ressorts dramatiques, une sorte d'ironie froide et de pessimisme
dédaigneux qui lui fait toujours voir le côté
mesquin et laid des choses, un peu de banalité dans la plaisanterie, beaucoup de négligence et d'incorrection dans le style, la peinture
factice d'une société de convention avec ses
galants colonels, ses banquiers fastueux, ses
coquettes ingénues et ses amoureux million-
naires. Mais, après tout, l'homme qui, durant
près d'un demi-siècle, a diverti tant de milliers
de spectateurs, et qui, pour quelques défaites
subies, a mérité tant de triomphes, ne saurait
être un auteur médiocre. Sa finesse, son enjouement, son habileté scénique sont incontes-

tables : s'il a eu de nombreux collaborateurs, il
ne les a jamais désavoués ni amoindris, et sa
place est marquée, dans l'histoire de l'art, au-
dessus de Picard et d'Alexandre Duval, à côté de
Dancourt et de Dufresny, entre Beaumarchais
et Marivaux. On a remarqué que la plupart des
écrivains distingués en tout genre se sont sen-
tis tôt ou tard attirés vers le théâtre, sauf à
n'y faire que des apparitions courtes et malheu-
reuses. Nous avons vu Balzac, George Sand,
Soulié, Gozlan, s'y essayer tant bien que mal.
Benjamin Constant avait traduit le *Wallenstein*
de Schiller ; Châteaubriand fit une tragédie médiocre de *Moïse;* Béranger avait ébauché les
Hermaphrodites, comédie aristophanesque ; Jules Sandeau fut applaudi avec *Mademoiselle de
la Seiglière* ; il n'est pas jusqu'à Lamartine, né,
quoiqu'il en dise, beaucoup plus pour la rêverie
que pour l'action, qui n'ait commencé un *Saul*
et donné un *Toussaint l'Ouverture.* De même,
Alfred de Musset, ce conteur ingénieux, ce poète
tour à tour si léger et si mélancolique, a vu mettre en scène des proverbes piquants extraits de
ses livres : le *Caprice,* le *Chandelier, Il ne faut
jurer de rien, Il faut qu'une porte soit ouverte*

ou fermée. De même aussi Mme de Girardin, versificateur agréable et nouvelliste spirituel, en outre de ses deux tragédies de *Judith* et de *Cléopâtre*, écrivit l'*Ecole des journalistes*, *Lady Tartufe*, la *Joie fait peur*, *C'est la faute du mari*, le *Chapeau d'un horloger*, *Une Femme qui n'aime pas son mari*, esquisses plus ou moins nettement dessinées. Samson, acteur froid, mais intelligent, professeur expérimenté, fit jouer quatre pièces estimables, la *Belle-mère et le gendre*, le *Veuvage*, les *Trois Crispins* et la *Dot de ma fille*. Citons encore : le *Voyage à Pontoise* et le *Bourgeois grand seigneur*, par Alphonse Royer et Gustave Vaëz; quatre ouvrages d'Hippolyte Lucas, la *Double épreuve*, la *Champmeslé*, les *Nuées*, arrangées d'après Aristophane, l'*Hameçon de Phénice*, imité de Lope de Véga; le *Sage et le Fou*, le *Paquebot*, l'*Univers et la Maison*, *Aimons notre prochain*, par Méry; l'*Ecole du monde*, par Walewski; la *Jeunesse de Goëthe*, par Mme L. Colet-Révoil, plus connue par ses succès poétiques à l'Institut; le *Ménestrel*, par Camille Bernay, qui donnait des espérances arrêtées par une fin prématurée; la *Course au clocher*, par Félix Arvers, qui mou-

rut jeune également; les *Trois Chapeaux* et la
Saint-Hubert, par A. de Longpré; la *Femme de
quarante ans*, par Galope d'Onquaire; les *Philanthropes*, par de Courcy et Th. Muret; *Par
droit de conquête*, de Legouvé fils; les *Droits
de l'Homme*, par Jules de Prémaray; l'*Ecole
des jeunes filles*, par Mme Mélanie Waldor;
diverses comédies de Mmes Anaïs Ségalas et
Achille Comte, de Bert, Rougemont, Merle,
Brazier, Dumersan, Lesguillon, et les innombrables vaudevilles de Bayard, Mélesville, Dumanoir, Dupin, de Courcy, Saintine, Michel Masson, Lockroy, Rosier, Varin, Clairville et autres
gens d'esprit et d'expérience qui, à divers degrés,
ont montré de la gaîté, de la verve et du talent.

Tous les écrivains que nous venons de passer
en revue ont achevé ou fort avancé leur carrière;
presque tous ont suivi, dans le drame, les traditions d'Hugo; dans la comédie, les traces de
Scribe. Pour conduire jusqu'à l'heure même où
nous le publions ce tableau très-sommaire et très-rapide, mais exact et complet, de la littérature
dramatique de notre époque, il ne nous reste plus
qu'à classer à leur rang les auteurs, jeunes encore,
qui, depuis quelques années, sont arrivés à une

popularité plus bruyante peut-être que durable
et où les caprices de la mode ont nécessairement
leur part : il faut, sans nul doute, placer à leur
tête Ponsard, Augier et Alexandre Dumas fils.
On ne saurait contester que les débuts de Ponsard n'aient été singulièrement favorisés par les
circonstances extérieures. Les excès d'imagination et les intempérances de langage qui avaient
perdu l'école romantique, la défaveur où venaient
de tomber les *Burgraves* d'Hugo, l'avènement
sur le trône de la tragédie d'une jeune fille qui,
avant de disparaître brusquement dans sa gloire,
devait régner, pendant quinze ans, sur notre
première scène et y évoquer les ombres de nos
génies classiques, le concours d'amitiés aussi
ardentes que désintéressées, tout contribua au
retentissement du premier succès de ce modeste
avocat de province, qui allait être salué par la
capitale comme un de nos plus grands poètes. Il
dut être lui-même aussi surpris qu'enchanté
d'une illustration si éclatante et si soudaine ; il
put s'en inquiéter pour l'avenir : comment res-
terait-il à la hauteur du triomphe qu'on avait
improvisé pour lui ? *Lucrèce* fut portée aux nues :
malgré un plan un peu décousu, malgré une

diction inégale et bigarrée d'emprunts faits à
Corneille, à André Chénier et aux dramaturges
modernes, malgré un mélange de familiarité et
de noblesse beaucoup plus voisin du système
shakespearien que de la forme *racinienne*, ce
sujet traité tant de fois, cette page de Tite-Live,
dialoguée mot à mot, cette minutieuse reproduction des mœurs intimes et réelles des Romains qu'avaient déjà tentée, chez les Anglais,
Shakespeare et Shéridan Knowles, chez nous,
Soumet et Dumas lui-même, charmèrent un
public lassé d'émotions, avide de changements
et disposé à applaudir, comme autant de nouveautés et de merveilles, bien des choses que,
vingt ans plus tôt, il eût trouvées froides et
surannées. *Agnès de Méranie*, sans être très-
inférieure à *Lucrèce*, expia la vogue extraordinaire de celle-ci par une chute trop sévère.
Molière à Vienne était une pièce de circonstance, *Horace et Lydie* un léger croquis d'après
l'antique, *Ulysse* un médiocre *pastiche* d'Homère. *Charlotte Corday* est une des meilleures
inspirations de l'auteur et pourtant elle n'a pas
été suffisamment appréciée : l'action en est lâche
et l'intérêt faible; mais il y a des passages poéti-

ques, des caractères vigoureux, et une fort belle
scène qui rappelle Corneille, celle du triumvirat
entre Robespierre, Marat et Danton. Les deux
dernières comédies de Ponsard, l'*Honneur et
l'Argent* et la *Bourse* reposent sur une donnée
actuelle et morale, mais banale déjà et exploitée
avec trop peu de largeur; en outre de l'intention qui en est irréprochable, on y signale quelques rôles brillants et des tirades à effet. Un des
compatriotes de Ponsard, Emile Augier, n'a
pas débuté avec moins de bonheur; sa *Ciguë*
était une bluette renouvelée des Grecs, où le
comique n'était pas toujours d'un goût bien
pur, mais où abondaient les vers gracieux et
spirituels. L'*Aventurière* et le *Mariage d'Olympe*, qui n'ont pas réussi, renfermaient, l'une,
des morceaux versifiés avec art, l'autre, des
situations énergiques. Le *Joueur de flûte* et le
drame de *Diane* sont d'une poésie facile, mais
négligée. Celle de *Philiberte* est très-pâle, celle
de l'opéra de *Sapho* plus brillante, celle de
Gabrielle, en général, élégante et ferme.
L'*Homme de bien*, l'*Habit vert*, la *Chasse au
roman*, *Ceinture dorée*, les *Méprises de l'A-
mour*, la *Pierre de touche*, ont passé sans lais-

ser de vestiges. Le *Gendre de Monsieur Poirier*
est un tableau de mœurs vif, plaisant et vrai :
la dernière comédie d'Augier, en cinq actes et en
vers, la *Jeunesse*, nous permet de louer la moralité de l'intention, la simplicité de l'intrigue et
une poésie quelquefois ferme et colorée. Quant
à Alexandre Dumas fils, il avait à porter le far-
deau d'un nom que le talent, les succès et aussi
les bizarreries de son père avaient dès longtemps
popularisé : il a réussi autant que lui, en s'y
prenant tout autrement. Chez lui, ni rêverie, ni
extase, aucune tendance à l'idéal, l'horreur de
l'exagération, une grande prétention à la réalité
ou, pour parler le jargon du moment, au *réa-
lisme*, la peinture d'une classe équivoque de la
société provoquant au moins autant la curiosité
que l'indignation des honnêtes gens, une action
rapide, un dialogue animé tour à tour par d'a-
gréables anecdotes, des paradoxes spécieux et de
mordantes épigrammes, une gaîté un peu forcée,
un esprit laborieusement cherché et des saillies
combinées à loisir : tels sont les caractères de ce
talent naissant, qui a déjà donné beaucoup et
qui promet plus encore. La *Dame aux Camélias*
est un drame touchant, le *Demi-monde* est une

satire vive et amère : ces deux pièces ont été
représentées un nombre considérable de fois.
Diane de Lys et la *Question d'argent*, qui sont
loin d'être sans mérite, n'ont eu qu'une réussite
contestée. Le *Fils naturel*, qu'il vient de faire
paraître, offre des traits d'esprit et un dialogue
habile avec beaucoup de froideur. Latour de
Saint-Ybars s'est traîné à la remorque de Ponsard; son *Vallia*, son *Tribun de Palerme*, son
Vieux de la Montagne, ont eu quelques soirées
honorables ; malgré Mlle Rachel, sa *Rosemonde*
n'a obtenu que deux représentations ; grâce à
elle, sa *Virginie* a été souvent jouée. Mention-
nons pareillement la *Chute de Séjan*, *Richard
III*, les *Noces vénitiennes*, le *Fils de la Nuit*,
par Victor Séjour; *Karel Dujardin*, *Damon et
Pythias*, la *Malaria*, le *Tasse à Sorrente*, par
de Belloy; la *Vie de Bohême* et le *Bonhomme
Jadis*, par H. Murger; la *Fille d'Eschyle*, par
Autran ; le *Testament de César*, par Jules
Lacroix; *Valéria*, par le même et A. Maquet ;
une *Sapho* de Philoxène Boyer et une de Paul
Juillerat; le *Pour et le Contre*, la *Crise*, le
Village, la *Fée*, *Péril en la demeure* et *Dalila*,
par Octave Feuillet; *Echec et Mat*, par celui-ci

et Paul Bocage; *Un poète* et *André Chénier*,
par Jules Barbier. Enfin trois pièces d'E. Serret,
(les *Familles, Que dira le monde? Un mauvais
riche)*; cinq d'Edouard Foussier (*Héraclite et
Démocrite,* les *Jeux innocents, Une journée
d'Agrippa,* le *Temps perdu* et les *Lionnes pauvres*); l'*Ecole des Agneaux* et les *Femmes terribles,* par Dumanoir; le *Falstaff,* de P. Meurice
et Vaquerie; l'*Eunuque de Térence* et *Scara-
mouche et Pascariel,* par Michel Carré; *Un
Jeune homme,* le *Baron Lafleur,* les *Ennemis
de la maison,* le *Fruit défendu,* par Camille
Doucet; les *Frais de la guerre* et la *Maîtresse
du mari,* par Léon Guillard; le *Chemin de
Corinthe,* par Armand Barthet, et son *Moineau
de Lesbie,* dont une grande actrice et surtout un
charmant costume ont fait le succès; la *Joconde,*
par Regnier et Paul Foucher; deux drames de
L. Bouilhet, *Madame de Montarcy* et la *Fille
naturelle* ; deux autres de Mario Uchard, *Fiam-
mina* et le *Retour du mari;* les *Filles de Marbre,* les *Faux bons-hommes* et les *Fausses
bonnes femmes ,* de Th. Barrière; la *Florentine,* de Ch. Edmond; *Struensée,* d'Ed. Meyer;
un *Chénier,* par Dallière : des essais du genre

sérieux, par Beauvalet, Duhomme, Sauvage, Octave Lacroix, E. et H. Crémieux et plusieurs autres ; des esquisses légères par Roger de Beauvoir, Arsène Houssaye, Decourcelles, L. Thiboust, Stadler, Cottinet, Sardou, Jaime fils, Langlé fils, de Courcy fils, Lacretelle fils, etc., complètent le bilan rigoureusement exposé du théâtre contemporain, bilan suspect et sujet à examen, mêlé de chutes et de succès et que la génération la plus prochaine n'acceptera certainement que sous bénéfice d'inventaire.

CONCLUSION.

—

Nous voici enfin arrivé au terme de la tâche
que nous nous étions imposée et pour laquelle
nous avons eu besoin d'être soutenu par l'attention patiente de nos lecteurs. Or, comme il
faut à tout récit une conclusion , nous croyons
devoir joindre à ce tableau historique du théâtre
ancien et moderne, étranger et national, quelques considérations générales, applicables au
présent et à l'avenir de notre scène. En dépit
ou plutôt à cause de la grande quantité d'ouvrages dramatiques qui se succèdent à nos yeux,

ce présent est au fond stérile et cet avenir n'est guère brillant. Le temps est passé où les écrivains pâlissaient dans l'ombre de leur cabinet sur un chef-d'œuvre lentement conçu et soigneusement poli, n'étaient payés de leurs labeurs que par la conscience d'avoir bien fait, le suffrage éclairé des gens de goût et l'admiration tardive de la postérité. Molière et Regnard, Voltaire et Beaumarchais, Buffon et Montesquieu avaient déjà montré qu'on peut cultiver les lettres sans vivre dans un grenier et sans mourir à l'hôpital. De nos jours, Scribe et Dumas, entre autres, l'ont prouvé plus clairement encore; ce que le premier a gagné, ce que le second a dépensé est incalculable. Maintenant les auteurs qui travaillent pour le théâtre ne se contentent plus de l'honneur de leur succès; ils sont matériellement payés par leur succès même, puisque la dixième partie environ de la recette de chaque soirée leur est distribuée. En outre, ceux dont le nom est en vogue reçoivent souvent, par avance, d'un directeur une prime plus ou moins forte, pour les encourager à venir à lui. Puis, ils vendent à un libraire le manuscrit de leur ouvrage et le contrat est renouvelé à chaque édition ; de

plus, toute représentation de cet ouvrage en province, et même à l'étranger (depuis les traités
internationaux sur la propriété littéraire), leur
rapporte un bénéfice proportionnel. Aussi les
tuteurs prudents et les pères calculateurs ont-ils
modifié leur méthode; ils n'interdisent plus à
leurs pupilles ou à leurs enfants l'entrée des
coulisses; ils leur permettent d'avoir du talent,
depuis qu'ils voient que le talent s'escompte à
beaux deniers. Une officine de poète se monte,
se gère et se transmet comme une étude de notaire ou un bureau d'agent de change, et l'on a
des dynasties complètes de dramaturges ou de
vaudevillistes. Par malheur, tous préfèrent le
bruit d'un instant à la vraie gloire et l'argent au
travail. L'épuisement a gagné les uns, si jeunes
qu'ils paraissent; la cupidité stimule seule les
autres, tout dévoués à l'art qu'ils se prétendent.
De loin en loin, quelques tentatives honorables
veulent se faire jour, mais avortent; la médiocrité seule est féconde. Quant aux acteurs chargés de leur servir d'interprètes, ils ne sont ni
moins vains ni moins avides; ils demandent le
plus possible d'appointements pour jouer le
moins souvent possible, et ils ne consentent à

jouer qu'en étant préalablement sûrs d'être applaudis; leur savoir-faire dépasse leur savoir,
et les hourras des claqueurs remplacent pour
eux les vieilles trompettes de la renommée. Les
théâtres de Paris, où le public est docile et crédule jusqu'à la faiblesse, ne se soutiennent qu'à
force de subventions et d'affiches; ceux des départements, où les spectateurs sont beaucoup
plus difficiles, oscillent presque tous, cinq ou
six mois, entre l'existence et le néant, en sorte
qu'ils font trop de bruit pour paraître fermés
et qu'ils restent trop vides pour qu'on les croie
ouverts. Faut-il donc nous travestir en Jérémie
de la critique, nous couvrir la tête de cendres
et crier de carrefour en carrefour : « Le goût s'al-
tère, l'art tombe, les poètes s'en vont, le drame
se meurt, le drame est mort! »

Non, le drame vivra, chez nous du moins,
et pour quelque temps encore : le drame, comme
la poésie, ne saurait mourir; tant qu'un peuple
pense et agit sur la terre, il porte au théâtre une
large part de sa pensée et de son action. Comment la France, la nation la plus théâtrale,
sinon la plus dramatique du monde, ne trouve-
rait-elle pas une scène digne d'elle dans ce XIXe

siècle, qui aura produit tant d'hommes distingués et de grands événements? Nous n'avons
ni le pouvoir de deviner les choses futures, ni
la mission de coopérer à aucune réforme actuelle; tout ce qu'un obscur publiciste peut
faire, c'est de donner des conseils qu'on ne suivra
pas et de bâtir des hypothèses qu'on traitera de
chimères: c'est un droit commun dont on nous
permettra d'user un instant. Examinons brièven-
ment dans quelles conditions matérielles et morales pourra s'élever le théâtre de l'avenir. Si
nous voulions qu'il devînt tout à fait populaire,
d'aristocratique qu'il a été longtemps, de bourgeois qu'il est devenu, il faudrait, non pas jouer
en plein air ou dans des amphithéâtres imités
de ceux de la Grèce ou de Rome (nos usages,
nos mœurs, notre climat même s'y opposent),
mais construire des salles vastes, commodes et
saines, chauffées l'hiver, rafraîchies l'été, où
l'on fût réellement assis, où l'on pût voir à toutes
les places, où les peintures et les dorures ne seraient pas prodiguées avec profusion, mais où
l'air, la chaleur et la lumière seraient répartis
aisément d'après les calculs exacts de la science.
Pour accroître parmi les classes inférieures le

goût et l'habitude d'un divertissement intellectuel, qu'il n'est pas impossible de rendre moral, il faudrait, non pas encore, comme chez les Grecs ou les Romains, donner uniquement des représentations gratuites, mais en réserver un certain nombre pour les fêtes nationales, et établir, pour le reste de l'année, des prix modérés, bien au-dessous de ceux d'à présent, que l'artisan puisse prélever sur son salaire, la jeunesse pauvre et studieuse sur ses épargnes. La foule une fois appelée et fixée, les œuvres devraient conserver leur franchise et les spectateurs leur indépendance; mais, préalablement, il y aurait à extirper deux abus bien invétérés : la claque et la censure. Malgré les affirmations contraires et bien qu'on ait plusieurs fois tenté en vain ce que nous désirons, nous ne croyons nullement à l'indispensable nécessité de ces stentors à gages, qui soutiennent la médiocrité sans encourager le talent, paralysent l'élan des masses au lieu de l'exciter et ne rapportent jamais à l'auteur, à l'acteur et au directeur tout ce qu'ils leur coûtent : laissez le vrai public siffler aujourd'hui ce qui lui a déplu ; il applaudira demain ce qui lui conviendra. Pour ce qui est de ces

Procustes littéraires, qui mutilent un peu au
hasard les inspirations d'un poëte, qui condam-
nent un jour, chez l'un, ce qu'ils ont toléré, la
veille, chez l'autre et qui mettent aveuglément
leurs ciseaux au service de tous les pouvoirs,
nous savons que la liberté théâtrale, naturelle
et légitime en théorie, comme toutes les autres,
peut, dans la pratique, devenir, comme toutes
les autres, fort dangereuse. Nous admettons
qu'il ne doit être permis à personne d'empoi-
sonner tout un peuple, sous prétexte de le diver-
tir, par des maximes suspectes et des tableaux
scandaleux. Mais ces fonctions d'Aristarques, si
hautes et si délicates, devraient être confiées,
non plus à des employés subalternes, mais à un
tribunal d'élite, composé de littérateurs expéri-
mentés et de membres de l'Institut, de magistrats et d'administrateurs d'un rang élevé. De
même, nous sommes loin de désapprouver la
création des prix académiques accordés aux
pièces les plus morales, pourvu que ces pièces,
en même temps, se recommandent au point de
vue de l'imagination et de l'art et pourvu que
le choix s'étende indistinctement sur des ouvrages de tous les théâtres.

Puisque le gouvernement fournit aux scènes
de premier ordre des subventions, qui pourraient
s'appliquer à toutes dans la proportion de leur
importance, ce serait son droit et même son devoir d'en surveiller l'emploi, de rétribuer convenablement, là comme partout, le travail et les
services et de ne pas dédaigner les détails d'une
institution publique qui tournerait, après tout,
au profit des lumières et de la civilisation. Pour
toutes les mesures que nous proposons, nous ne
nous dissimulons pas que nous faisons la part
de la liberté assez mince et celle de l'autorité
bien grande; mais c'est, quoi qu'on fasse, la tendance de ce temps-ci et c'est, plus qu'elle ne le
pense, le besoin de notre nation. Nous sommes
profondément convaincu que si un pouvoir fort
et juste s'occupait de la question théâtrale
avec la même sollicitude qu'il apporterait aux
questions politique, universitaire, industrielle,
financière, agricole, il la résoudrait vite et sûre-
ment. L'état dirigerait donc effectivement lui-
même tous les théâtres de la capitale; il y régle-
rait tout, matériel et personnel : les directeurs
ne seraient que ses agents, gérant en son nom,
recevant un traitement fixe et, de plus, pour

stimuler leur zèle, une portion relative des recettes que produirait leur gestion plus ou moins
habile. De même qu'il y a des écoles normales,
militaires, professionnelles, d'autres pour le
droit, la médecine, la pharmacie, la marine,
destinées à contribuer au recrutement des services publics, il existe aussi un conservatoire, où
l'on forme, de bonne heure, des instrumentistes,
des chanteurs et des comédiens. Mais cet établis-
sement, qui compte actuellement beaucoup de
professeurs et peu d'élèves, devrait être fortifié
et agrandi : il fournirait à la province des artistes
qui, surveillés par des inspecteurs spéciaux,
passeraient à des scènes plus élevées avec un
traitement plus considérable, dès que leur talent
le leur permettrait, et pourraient même revenir
à Paris. Il y aurait ainsi moyen de proportionner
le taux des appointements, qui, fort modiques
pour les uns, sont exorbitants pour les autres :
est-il légitime de donner à un acteur de farces
30,000 fr., à une danseuse 50,000 fr., à un *ténor*
ou une *prima dona* 80,000? Il est inconvenant
de payer des pirouettes ou des fioritures, si bien
qu'elles soient exécutées, plus que les découver-
tes d'un savant, l'expérience d'un magistrat ou

les blessures d'un maréchal de France. D'un autre côté, que dire de ces comédiennes qui acceptent le salaire le plus insuffisant ou qui même achètent de leurs deniers l'avantage de paraître sur les planches, parce qu'elles y cherchent un piédestal pour leur coquetterie ou leur beauté? Un abus non moins flagrant, c'est celui des congés, qu'on accorde à tous les acteurs tant soit peu connus et qu'on ne devrait réserver que pour les cas exceptionnels. N'avons-nous pas le récent et lamentable exemple de cette tragédienne de génie, si passionnée pour son art, mais trop préoccupée de ses intérêts privés, qui hésitait à jouer, au Théâtre-Français, une représentation par des vingtaine et trimestre, qui, dans ses tournées de province, s'imposait en trois mois, la fatigue de soixante-quinze représentations successives? Omission grave de ses devoirs, qu'elle devait si chèrement expier!

Pendant que nous sommes en train de réorganiser à notre guise tout notre système dramatique, disons un mot du nombre excessif, selon nous, des scènes parisiennes. Lorsque la licence administrative du Directoire fit place à l'ordre et à l'énergie du Consulat, un simple décret ré-

duisit les théâtres de trente ou quarante à une
dizaine au plus. Nous voudrions une réforme,
sinon aussi radicale, du moins analogue. En ce
moment, la capitale renferme vingt-huit salles
de spectacle, consacrées six à la musique, deux
à la tragédie, à la comédie et au drame, quatre
au vaudeville, quatre au mélodrame, sept à des
pièces populaires, trois à des exercices de gym-
nase et de voltige, deux à des essais artistiques,
sans compter les bals et les concerts. Même pour
une population d'un million d'âmes, sans cesse
grossie par les provinciaux ou les étrangers de
passage, il y a évidemment là superfluité de
plaisirs. Sans nul doute, elle se contenterait aisément de quatre théâtres de musique, de trois
pour le vaudeville, de trois pour le mélodrame,
de deux cirques, de deux scènes du dernier ordre
et d'une pour l'apprentissage des débutants
novices. Resteraient trois théâtres vraiment sérieux, les seuls auxquels le caractère de ce travail
nous permette de nous attacher et qui devraient
apparaître aux yeux de la foule comme des sanc-
tuaires de l'art et de la poésie. Le premier, où
ne se jouerait aucun ouvrage nouveau, se borne-
rait à n'offrir à ses spectateurs que des composi-

tions nationales, signalées pour leur mérite et
éprouvées par le temps : on viendrait y complé-
ter son éducation littéraire et historique ; on y
passerait en revue les tentatives de chaque génération et les chefs-d'œuvre des grands poëtes.
Là revivraient, au-dessous de Corneille, de Racine et de Voltaire, de Molière, de Regnard et
de Beaumarchais, bien des écrivains inférieurs
à ceux-là, inégaux entre eux et trop oubliés aujourd'hui : Rotrou, Scarron, Montfleury, Poisson,
Dufresny, Dancourt, Legrand, Crébillon, Destouches, la Chaussée, Sainte-Foix, J.-M. Chénier, Ducis, A. Duval, Picard, Etienne, et tant
d'autres ; là s'ouvrirait comme une école de
goût et de style. Ce serait pour le genre dramatique ce que les Musées du Louvre et du Luxem-
bourg sont pour l'ancienne peinture, ce que
celui de Cluny est pour les curiosités de l'archéo-
logie. Le second théâtre, au contraire, serait
gardé pour les œuvres contemporaines, pour les
inventions des chefs, pour les débuts des disciples ; des réglements, tracés avec intelligence et
scrupuleusement observés, en laisseraient l'accès
libre aux jeunes aspirants et y préviendraient
tout monopole de la part des auteurs déjà con-

nus. Un troisième théâtre aurait pour mission
d'initier la multitude à la connaissance du drame
antique ou étranger, que, chez nous, les érudits
seuls possèdent. Sur cette scène variée, où l'intérêt
se mêlerait à l'instruction, Eschyle, Sophocle et
Euripide, Aristophane, Plaute et Térence, Lope
de Véga, Caldéron et Moreto, Shakespeare,
Shéridan et Byron, Lessing, Schiller et Goëthe,
Métastase, Alfiéri et Goldoni ressusciteraient
tour à tour à nos yeux, la couronne sur le front
et le sceptre à la main : leurs titres de gloire seraient révisés, pour ainsi dire, et confirmés par
ce jury moderne de l'opinion publique; des traductions, soigneusement faites par des savants
et des littérateurs d'élite, suffiraient amplement
à ces études rétrospectives, dont l'attrait serait,
d'ailleurs, augmenté par l'emploi de la mise en
scène la plus brillante. De ces trois scènes'une
seule serait permanente, celle où l'on jouerait
es œuvres contemporaines : les deux autres,
vouées à la tradition nationale et à l'art étranger,
ne seraient ouvertes chacune que trois soirs par
semaine et alterneraient entre elles. Cette com-
binaison étant admise, il nous semble qu'il y
aurait assez d'amateurs de poésie et de curieux

en fait d'art pour remplir ces trois théâtres, où les meilleurs artistes seraient appelés pour l'interprétation des meilleurs ouvrages et qui, dès maintenant, trouveraient trois salles toutes prêtes : celles des Français, de l'Odéon et de la Porte-Saint-Martin.

Nous avons nécessairement pris surtout Paris pour centre de nos réformes; mais les divers théâtres de province, à leur tour, seraient réorganisés sur des bases identiques. Depuis plusieurs années et pour bien des causes, on le sait, ces entreprises sont fort laborieuses et fort précaires. Des directeurs, parfois pris au hasard, se chargent de mettre en mouvement ces machines compliquées, formées de pièces de rencontre, dont quelque ressort se rouille ou se brise sans cesse et qui ont bien de la peine à fonctionner pendant la durée d'une saison entière : les plus adroits y risquent d'être peu honnêtes; les plus consciencieux n'y sont pas les plus fortunés. Les municipalités fournissent des subventions insuffisantes en réalité, mais qui leur donnent le droit d'intervenir, avec plus ou moins d'opportunité, dans une administration déjà fort difficile. La tragédie, le drame et la comédie en vers devien-

nent des mythes pour un public provincial : il
s'indigne contre le mélodrame ; il tolère le vaudeville, pourvu qu'il ne soit ni trop moral ni
trop égrillard , ni sentimental ni bouffon , ni
prétentieux ni frivole. Il soupire après de grands
opéras qu'il ne peut voir représenter convenablement et se montre impitoyable pour les opéras-comiques, même quand ils sont passablement
exécutés·

Les virtuoses et les cantatrices, sentant qu'ils
ont seuls la vogue, font assaut d'exigences
et absorbent à peu près tout le budget de la
direction. Quant aux autres, considérés comme
formant l'appoint de la troupe, condamnés à
un travail opiniâtre de jour et de nuit, forcés de figurer constamment parmi les choristes
après avoir rempli les rôles les plus importants ,
ils sont rarement applaudis s'ils se distinguent ,
sifflés, à coup sûr, dès qu'ils faiblissent. Dans
les grandes occasions et dans les cas désespérés
les directeurs recourent aux comédiennes ou aux
chanteurs de Paris qui sont en tournée; mais ils
n'osent pas augmenter le prix de leurs places
et leurs frais sont bien plus considérables.
Quelle perte et quel échec, si les artistes étran-

gers plaisent peu! S'ils plaisent trop, la troupe
ordinaire est écrasée par le voisinage et discré-
ditée pour toute la saison. Ne serait-il pas plus
digne des villes d'une certaine valeur de contribuer entièrement aux dépenses de leurs théâtres
et d'en percevoir, par conséquent, les recettes ?
Elles les dirigeraient elles-mêmes par l'inter-
médiaire d'agents éprouvés, soldés et responsa-
bles ; elles appelleraient pour toute l'année des
acteurs permanents, recrutés, nous l'avons dit,
dans les classes du Conservatoire, se contentant
d'un salaire modéré, qu'ils seraient, du moins,
assurés de recevoir, et se bornant à leur emploi
spécial, pour y travailler davantage, au lieu
d'accepter tous les rôles avec la même insouciance et la même médiocrité. Elles feraient
jouer, de temps en temps, des œuvres anciennes
et classiques, que la jeunesse des départements
peut n'avoir jamais eu l'occasion d'admirer sur
la scène, ou encore des pièces dues à tel écrivain
de la localité, qui, faute de ce secours, étouffera
peut-être en lui une vocation naissante. Toute
cité, même de second ordre, serait capable de
soutenir ces charges et d'exercer cette mission :
celles qui s'y refuseraient en seraient quittes

pour se passer de théâtres sérieux et d'artistes
honorables; il leur resterait toujours la ressource
des granges et des bateleurs.

S'agit-il de l'exécution matérielle des ouvrages
dramatiques? N'y posons d'autres limites que
celles qui sont marquées par une sage éco-
nomie ou un goût éclairé. Sans doute, le
drame et le spectacle sont deux choses bien distinctes et bien inégales; sans doute, le drame
peut se passer de spectacle et le spectacle ne
saurait jamais remplacer le drame. Nous savons
tout ce qu'on peut dire à cet égard : qu'une toile
peinte ne vaut pas un beau vers, que le mouvement des machines ne supplée pas le jeu des
passions, qu'il ne faut pas sacrifier le but aux
moyens et le fond aux accessoires, que presque
tous les chefs-d'œuvre ont été créés pour des
théâtres imparfaits et que les théâtres perfec-
tionnés ont produit peu de chefs-d'œuvre. Le
Cid et *Cinna* étaient représentés par des comédiens mal costumés, entre une double haie de
seigneurs assis sur la scène et riant avec les
actrices. En Espagne, du temps de Caldéron,
deux grosses bougies de cire, placées aux coins
du théâtre, l'éclairaient dans les grandes cir-

constances. En Angleterre, à l'époque de Shakespeare, les gentilhommes s'étalaient de leur
long sur les tapis de la scène et se battaient avec
le parterre à coup de pommes et de noisettes ; un
rideau figurait, selon le besoin, une montagne,
une forteresse ou un clocher. La *Mirame* du
cardinal de Richelieu était montée avec un luxe
inouï, tandis que le *Polyeucte* de Corneille avait
l'entourage le plus mesquin ; les pièces de Campistron et de Dryden comportaient plus de spectacle que celles de Shakespeare et de Racine :
quoi de plus brillant que les costumes et les décors de nos plus ineptes féeries ? Quoi qu'il en
soit de ces objections, il est impossible de ne pas
reconnaître combien la mise en scène ajoute de
prestige à la poésie et de vraisemblance à l'action ; si admirable que puisse être un tableau,
il lui faut toujours un cadre. Ne privons donc
point l'art de ces utiles ressources, auxquelles
nous sommes tellement habitués et que les progrès de la forme scénique rendent, de jour en
jour, plus indispensables.

Si des questions de choses et de personnes nous
passons à la question esthétique en elle-même,
cherchons à quels genres, dans quelle mesure,

sous quelle forme les auteurs pourront appliquer leurs efforts. La tragédie dite classique, avec ses sujets mythologiques ou anciens pour la plupart, ses personnages exclusivement nobles, son obser-vation rigoureuse des trois unités, sa pompe de style, ses confidents et ses récits, ses dialogues ora-toires et ses amours antithétiques, a inspiré des compositions admirables à des génies sublimes, qui eussent toujours été les premiers dans la voie quelconque choisie par eux. Mais elle est deve-nue entre les mains des imitateurs un moule de convention, assez lourd et assez froid, d'où des caractères analogues et des sentiments mono-tones sortaient invariablement exprimés par des vers semblables. Les belles pages d'éloquence dramatique écrites par Corneille et Racine se relisent toujours avec le même fruit et le même charme dans le cabinet ou dans l'école; mais elles ne sont plus comprises de tous quand on les dé-bite du haut de la scène. Que certaines causes accidentelles ne nous fassent point illusion là-dessus; accusons à notre aise le goût public et accusons-le justement. Mais, depuis la mort de Talma jusqu'aux débuts de Mlle Rachel, c'est-à-dire durant douze ans, *Cinna*, *Andromaque* et

tant d'autres ouvrages immortels furent joués
dans le vide et la recette de la soirée était loin de
couvrir les frais de ces pieuses exhibitions. Pendant dix-sept autres années, il est vrai, les mai-
tres de l'art classique retrouvèrent des autels et
un culte; mais les fidèles accouraient en foule,
beaucoup moins pour consulter les dieux que
pour fêter la prêtresse. Lorsque cette sibylle du
XIXe siècle apparaissait debout sur son trépied
prophétique, vêtue, comme une statue de Phi-
dias, du *peplum* aux plis longs et flottants, fron-
çant le sourcil à l'instar des divinités olympien-
nes, évoquant avec sa voix grave et sonore les
ombres illustres de nos grands poètes, on l'accueillait de tous côtés par des bravos, des cris
et des fleurs; mais avant qu'Agrippine se mon-
trât ou après que Camille était rentrée dans la
coulisse, les spectateurs (nous l'avons tous vu)
détournaient le regard, fermaient l'oreille et
causaient sans gêne; car il ne s'agissait plus
que d'un chef-d'œuvre. Et maintenant que cette
actrice extraordinaire a emporté dans la tombe
le secret de sa diction si pure et de sa pantomime
si expressive, combien de temps faudra-t-il attendre encore pour assister de nouveau à de

pareilles solennités intellectuelles? La vieille tragédie ressemble à ces vénérables dépouilles des souverains de l'Egypte, conservées dans l'or et dans la pourpre, que les savants étudient, que les croyants adorent, dont la majesté nous étonne, mais dont la froideur nous laisse froids : elles sont belles encore, mais immobiles; la vie et l'avenir sont ailleurs.

Les poètes futurs se borneront donc probablement au drame et à la comédie. Le drame pourra être de plusieurs sortes : ou héroïque, ou intime, ou merveilleux. Le drame héroïque, avec sa forme plus souple et plus variée, suppléera la tragédie qu'il a détrônée; il peindra les grandes catastrophes, les royales infortunes, les crimes ou les folies qui ont retenti à travers les siècles ; il puisera largement aux sources de l'érudition historique si profondément creusées de nos jours et qui jaillissaient à peine pour nos devanciers. Il s'attachera moins aux puérilités de la couleur locale qu'à la fidélité des types et à la vraisemblance des sentiments : il se préoccupera de dessiner quelque figure connue, se mouvant dans sa sphère réelle et dans les conditions légitimes de son existence, bien plutôt que de calquer

avec une frivole minutie les crépines d'un lit, les
nuances d'un vitrail ou les ciselures d'une dague.
Tantôt il explorera les parties obscures des annales modernes; tantôt même il remontera aux souvenirs antiques, plus scrupuleusement interpré-
tés que jamais; enfin, avec plus de régularité dans
l'action et la supériorité de nos connaissances en
histoire, ils s'inspirera du *Richard III* et de
l'*Henry VIII*, du *Coriolan* et du *Jules César*
de Shakespeare. Le drame intime n'a pas un
moins vaste domaine; sans tomber dans la sentimentalité de Mercier et de Diderot, il pourra
reproduire avec une énergique simplicité les
luttes de la vie domestique et les mille accidents
de la société bourgeoise ; sans se perdre dans les
images de la métaphysique, il saura analyser
délicatement les vicissitudes étranges de la passion et les mystères infinis du cœur humain :
Othello, *Hamlet*, *Roméo et Juliette*, le *Marchand de Venise* sont, en ce genre, de brillants
modèles. A des intervalles plus éloignés, le
drame merveilleux, à la manière de la *Tempête*
ou de *Faust*, viendra montrer la puissance de
l'imagination, aidée par la féerie, mais se pri-
vant des ressources de la tradition et même du

sentiment. A son tour, la comédie se révélerait
sous quatre aspects, dont un seul à peu près
est bien connu en France : la comédie de mœurs
et de caractères, la comédie historique, la comédie de fantaisie et la comédie politique. La comédie de mœurs et de caractères, pratiquée su-
périeurement par Molière, agréablement tentée
par plusieurs de ses successeurs, ne manquera
jamais de sujets ou de couleurs ; les peintres
seuls feraient défaut. L'orgueil des riches, la
jalousie des pauvres, la sottise des parvenus, la
fatuité blasée de nos adolescents, la sémillante
frivolité de nos vieillards, nos littérateurs industriels et nos diplomates *fashionables*, nos *lionnes* et nos *bas-bleus*, nos mères de famille
jouant à l'ingénuité, nos Agnès de pensionnat
étudiant, de feuilleton en feuilleton, la question
du mariage : voilà de ces travers qui sont de tous
les temps et spécialement du nôtre, qui ont été
bien souvent effleurés et qui suffisent cependant
pour exercer encore la verve de plus d'un satirique. La comédie d'intrigue, à la façon des
Espagnols ou de Beaumarchais, continuerait à
amuser à force d'esprit et d'action, en joignant
la rapidité du dialogue à l'intérêt du roman. La

comédie de fantaisie, pleine de saillies vives et
folles ou de gracieux caprices, marcherait dans
la voie tracée par l'auteur de la *Douzième nuit*
et du *Songe d'une nuit d'été*. La comédie politique ne peut trouver place partout ni toujours ;
elle exige des mains pures et une voix indépen-
dante : c'est un instrument dangereux à manier. Mais n'y a-t-il pas un piquant plaisir pour
l'esprit, un vrai profit pour la morale, à voir les
déguisements de l'amour-propre, les scandales
de la cupidité, les bassesses de l'ambition, les orateurs payés, les journalistes vendus, les conseillers menteurs des rois et les flatteurs intéressés
des peuples, châtiés en plein théâtre, comme au
pilori, par le fouet sanglant de Juvénal ou d'A-
ristophane? Pour ce qui est des règles et des
licences de l'art, fuyons également les rigueurs
du pédantisme et les excès de l'ignorance: tout
détruire est insensé, tout conserver est impossible. L'unité d'action est nécessaire et fondamen-
tale; celles de temps et de lieu sont relatives et
variables. Ne copions pas servilement le système
de Lope et de Caldéron, qui prennent leur héros
au berceau pour ne le quitter qu'à la tombe, le
système de Shakespeare et de Goëthe qui chan-

gent de décors à chaque scène; laissons au mélodrame outré ou à la féerie vulgaire ces bizarreries que le goût français réprouve. Il suffit,
au plus, par acte d'un seul changement de lieu;
une durée de quelques jours, de quelques se-
maines, de quelques mois permettra à l'intrigue
la plus compliquée de se développer à l'aise. Il y
a loin de là à enfermer en trois ou quatre heures
tout un siècle d'événements et à faire voyager
le spectateur en idée de Paris au Caire, de
New-Yorck à Calcutta, de la terre à la lune ou
de l'enfer au ciel. La coupe en trois actes, qui
suppose une exposition, un nœud et un dénouement, sans longueurs ni remplissages, nous
paraîtrait, pour les pièces importantes, préfé-
rable à la coupe en cinq actes, où la fatigue et
l'embarras se font presque toujours sentir. Le
drame héroïque et le drame merveilleux em-
ploieraient le vers alexandrin; le drame intime
se contenterait de la prose; la prose également
ou le vers de dix syllabes, trop négligé de notre
temps, conviendrait à la vivacité familière de la
comédie. Faut-il ajouter qu'on doit proscrire
résolument tout mélange de prose et de vers à la
mode anglaise, toute tentative plus ou moins ·

romantique de rhythme brisé, de césures fausses
et d'incorrections volontaires? La liberté de l'art
n'exclut pas la beauté du style; Racine et Boileau
ont trop bien habitué la France à la régularité
métrique et à l'élocution choisie, pour qu'elle
consente jamais à s'enthousiasmer devant ces
stériles insurrections de langage. Nous nous
sommes hasardé à esquisser, tant bien que mal,
le plan de notre utopie dramatique. Au risque
de nous voir reprocher nos théories par les uns,
comme des lieux communs surannés, par les
autres, comme des paradoxes irréalisables, nous
avons sincèrement exposé dans quelles conditions matérielles, poétiques et sociales nous
concevons l'existence future de notre théâtre.
Viennent alors quelques-uns de ces génies ins-
pirés et féconds, que la Providence sait toujours
susciter à propos, quand il lui plaît de sauver
une institution en la régénérant, et la scène
française pourra retrouver dans l'avenir cette
gloire éclatante qu'elle poursuit en vain dans
le présent, qu'elle avait conquise dans le passé!

FIN.

www.ingramcontent.com/pod-product-compliance
Lightning Source LLC
Chambersburg PA
CBHW071847020726
47502CB00003B/631